JN096935

はじめに　編者より

芝木好子（一九一四〜一九九一）は、一九四一年二十七歳のとき「青果の市」により芥川賞を受賞。以後七十七歳で亡くなるまで、真面目にひたむきに書き続けた。小説は高く評価され、「女流文学賞」「日本文学大賞」などいくつもの大きな文学賞を受賞している。

その文章は、けれんみがなく、作品世界は、とびきり面白い。

本書には「芸術家小説」といわれる作品を集めた。

戦後の特飲街の女性たちを描いた「洲崎もの」で一世を風靡し、家族の歴史をふり返り〈私〉を見つめた「自伝三部作」で確固たる地位を獲得した後、ほとんど天職のように取り組んだのが、芸術・芸能に魅入られた人たちを主人公とする物語だった。

美に取り憑かれるのは、創作者ばかりではない。作り出した（あるいは演じた）ものを享受する人がいる。創る人と受け取る人の心が交響し、そこに男女の愛が絡み合う。それが物語に広がりと深みを与えている。一作ごとに読者は「小説を読む」ことの喜びに包まれていることに気づくだろう。

芝木好子の真骨頂とも言える「芸術家小説」の世界に、心ゆくまで浸りたい。

本書の構成について

芸術・芸能に打ち込む人と、その周辺の人々が描かれた小説を集めた。

短篇を六篇（絵画二、彫刻・文学・舞踊・染色各一）と陶芸にまつわる中篇を一篇――小説の発表年代は、一九六〇年代三篇、七〇年代二篇、八〇年代二篇、となっている。

それぞれの小説に、その作品とテーマ（または舞台）が通じ合うと思われる短いエッセイを付した。

芝木好子は、初めての随筆集『心づくし』（一九七三年八月、読売新聞社）のあとがきに、自身のエッセイを「小説と小説の間でつぶやいたこと」と書いている。エッセイは、彼女の「つぶやき」であり、夢中で小説を執筆する合間の、息継ぎのようなものだったのかもしれない。

読者は、何気ないエッセイから、彼女自身の体験が、どのように小説世界に反映されたのかを知ることができるだろう。あるいはエッセイから小説への、そのイメージのふくらませた部分に、芝木好子の小説を読み解くヒントが隠されているかもしれない。

小説・エッセイあわせて楽しんでいただければ幸いである。


（編者）

美しい記憶　目次

美しい記憶

芝木好子アンソロジー

ゴッホの墓

異国の空港へ降り立つのは雅子は初めてである。税関を通り、バスに乗るまで、飛行機で隣りあった青年が一緒になってくれた。息子の延夫より年長の二十七、八歳の商社員である。バスは高速道路から街中へと入ってゆき、古びた街をめぐってゆくと、やがてエッフェル塔が見え、セーヌ河が現れた。彼女は街の落着いたたたずまいや街路樹に目をそそぎ、到頭ここまで来たと思った。どの風景も初めてという気がしなかった。夫の矢吹が描いたプラス・デ・ボージュ広場という小さな広場をかこむ朽ちかけた建物はどこだろうか。一度も来ることはないと思った異郷の地へ、霊が彼女を導いたのである。

旅行社の手配したホテルは凱旋門に近いモンソー公園のそばの小ぢんまりしたホテルである。彼女たち同じツアーできた二十人ほどはそこに投宿する。行動は別である。

「いい旅をなさって下さい」

「ありがとう。街でお目にかかれたら、また」

彼女は青年に礼を言った。部屋は四階である。公園の樹木が色づいて、明るい陽を浴びている。呉《く》田《た》画伯に電話をするのはあとにしてベッドに掛け、二十時間もの空の旅をかみしめたが、それほど疲れたとも思わない。呉田画伯をたずねる約束は明日だったから、今日は延夫の教えた通りに歩いてみようと思う。五ヵ月前に亡くなった矢吹の魂は七年間暮したパリを彼女とともに漂いまわるかもしれない。

矢吹譲吉の発病を最初に知ったのは、前年の冬の初めであった。呉田画伯から思いあまったような長い手紙がきて、矢吹が発病し、病院へ担ぎこまれて手術をすることになった経緯と、手術の結果についての報せであった。

「今頃になってあなた方にこのようなおしらせをするのは筋が通らないことは重々知っています。かねがね矢吹君から自分は妻も子も捨てた人間だ、どんな生活に立ちいたろうと自分は自分ひとりだ、という言葉を聞いていました。それゆえ、彼は独り者と見なしてきました。しかし彼に生活のゆとりはなく、今度の入院と手術も友人達の奔走によるものでした。手術の結果が再出発を約束するものであったら、決してあなた方のお気持をわずらわすことはなかったでしょう。しかし肺ガンの致命的な宣告で、退院したとしても治療する充分な場所も、看護人もいない境遇です。勿論彼には真実を告げていませんので、一日も早く退院して再び仕事をしたいと願っていますが、ヨーロッパはこれからつらい冬です。友人たちの話合いで、今後の治療は日本へ帰って続けてはどうか、という結論に到りました。本人にはまだ話していませんから承知するかどうか分りませんが、あなた方の御意見、並びに御親族の方の御意向も聞かしていただけないでしょうか」

雅子はこの手紙を読んだとき、まず延夫はどんな反応を示すだろうかと思った。七年前、矢吹がそれまで勤めていた美術大学の職を捨てて、急にフランスへ行くと言い出した時、延夫は十五歳で高校受験の直前であった。矢吹は若いころ二年間パリで絵の勉強をしてきている。その後の仕事も生活も順調で、大学の助教授からやがては教授になろうとしていた。彼は全くふいに何ものかに憑かれたように、前後の見境もなく職を捨てて飛び立とうとしていた。雅子はその無謀についてゆくことは出来なかったし、受験を控えた息子を抱えていた。あと二年、いや一年、待ってほしいと彼女は懇願したが、矢吹は聞き入れないばかりか、妻と子から離れることすら望んでいた。

「自分の我儘は分っている。しかしおれの絵はだめになった。このままでは一日も絵を描くことは出来ないのだ。もう一度原点に還ってやり直せば、本当の絵が見えてくるかもしれないのだ。どうか自由にさせてほしい。君もおれから離れて、自由になってもらいたい。延夫もいつかは分ってくれると思う」

矢吹はこの言葉を繰返すだけだった。退職金を手にすると彼はパリへ発っていった。気がついた時、嵐は過ぎて、あとに彼女と息子が残された。延夫は父を憎悪した。人間として果さなければならない責任を放棄した父をうらみ、画家という職業のエゴイズムを憎んだ。芸術という言葉を毛嫌いして、今更やり直しがきくくらいなら絵なんか甘いものだ、と罵った。その時から世間にさまよい出た親子の苦しい生活が始まったのである。雅子は洋裁の内職をしながら細々暮して、三年後にアプリケの考案で新しいイメージの服を作った。それから造花の胸飾りのコサージや、婚礼の花嫁の持つ花束《ブーケ》を工夫して作りはじめた。そして七年後の今はアート・フラワー教室の教師になっていた。

矢吹の病気のしらせが一年前であったら、延夫は手紙を引きちぎって見向きもしなかったろう。彼ははげしい気性を秘めて我慢強く生きる若者であった。雅子が矢吹から離籍しなかったのは息子の就職の差しつかえになるのを恐れてだったが、心底で夫の帰りを待っていたのも嘘ではない。延夫は大学を出て勤めるようになったが、学生時代から仲の良い女友達がいるのを雅子は知っていた。いま近県の大学の図書室に勤める彼女と、延夫は週に一回ずつ会っている。週末を待つ彼の張り詰めた心が、あるときは男らしく、あるときはやさしく、ものをわきまえるようになったのを雅子は見ていた。息子と母親にさえ別れがあるのだから、遠去かった父親とのある終末がくるのは当然と言わなければならない。手紙を読み終った延夫は憮然としていた。

「お母さんはどうするつもりだ」

「まわりの方に迷惑をかけてしまって、野垂れ死んでも仕方のないひとなのに。お友達にこれ以上負担をかけられないから、なんとかしなければならないでしょう」

「ぼくは父と思わない。関りたくないのも本音だ。しかし身内の者が困っている、と考えて手を貸すより仕方がないと思う」

延夫の分別を雅子はありがたいと思った。突き放してもかまわない立場だったが、縁が繋がっている以上、日本へ連れ戻して病院へ入れるしかないと考えを決めた。矢吹譲吉はなにもかも振りきって異国へゆき、七年してなにを手に入れたというのだろうか。延夫は呉田画伯と手紙のやりとりをしたあげく、年の瀬の休みを利用してパリへ飛んだのであった。

その留守のある日、雅子は銀座の小瀬画廊の主人から電話をもらった。旧知の小瀬の電話も矢吹の病気をしらせるものであった。雅子はためらいながら訊ねた。

「私どもは矢吹と音信不通にしていますが、お宅へも御迷惑をおかけしていましょうか」

「そんなことはありませんよ。矢吹さんは年に一、二作しか送ってこないから、どうやって暮しているのかと思うくらいでした。絵のほうは、一、二年のうちに画廊で個展を、と思っていましたがね」

雅子は礼を言って電話を切ったが、彼の絵は長いこと見ていなかったし、今となっては個展もゆめだろうと思った。するとあれだけの犠牲を払いながら、実りのない結果に、暗澹とせずにいられなかった。夫としての彼への怨みつらみ、またかなしみ憎しみを抱いて眠れぬ夜々もあったが、新境地をひらいて妻子を迎えてくれる日を願ってもいたのだった。七年の歳月は微かなゆめを砕いて一切の片をつけようとしていたし、敗残の画家の終りは惨めすぎるものであった。しかし結果はどうあれ、矢吹が延夫の父であることに変りはなかった。

延夫は冬の凍てたパリでクリスマスのあとの町をさまよったという。雅子はいま短い秋のパリへきて黄ばみはじめたモンソー公園の木々を目にしながら、見知らぬ巷へ出ようとしていた。ホテルの前の大通りは人の姿もまばらで、休日のビルディング街をみるようにひっそりしている。ゆっくり歩くと凱旋門の真横につきあたる。町角を折れると賑やかなシャンゼリゼの大通りであった。雅子は人波にまぎれてゆきながら正面の美しい凱旋門を幾度も振返ってみた。このように壮麗な、パリの象徴が他にあろうか。矢吹はなんと見たろうか。お前さんの見方は陳腐だとわらうかもしれない。延夫は、たぶん彼は、凱旋門すら目に入らなかったに違いない。

彼は父の病床を見舞う時、観光旅行でパリへきて偶然父の病気を知った体《てい》にした。呉田画伯が病人のために心をくばったのであった。矢吹は息子の訪問をおどろきのなかでじっとかみしめていた。延夫はとりたてて馴々しくふるまわなかったし、矢吹も半ばふしぎそうに一人の社会人となった息子をみつめていて、歳月の早さに打たれていた。病気のことに触れると、手術はうまくいった、あとの具合も悪くない、心配はいらない、と矢吹は答えた。心は次の仕事に向っていて、退院の日を心待ちしているのだった。手術後の小康に彼は安んじていたから、立って歩けたら延夫をパリの郊外のイーゼルをおく場所へ連れてゆきたいものだと語りかけた。途中の森もいい、古びた城館があって売りに出ている。ごく安いのだが住むとなると手入れや設備がたいへんで誰も手を出さない。時たま近くに狐や鹿が出るが、悪さはしない。森は深くて日暮に踏みこむと再び出てくるのは困難だが、画家にはもってこいだ、と彼は喋った。延夫は聞いているだけだった。もっと先のオワーズの谷も実にいい。まだ俗化を免れている。知っているだろう、シスレーが描いた風景さ。オワーズ河のそばにデュプレの像がある。その奥の村にドーミエの住んだ家があるから見せよう。コローが彼のために用意して、しばらく住まないか、とすすめて、何気なく引渡した家なのだ。ドーミエはその家で亡くなった。この次連れてゆくと約束しよう。毎年出かけていってイーゼルを立てるのは更に先の村の風景だ、ゴッホの墓が近くにある。この風景は最高だ。おれのいつか眠る墓地もそこがいい。そこは土葬だってさ。ところで延夫はいつまでいられるのだ。

延夫は父に向っていう言葉を失っていた。機先を制せられたともいえるし、絵への熱情を失わない父に圧倒されたともいえた。それは父の最後のあがきだろうか。再起を期して燃えているのなら、哀れだった。延夫はただ茫然とするばかりだった。

彼の滞在は短いものだったが、許される時間だけ病院を見舞った。その度に矢吹は元気になってゆくようだった。日本へ帰りませんか、と延夫は口まで出かかっては呑みこんだ。日本へつれて帰ることが良いと思えなくなった。それほどフランスの風景に取り憑かれたのなら、最後までそこにいるがいいと思った。しかし周りの友人たちは心労で参っているのだった。延夫の役目は終った。彼は父に別れを告げて帰国した。矢吹の心に日本の風が滲み渡れば、それで一つの効果はあったと言えるかもしれない。帰国をすすめる友人たちの言葉に、矢吹が耳を傾けたのはそのあとである。日本で病いを癒して、再び戻ってくるように、と説得された時、彼は彼なりに病状の重さを感知したのかもしれない。帰国の時、彼は病院から寝台車で運ばれ、椅子に掛けたまま飛行機に移された。ほんの身のまわりの物を持って、絵は病室に掛けてあった四号の風景画一枚を手荷物の中に入れただけであった。すべては彼自身の意志とは別に動いたのである。

矢吹の再び還らなかったパリにきて、雅子はあてもなく歩いている。シャンゼリゼはお上りさんで舗道もカフェのテラスもあふれていて落着かない。迷子にならないように彼女は息子の書きこんでくれたパリの地図を頼りに真直に歩いたが、物珍しさのほかなにもない。シャンゼリゼは銀座一丁目から八丁目ほど長く、また瞬く間でもあった。噴水のある広場ロンポアンから先はプラタナスの並木である。この並木をそぞろ歩く人たちを描いた日本の画家がいたと雅子は思い出した。やがてコンコルド広場へ出る。くたびれたから向うの石段の上で休もう、と彼女は思った。きっと眺めが良いに違いない。若い日本の男女が石段を降りてくるのに出会った。

「ここに、なにがありますの」

「印象派美術館ですよ」

若者はすぐ行ってしまった。彼女は一とき石段の上の繁みに憩いながら、若かったころ夫からさまざまの画集を見せられた日のことを思い出した。行きつくところに絵があるのは鬱陶しくもあったが、他に行き場もないのであった。彼女は石段の上に立ちながら、帰る道筋を確かめていた。凱旋門は道の果てにそびえていたが、モンソー公園のそばのホテルはあまりに遠い気がした。しかしひとりでタクシーに乗れそうもなかった。異国の街はよそよそしく、あてどないものを感じないではいられなかった。

呉田画伯のアトリエはパリ十四区にあった。雅子はホテルのボーイにタクシーを停めてもらい、住所を告げただけで、車は間違いなく呉田の住む家の前へ行き着いた。鉄門を入ると中庭に面した二階家で、奥のアトリエは吹き抜けになっている。夫人が出迎えて、すぐアトリエから呉田画伯も顔を見せた。雅子は彼に会うのは二度目であった。長くフランスに住む彼は日本へ戻ることはない。十年も前に東京で彼の個展があった時、雅子も会場で挨拶した。矢吹より五、六年先輩の呉田をみて彼女はこの十年を嘘のように思った。呉田の髪はいくらか白くなっていたが、風貌も姿勢も変らないのである。

「先生は少しもお変りになりませんわ」

「ぼくらの年は若くないが、老けすぎもしない。均《なら》してみられる年齢でしょう。このあとの十年はたいへんなことになるが」

呉田は親しげに言った。まっすぐな気性の強さを寛容でつつんでいる人柄にみえた。嘘を言わない人間だろう。彼の絵は端正で落着いている。この人のそばにいて矢吹は支えられたことだろうと思った。夫人が日本茶を淹れてくれた。夫妻の口からはるばるパリを訪れた雅子への犒《ねぎら》いと、矢吹譲吉の死への悼《いた》みの言葉が出ると、雅子は誰の悔《く》やみよりも切に胸に響いた。

「ドゴール空港で矢吹君を飛行機に乗せる時、実に不本意な気持でした。少し前までは早く送り出したい、無事に飛行機に乗せられるかとそればかり気にしていたが、人間は勝手なものです。不治の病人を抱えて我々では手がまわらない。肉親や家族の許へ返そうということになった。本人は手術のあといくらか良くなったし、希望を抱いていたから、言い出すのがつらい。やっと納得させ、いよいよ別れる時はほっとした反面、やりきれなかった。今でも矢吹君はパリの土になったほうが本懐だったろうか、と考えこむことがありますよ」

呉田画伯は率直に語りかけていた。

「矢吹はよほど帰ることを嫌ったのでしょうか」

「いや、延夫君の来たことが彼の気持を変えたのでしょう。薄々は病状を感づいたのかもしれないが」

「日本では医者任せで、必ずフランスへ戻れると信じていました。おかしいのは私に対して済まないというけぶりが見えないのです。前からの看護の続きのように、自然に、なんでもさせました。時にはパリでの独りきりのすさまじい暮しや、仕事のことも話しましたが、苦しい記憶さえあとではなつかしいようです。そのうちだんだん容態が悪くなるにつれて現実が遠くなるのでしょうか、日本ともパリとも見分けられなくなって、フランス語でなにか言いかけたりします。時々病室の壁に掛けた四号の絵をじっと見ていましたが、まるで風景の中へ入ってゆくような眺め方でした。私どもは矢吹の死を看取って、やはりよかったと思います。異郷で死にましたら、遠く感じたままだったでしょう」

呉田画伯の表情にほっとしたものが流れた。呉田夫人が、お粥を欲しがる矢吹のために炊いて運んだ話をした。七年フランスに暮しても日本的なものを引きずっていたかと思うと、呉田が、そうですよ、ぼくも病中はスープより粥が良い、と言った。

「でも矢吹さんがそんな我儘を言ったのは初めてよ。自分は自由と引替えに他の一切を捨てた、と考えていた方ですから」

夫人の言葉は、雅子の胸に応えた。矢吹はある夜、俄《にわか》に呼吸困難に陥り、容態が改たまったが、その二、三日前の夜、延夫の来るのを待ちかねて雅子に電話をかけさせた。延夫が来ると、絵のことをいきなり話した。

「持っているもの、行儀のいい、決まりきった絵を一ぺん全部捨てた。それから描きたいものを、描きたいように自由に始めた。やれる限りやった。ようやく絵がこちらを向いてくるようになったのはこの一年ほどだ。早く戻らなければいけないのだ。絵がぼくを忘れてしまう。急いでくれないか。飛行機にはいつ乗せてもらえるのだ」

「ここでも手は入れられるよ。絵を送ってもらおうか」

「自然はどうする。オワーズ河をここへ持ってこられるか。あいつの自殺を計った麦畑が見られるか」

彼は熱にうるんだ目をあげた。延夫は訊いた。

「あいつって、誰なの」

「今度連れてってやろう。おれの若いころ教わった野際先生はブラマンクに師事した一人だが、ゴッホに心酔して、(おやじより好きだ)と言った。以来有名になった言葉だ。そのおやじより好きな画家の死んだ村だ。ここの自然は素朴で静かだ。一緒に行かないか、村の集会所で婚礼の披露がある時はいいぞ。花嫁は十六歳だった。教会も近くにある。教会はむろん良い。あの教会は中世からのものだ。人間の生涯と死をどのくらい見てきたか分らない教会だ。彼はこの教会を出てゆく葬列を見てきたが、やがて自分もその一人さ。教会の裏の麦畑でピストルを握った」

矢吹は自分自身の生きた軌跡を語るようにとめどなく喋った。痩せた頬に赤みがさして異様だったが、遮ることは出来なかった。

「あいつはその少し前、木に登って、『とてもだめだ、とてもだめだ』と呟いていたという。彼の自画像、幽霊のように蒼ざめた、紫がかった青の暗い色でやった顔はすごいぞ。画家の粗末な小屋を見せてやろう」

「お父さんの大切な場所を、ぼくらも見たいね」

と延夫は言った。父に対して延夫は少しずつやさしくなっていた。父とは別の世界にいて、父の狂気に乱されることはなかったが、容赦なく近づく死の影をみつめては平静でいられるはずもなかった。

それでいて母と二人になると、

「あとよくて十日だなあ」

と言い放って、雅子をぎくりとさせるのだった。病人は十日も保つことなく、還る土地をさまよいながら目を瞑った。病院の庭の桜がふくらみはじめた季節であった。

「矢吹君の遺作展の話は、どうなりました」

と呉田画伯はたずねた。呉田たちが整理してパリから送ってくれた矢吹の遺作は、先頃日本へ着いて雅子の住む狭い家の一間を占領していたが、彼女はまだゆっくり見ていない。大きな画布をひろげて、うしろへ下って観賞しようとすると、押入れにぶつかるのだった。数十点の絵を矢吹は残したが、誰に残すつもりだったろうか。遺作展はこの秋の末、小瀬画廊でひらく話が決っていた。画廊では矢吹の恩師の尾島画伯に見てもらい、推薦文を書いてもらいたい意向だった。雅子には矢吹の絵は分らなかった。以前の調った格調のある室内画とは比べようもなく、奔放で激しい、大胆と繊細のまじりあった自然風景で、絵具を塗りつぶした色感はおおむね暗かった。アカデミックな尾島画伯がどう評価するか、おそろしい気もする。しかし理解を示してもらえば矢吹の絵は脚光を浴びやすい。このことは故人の意志と違うだろうか。呉田画伯はしばらく考えていて、

「個展には誰かの御墨付が要りますからね」

と言った。雅子は呉田画伯にも遺作展を飾る言葉を願った。呉田は自分でよければ、と快く引受けてくれた。

中庭にはヒースの花に似た紫の花が咲いていた。雅子は夫人が立ってゆく間、花を見ていた。

「呉田先生、どうかおっしゃって下さい。矢吹の絵はどうなのでしょうか。私はまだ絵を全部ひろげて心ゆくまで眺めるゆとりがないのです。遺作展で評価されようと、だめだろうと、それはよろし

いのです。ただあんなように生きて、描いた、そして仕事の半ばに死んだ男が哀れに思えるのです。怨んできましたが、それだけに腹立たしくもあります。家族の犠牲も絵の中にあるのです。矢吹の絵にいくらかの光が見えているのでしょうか」

彼女は呉田画伯からごまかしの慰めは欲しくないと思った。呉田はそれに応えて言った。

「矢吹君の絵に、一枚だけ花を描いたのがあるでしょう。グラジオラスの白い花を。あれを見た時のことを思い出すことがある。小さい花瓶にあふれるほどの花を押し込んで、押しこみきれなくて三分の一は曲ったり、折れたり、床に倒れたりしている。花は群れてひしめきあい、花の構図をはみ出している。バックは黒とライト・ブルーで、花瓶は黄色だったが、エネルギーがあふれ出ている。ゴッホにもこんな『花』があったじゃないか、とぼくが言うと、そうか、そんならゴッホがおれを真似たのだ、と矢吹は嘯《うそぶ》いていた。それから風景がある。川があって橋がある。橋の入口から描き出して橋梁が不恰好に、でっかく、牛のねそべるようなかたちで、左右の川はやさしい。子供のデフォルメの絵に似ている。ぼくは見た時胸を衝かれた。精神だけで描いた絵だと思った。川は彼にとってやさしいんですよ。橋はなんだろう、人間が勝手に橋を架けて風景を破壊したとでもいうのだろうか。彼に聞けば、『橋は、おれさ』というかもしれない。橋は川の上で生きているんだし。彼の絵の中に、一点やさしいところがある、気がつきませんか。たとえば橋のカーブに、見えないほど繊細に赤い線が入っている。あれが矢吹の感性なのです。ぼくは矢吹が生きて、描くだけ描いたあとの自然と同化した絵まで見てみたかったと思いますよ」

呉田画伯は言葉の襞に感情をこめながら、おだやかさを崩さなかった。雅子は慰められた。

「私にも興味を惹く絵がございました。教会のある絵です。十号ほどですが密度があって、眺めているると教会が死の塔のように迫ってきます。画家は死者か聖者と語りあっているようです。私は素人ですから、絵にはある美しさがなければいけないと思っていました。おどろきや威圧だけでは困るのです。延夫がうしろから覗きこんで、陰気な絵だな、と申しました。すると腹が立ちました。そうであっても息子にはそう言ってほしくなかった。この絵は見ているうちに綺麗にみえてくるのよ、と言ったのですが、その通りになりました。翌日陽の下でみると黒と灰色の色彩が明るいのです。それから毎日見ていると、絵が私に近づいて語りかけます。会話のある絵は、つまり私だけのものと申せます。矢吹はまるきり変った、とは思えませんでした」

「矢吹君は奥さんに分ってもらえて、よかった。世間が受け入れるかどうかは、あとからくる問題です」

「絵にむごい感じがあったり、不可解であったりしたら、受け入れられるはずがありませんわ。それは完成していない絵でしょうから。でも私には矢吹の絵が私なりにわかります。新しい絵に自分を賭けた矢吹が、あんなに還りたがって、仕事を続けようとした場所になにがあるか、見てこいと息子が申しまして、無理をして私を送り出してくれたのです」

「矢吹君の好きなオワーズのあたりを明日御案内しましょう。私も家内もしばらく行っていないから愉しみです。パリはシャンゼリゼやサント・ノーレだけと思う旅行者が多いのですが、一歩外へ出ると田園のひろがりがあって、いいですよ」

夫人が食事の支度をしてきて、三人は中庭の見える卓で昼食を摂った。フランスに住みついて、なんの違和感もなくエスカルゴを食べ、パンをちぎっている呉田画伯と夫人を見ていると、この暖い家庭へ矢吹はどんな姿で舞いこんできたのだろうか、と考えずにいられなかった。しかしやがては息子を手放して、ひとりになる自分も、同じかもしれないと思ったりした。

「矢吹さんの奥さまは、パリはお初めてでしょう。やっぱり町の中も御案内しなければいけないわ」

「そうしよう」

と呉田画伯は夫人へ頷いた。

「下町にも矢吹の好んだ場所がある。ぼくの描いた運河を見て、先に描くとはけしからん、と言ったっけ。彼は川が好きだった」

「暑い日に運河に沿って歩きながら、だんだん縁へ寄っていって、しまいに靴下を脱いで足をひたした、と言ってらしたわ」

「あれはパリ祭のころだ。暑い日が続いて、異常な夏だったね」

「矢吹さんが突然来て、奥さん、ところてんの作り方を知ってるか、と一しきり講釈したのよ。結局寒天がなくて、春雨で酢の物を作って代りにしました。矢吹さんには何を言われても、憎めないひとでしたわ」

夫人は思い出すままを、なつかしげに話した。雅子は日本的なたべものを口にする矢吹の一瞬々々の生を、目に浮べずにいられなかった。

翌日の午後、呉田夫妻の誘いで雅子はドライブに出かけた。初秋の晴れた日で、風が快い。呉田画伯の運転する車はパリの町をあとにして郊外へ出てゆく。途中の古びた町角に小さなカフェがある。雅子は昨日矢吹が住んでいたと教えられた町並を思い出した。モンマルトルの一隅で、そこの町角にもカフェがあり、舗道の椅子にかけた老人がぼんやり車や人の行き過ぎるのを見ていたさまを目に浮かべた。

車は田園を走りはじめる。途中に工場や、目ざわりな広告はなく、都会を出るといきなり田園がひろがる。雅子は今日一日、なにものかに導びかれて旅する気がした。七年間、ある時は決して許すものかと思い、また時には秘かに細い声で呼び求め、女の日々をむなしくしたが、その分だけ矢吹の生きようを見届けてこなければいられないものがあった。一人の画家が可能性を求めて彷徨した足跡を辿ってゆけば、納得するものが得られようか。

自然の森は、パリの北方四、五十分のところにある。森へ入ると、樹林の深さにおどろく。まわりに人影もない。

「これなら、狐や鹿も出そうですわね」

「鹿はみないが、兎や栗鼠《りす》はそのへんを走っていますよ」

と呉田画伯が指で差した。

「矢吹の絵の中に雪の林がありましたけれど」

「この林でしょう。雪の季節は風が出ると、そのまま凍ってしまいそうにつらいが、彼はあの絵を五時間ほどで描いたようだ。雪と対峙した迫力が立木の姿に強く出ていて、ぼくは一番好きだ」

激しく降りこむ雪が清冽だった。描き手は樹林の刻々の変化に挑みながら、自分ごと埋没していったに違いない。

森はいまおだやかで、少し不気味で、自然と格闘する人間はいない。森の中の道を車で過ぎると、木の間隠れに城館らしい建物が見えてきて、日本の築地塀に似た外郭が朽ちかけたまま長く続き、一つの歴史を感じさせる。車は小さな町や村を過ぎて、雅子の待つオワーズの谷へきた。河と橋が現れたが、彼女は初めてという気がしない。野牛のように逞しい橋が、実はありふれた姿で谷を背にしている。河の流れは清らかで、水鳥が浮いている。近くにレストランがあって、呉田夫妻は帰りに摂る夕食のメニューを見にいった。

河を進むと、矢吹が好んで毎年来ては三月も住みついたオーヴェールの村に着く。

「矢吹のいたホテルへあとで寄りましょう」

「ホテルがありますの、ここに」

「ありますよ、下宿というべきか。ゴッホのいた宿も残っています」

雅子はそこまで立ち入ることに不安なものを感じた。車は街道の家並をぬけて小さな広場へきた。村役場の前である。車を降りてあたりを見廻すうち、向い側の居酒屋風のレストランが目についた。店先にレストラン・ゴッホと書いてある。古びた二階屋で薄暗い店の中は誰もいない。呉田画伯は雅子の物問いたげなまなざしに気付いた。

「ここは昔、安いカフェだったようです。屋根に天窓があるでしょう。ゴッホはあの屋根裏部屋で死んだのです」

小さな明りとりの窓しかない部屋を仰ぎながら、画家の末路に彼女は息をのんだ。この店を「レストラン・ゴッホ」と名付けたお粗末に胸が痛んだ。店の横手を進むと古い教会の尖先が見えて、坂道を登ると全貌を現わした。矢吹の描いた教会である。幾百年も前に建てて手を加えては大事に保ち続けた鄙びた田舎の教会である。裏手からみる教会はV字形の道の真中にあって、ミサの声が聴える。

「これは、ゴッホの描いた教会でしょう。パリの印象派美術館で偶然に見ましたわ」

「ゴッホはここらへんにカンバスをおいて描いた。一八九〇年だから、死んだ年です。その時も今もこの情景は同じでしょう。矢吹は真横から描いている」

「ゴッホの教会は現実とは違いますのね。青い色調の、躍動した趣きでしたわ。矢吹のはゴッホと少しも似ない、黒く、はげしく塗りこめた、うめくような教会でした」

彼女は画家が立ったとおぼしい石塀の際から仰いだ。矢吹の視点はまるで違う。色感もちがう。雅子は矢吹の見た、古びてなお息づく教会を見ようとして、教会をめぐってゆくと、苦しくなった。裏手は一面の麦畑である。穫り入れの前の穂が波打っている。

「この麦畑が、ゴッホの麦畑と群がる鴉でしょうか」

「そう、この麦畑を描いた。七月二十七日彼は麦畑でピストル自殺するのです。それは未遂に終って、自分の部屋へ戻った。二日あとにゴッホは死んでいる」

「ひとりで死ぬのでしょうか」

「弟のテオに看取られたのだと思いますよ」

雅子は見渡す限り黄金色の実りを眺めながら、立ちつくした。彼女はまた矢吹の喘ぎを感じた。

「呉田先生、教えて下さい、矢吹も自殺未遂をやったのではないでしょうか」

呉田画伯の目はかっとみひらいて、すぐあわただしく動いた。傍で野菊を摘んでいた夫人も身を起した。

「おどかさないで下さいよ。伝説の人物と、矢吹君を一緒にしてはいけない」

「なぜそうお考えになるの」

と夫人も上目に彼女を見た。

「この村に何年も来て暮した人ですから、自殺した画家を追い続けて、終りも真似ようとしたでしょう。その位はやりますよ。自殺の淵を覗こうとしただけでしょうけど」

呉田画伯は夫人と目を合したあと、麦の色へ視線をうつした。

「矢吹君はここで病気をしたことがある。宿から報せがきて、私と友人が迎えにきたが、その時はだいぶ良くなっていて、帰りに三人で街道のレストランで食事をした。病気というのは絶食の衰弱でした。なにも食べないで頭を透明にしたいと試みているうち、倒れたらしい。ぼくらはそう聞いたし、その通りだと思っていますよ」

雅子は死ななかった矢吹が滑稽だったし、腹立しかった。その年に彼は苦渋にみちた黒と灰色の教会を描いたに違いない。教会は人間の生涯を見続けて、孤高の姿を示していた。現実の教会からはかすかに讃美歌が流れてくる。

「たぶん葬式でしょう。ここでは一日が長いから」

時計は日暮時を差しているが、麦畑は真昼のように明るく、穂の波はふかふかした巨大な絨毯のように豊かだった。麦畑のわきに石の塀で囲った広い一劃がある。彼女は初めなんの場所か知らなかったが、花を携えて入ってゆく老人や子供をまじえた一家を見て、気付いた。

そこは墓地であった。呉田夫人が野道で野菊を摘んでいるわけが分った。レストラン・ゴッホからV字の道の教会へ、麦畑から村の墓地へと、一つの流れがある。墓地の中は大きな木はなく、墓石が一列ずつ並んでいる。お詣りの人もちらほらいる。雅子が案内されたのは上手の石塀の際の簡素な墓である。墓石は一対建っていて、墓をとりかこんできれいに植込みがほどこされている。墓石の一方はヴィンセント・ゴッホであり、他の一方は弟のテオドール・ゴッホである。兄弟の並んだ墓は、一塊の石の虚無と静謐が漂って強烈なイメージを彼女に与えた。この墓地は亡骸を土葬にすると彼女は聞いている。ゴッホの痩せて尖った自画像の鋭い顔が土の下に眠る。報われなかった画家の一生は、大地の石の下にある。呉田夫人が摘みとった野菊の花束を台石の上に飾り、目礼した。雅子は墓標の前で、手桶の水をそそぎたいと思った。無縁の人の眠る土床だが、そうは感じていない。額ずいているると八十余年前に死んだ絵描きと並んで、今年死んだばかりの日本の絵描きも横たわっている気がする。矢吹自身も生きていた頃この想念を抱いたに違いない。この村はなんの変哲もない村だが、名画を描き残した画家の墓を持っている。絵に語らせる以外に生きる道を知らなかった画家である。矢吹もまだ評価を得ない黒い教会の絵を描き残した。

空に鴉が群れて、遠去かっていった。ここまで来たのは呉田夫妻の好意であったが、夫の声にみちびかれてきたとも言えよう。彼女は墓のうしろの塀際に立ち、墓石を撫でたあと、一握りの墓地の草をとった。それから墓地の中をゆっくり歩いてまわった。村の人たちが代々眠る墓所も、今は狭くなったにちがいない。地下で棺と棺はぶつかりあっているはずである。

「よお、教会や麦畑を描いた絵描きさん、あんたもオーヴェール・シュール・オワーズの村の墓の仲間になったなあ」

「そうだ。ドクトル・ガッシェに看取られてだ」

「あんたの描いたドクトル・ガッシェはおもしろいよ。ドクトルは確かに肩肘ついたポーズをとりなさった」

「ドクトルは気に入ったかどうか。あの絵を見るなり、そこらへおいてゆけ、と言ったものだ」

絵描きの声はいつとなく矢吹の声に似てきている。気がつくと呉田夫妻は雅子の一人歩きを見ている。墓地を出て、坂の途中の横道を歩いてゆくと、二、三百年前から壁の色一つ変らないような古い家並が続いている。雅子は物思いしていて、ふいに呉田画伯の声に顔をあげた。

「ここです、オーヴェール村で矢吹君が常宿にしていたのは」

レストラン・ゴッホと似たりよったりのホテルは、東京の本郷赤門前を入った学生下宿をおもわせた。雅子はためらったが、ここまで来ては逃げ出すわけにいかなかった。画伯は先に入口の扉を押した。入ると小さいホールがあり、すぐに階段がある。階段のわきに形ばかりのフロントがあるが、呼んでも誰も現れない。画伯は卓の鈴を鳴らした。しばらく間をおいて宿の主婦が裏手から戻ってきた。大柄の姿勢のよい女である。顔見知りの夫妻と挨拶を交し合い、呉田画伯が雅子を紹介すると、主婦の顔に反応が現れた。

「ムッシュ・ヤブキが神に召されたって。彼に奥さんがいるのも知らなかった。ヤブキはいつも独りだったから、初めから終りまでひとりかと思っていた」

「ここで愉しくやっていたかね」

「絵を描くたのしみしか知らない人だった」

「彼のいた部屋を見せてもらえるか」

「今、インドの学生が住んでいて、具合が悪い」

雅子はかえってほっとした。小さな天窓しかない屋根裏部屋を想像すると、見るまでもなく胸をしめつけられた。呉田はあきらめて礼を言い、主婦に心付をしてから出てきた。

「矢吹君のいた部屋を案内出来ないのは、心残りだなあ。彼はあの部屋でいつも描いていた。絵描きのすることは同じさ、と言いながら、現実より重い色を一色重ねて、物を見ていた」

雅子は貧しい部屋を見たあとのように頷いた。これで矢吹の生きた場所はあまさず見たと思った。七年間離れていた夫を知るのに、この旅は無意味ではなかった。宿の主婦がいった言葉を彼女は繰返してみた。絵を描くたのしみしか知らない人だった。ヤブキはいつも独りだったから、初めから終りまでひとりかと思った……。彼女は夫に、終りまで独りを全うさせたかったとおもった。しかし彼は七年間好きなように生きて、意志を貫いたのだった。人間の自由を存分に享受したと言えるだろう。哀れとみるのは生きた人間の奢りかもしれぬ、と雅子は思った。

誰にも言うことではないが、墓地の塀際へかがみこんだ時、彼女はハンカチにくるんできた矢吹譲吉の一円アルミほどの骨を、手早く埋めてやった。これで彼も棺の中の骨たちの仲間入りが出来ることだろう。夫への鎮魂のしるしである。

街道へ出ると、一日の終りがきていた。やがて彼女を乗せた車はオーヴェール村をあとにして、オワーズ河畔へと戻っていった。

ゴッホ「オーヴェールの教会」

パリ郊外の自然の森をぬけて、オワーズ河を見ながらオーヴェール村まで行ったのは、七年前（一九七七年）の夏であった。パリに住む荻須高徳画伯が案内して下さった。

オーヴェール・シュル・オワーズ村の広場に着くと、向いは村役場、こちらの角は居酒屋風の店で、お粗末なことに「レストラン・ゴッホ」と日除けに書いてある。

客はいない。この二階家の屋根裏部屋にゴッホは住んでいた。ベッドが一つあるきりの粗末な部屋と痩せた自画像が私の瞼にうかぶ。「ゴッホの手紙」で読んだ、哀切きわまる弟テオへの心の語りを思い出さずにいられない。

横道へ入ると教会が見えて、坂道を上ると全貌を現す。ゆがんだ、二叉道のあるゴッホの「オーヴェールの教会」がここにある。教会は何百年前に建てたのか、今ではすっかり古びて、鄙びた姿がミイラのよう。しかしゴッホの絵はどうだろう。鮮明で、感覚的で、初々しくさえ見える教会は、コバルト色の深い青空に浮び出て、農婦の歩く花の道のいきいきしたタッチと調和しながら、教会を永遠のものにしている。死の二か月前の絵なのである。

「ゴッホはここにカンバスを据えたのです」

と荻須画伯が道の端に立たれた。私は現実の教会を一とき仰いでいた。私たちの前を、百年近い歳月が走りぬけていく。

教会を過ぎると田園がひらけて、麦畑である。ゴッホの「鴉のいる麦畑」のまま、今も鴉が空に群れている。ゴッホはこの麦畑でピストル自殺をし、死にきれずに部屋に戻り、二日あと、一八九〇年七月二十九日に逝った。生前報われることのあまりに薄かった画家の死である。

右手の石塀の中は墓地であった。上手の塀際にゴッホの墓がある。簡素な墓石が二基並んでいて、ヴィンセント・ゴッホと、弟のテオドール・ゴッホが眠る。終生貧しい兄を支えたテオの墓が並ぶのはいい。野で摘んだ花を私たちは供えた。ゴッホの墓にやさしい野の花はよく似合った。

本郷菊坂

東京の町も、戦災と、その以前の大正十二年の震災で、古い面影をほとんど失ったようである。ことに下町の災禍は二度ともひどかったから、今も損なわれずに残された町並みは数えるほどしかあるまい。恭子はそんな場所があったら行ってみたいと思うようになった。懐古的な年齢に達したのである。

この数年間折にふれて本郷菊坂のあたりを歩くのが、彼女の大切な下町散歩になっている。浅草に生れて育ったので、本来なら浅草がよかりそうなものだが、そこは変り果てて、一破片《かけら》の思い出もとどめないばかりか、あまりに薄手に移ろったので、腹立たしいことさえあった。

そうは言っても、古い下町を味わい尽したと大言するほど住み古したわけではない。生れて二十年間住んだに過ぎない。彼女の小さい頃、「浅草」はいまの銀座や新宿を思わすほど愉《たの》しい場所であった。彼女の家は雷門から田原町にかかる電車通りの繁華な馬道《うまみち》とは反対側の、閑静な町並みのほうであった。大通りなのにひっそりしていて、子供たちは石蹴りや陣取りをして遊んだ。自動車はずっとあとまで電車通りから横へは入ってこなかった。

彼女の母は、「俥《くるま》に気をつけなさい」と言ったが、人力車に撥《は》ねられるのが危険だったのである。通りの片側は問屋が並び、こちら側は医院だの隠居所だの碁会所などがあった。恭子の家は呉服を扱っていたが、ガラス戸を閉めきっていて、なにをする家とも解らない。

この通りの露地露地には更に小さな家々が密集していたが、どの家も格子戸を拭きこんで、夏は窓に朝顔の蔓《つる》を這わせていた。この露地に恭子の家の仕立物を縫ううちがあって、ここの主人はいつも前かがみの胡坐《あぐら》で裁ち台の前に縫物をひろげていた。おかしいのは足の親指と人差指に布地を挟んで、それを絎《くけ》台にして布を引っぱってくける恰好をした。

主人の前に娘とその母親が並んで、同じように縫物をしていたが、夏の盛りになると肌脱ぎになったシャツ姿の主人のうしろで、浴衣に襷《たすき》をかけたおかみさんが団扇《うちわ》の風をしずかに送っていた。この露地には髪結いや、鋳物を作るうちがあって、いつも金物を叩く音がしていた。行儀の悪い浅草の子供は、こういう家を一軒一軒覗《のぞ》いてゆくのだった。すると鋳物の作業場から若い者が卑猥な声をかけたりした。

露地の角に紐問屋があった。畳敷きの店に主人や小僧が坐って、大きな紐束から一条の紐を天井に伝わせ、糸巻車のようなものに掛けて小さな束に巻きかえる作業をしていた。赤や青の縒《よ》り紐がくるくる巻かれて自動的に形を整えてゆくのはおもしろかった。店先には台がめぐらしてあって、客はそこで買い求める。主人は几帳面に一巻きの打紐や縒りの目方を計って客に渡した。客が去るとき、店の者は口々に礼を言った。

この主人は口やかましく、店員を叱る声が外まで聞こえた。紐問屋の並びの電車道に面した角は牛肉の松清であった。黒板塀をめぐらした横手は薄暗がりで、角にガス灯が灯《とも》っていた。よく男と女が佇《たたず》んでいた。電車向うの夜店の並ぶ賑わいから、身をかわすのにふさわしい場所だったかもしれない。

大正十二年の大震災で、磨きのかかった古い町は灰燼《かいじん》に帰した。恭子は数えて十歳であった。翌年避難先から戻ってみると、昔の友達は半数に減っていた。バラックの家が区劃《くかく》整理で本建築になると、露地の細いごみごみした迷路はなくなって、どこも真直ぐに区切られた。ついでに子供の遊び場の空地や共同井戸もなくなった。

女学校へ入って間もなく、恭子はバスの中で松清の秀という幼馴染の男の子と出会った。彼は慶応普通部の学生服がよく似合って、陣取りをした仲間とは思えなかった。恭子も女学校の制服で、襞《ひだ》の多いスカートをはいていた。空いたバスであったが、それぞれ正面を向いたまま目礼も交さなかった。あまりに意識が勝ちすぎて、息苦しい時間であった。

下町の女学校のせいか、女生徒に付文《つけぶみ》が多かった。馴《な》れた子はうまく処理したが、良い家庭の子供はおどろいて、親や教師に大騒ぎをさせるようなへまをやった。ある日、使いの子供が恭子の家へ手紙を届けにきて、大声で渡していった。父はいつになくしかつめらしい顔でその手紙を開封したが、内容も明さなかった。恭子は名前くらい聞いておきたかった。そんなばかげたことをするはずのない少年の顔を、思いうかべた。

恭子の父が発病したのは、彼女の女学校の終りころであった。脳溢血の発作はおさまったが、不自由なからだになって療養をつづけた。我儘《わがまま》なので看護婦と喧嘩をし、彼女が帰ってしまうと、いたずらな、苦いわらいを浮かべた。活動的な彼が一切を封じられると、我儘であればあるほど哀れなあがきになった。機嫌のよい日、彼は床の上で好きな絵筆を手にして描いた。名人筆を選ばずなどと洒落《しゃれ》てるうちはよかったが、やがて筆も色紙も投げ捨てるのがおちになった。

ある日、恭子は病人にカメラを向けて、拒絶された。もし撮るなら、おしゃれな父は髭も床屋にあたらせなければならないし、床のまわりもきれいにしなければならないし、着る物も替えなければならないと、言った。しかし彼が不帰の客となった夏の盛りの油蝉の鳴く日、その顔にはまばらに髭が伸びていたのである。

住み馴れた浅草の家から、本郷湯島の古びた借家に移る時、家族は母と恭子と妹に限られた。本家の伯父は、まだ三十九歳の恭子の母を実家へ戻らせ、娘たちを引取ると言い出した。親切というよりは苛酷な申出で、彼は他家を支配したり、管理したりするのが好きであった。だから湯島の家に移った時、親子水入らずで住むことは無上の幸福に思われた。代りに伯父の保護を辞退したことになった。一家の主という軸を失った女たちの前途は、少しも明るいものではなく、恭子は数えて二十歳であった。

本郷菊坂には戦災からも震災からも免かれた、というよりは取り残された、稀有な場所がある。本郷東大の前側西片《にしかた》町から左手につづく菊坂町は、うしろにゆくほど傾斜になっている。よほど地形が悪いとみえて、この一帯は横町から横町へ自由に抜けてゆきながら、二叉道になったり、坂下りになったりして初音《はつね》町へ下りてゆく。この辺に昔は恭子の女学校友達の家がかなりあった。小学校の名門本郷誠之からきた同級生たちである。しかし菊坂を下りることはあったが、その一側裏は無縁であった。坂道よりも一段低く家並みがあって、ガラス戸に車の泥が撥ねる通りである。

この坂の左手裏の窪地は、擂鉢《すりばち》の底のようで、高い崖上に向かって幾段にも長屋が並んでいた。通路は細い石段一つで、長屋の奥は行き止りであった。長屋の入口に長屋門の面影がいまも残されている。石段のわきに共同水道があった。

この石段を昇りきって、土止めした狭い坂道を迂回すると、崖上に辿りつく。ここから崖下を見ると黒く燻《くすぶ》ったかたまりのような古い家が傾きながら段々に並んでいる。崖上もあたり一帯も焼けているのに、この一かこみの底地の家が助かったのは奇蹟じみていた。

その一軒は恭子の古い友達が棲みついた。戦争で良人《おっと》を亡くして、一人娘を抱えて転々と居を変えた彼女が、親戚の持家にきてやっと安住の地を得たのは十年ほど前である。菊坂町七十番地、このあたりに樋口一葉もいたことになると恭子はいつからか気付いた。共同水道のわきの露地は両側の家が向きあっていて、人と擦れちがう時、きものを触れないためにはどちらかの家に密着しなければならなかった。

片側の長屋は仕立物処だったり、建具屋であったりした。もう片方は一軒建ちの小さな家々で、格子戸のわきに塵箱が置いてあった。露地の窓の前に物干場を作っているうちもあった。友達の家は行き止りにあった。

玄関の上り框《かまち》は二畳で、左右に部屋があった。右手は六畳で右奥に押入と床の間があり、玄関の並びにもうしろ手にも小さな窓がある。左手は三畳間であった。そのわきは台所で、奥の端は御不浄になっていた。台所の流しは今どきの東京には見られない一段低い坐り流しであったが、これは後に改造して立流しにした。そのついでに友達は風呂桶を買ってきて、狭い台所に据えた。銭湯へゆくのがいやだからだという。

庇《ひさし》の低い、陽当りの乏しい座敷なのに畳が赤ちゃけていて、恭子がはじめて訪ねたとき、この陰気な座敷の隅から二匹の猫がじっと彼女をうかがっていた。古い家には饐《す》えた匂いが籠《こも》っているものだと恭子は気付いた。補修しながらきたとは言っても、明治から大正昭和と生きつづけた家であり、この界隈にはそれなりの風格があった。板一枚新しくしても、朽ちる一歩前まで見事に古びた菊坂町の調和は乱れるのであった。

友達は初め編み物で生計をたてていた。途中から勤めに出たので、ふらりとこの露地へ寄っても居たことはなかった。恭子が行き止りに立っていると、子供を背負った女の人がよく暇潰しに声をかけてきた。上から下まで闖入者を吟味して、友達は夕方の何時でなければ帰らないと教えてくれた。子供を背にしてあちこちの窓を覗いて話しこみながら、露地の番をしているようであった。建具屋も木口《こぐち》の触れあう音や鉋《かんな》の音を立てながら、友達親子の出入りにつれてうるさく噂するらしかった。忍術でも使わないかぎり建具屋から身を隠して露地をぬけることは出来なかった。

露地の家に床の間があるのは、恭子の覚えている浅草の記憶からすると珍しいことだった。陋屋《ろうおく》であれ、見識をもっていた。零落してここまできても、行儀よく住む人の家であった。一軒一軒、くまなく見ても、菊坂町七十番地はひろくない。樋口一葉もこの露地を歩いたのである。

樋口夏子が菊坂に借家を探して移ってきたのは、もう間もなく二十歳になろうとする前年の秋であった。母のたきと妹の邦子の女家族である。父親が亡くなったあと、母と妹は他家を継いだ次男のところへ身を寄せたものの、折合が悪かった。夏子は萩《はぎ》の舎《や》の内弟子に住みこんだが、師の中島歌子は調子の良い口で女学校の教師の口を見つけると言いながら、彼女を下女のように使った。だから親子三人が水入らずで暮すことになった時、このわびしい露地奥も救いになった。

明治の女は生きるための職域に乏しい。身すぎのために彼女らは針仕事をした。袷《あわせ》が十銭、単衣《ひとえ》ものが七、八銭であった。冬物をもらってきて、ほどいて洗って張って、縫い上げても二十銭そこそこだった。どんなにつましく暮しても、三人で月に七円はかかった。夜も寝ずに縫ったところで満足に暮せなかった。不足は有る物を売るか、兄姉や親戚知人から借りて補うかであった。縫物も尽きずにあるとは限らなかった。しかし確《しっ》かり者の母と、明るい気性の妹にかこまれた夏子は、俗事のなかにいて、どこかだんな様のように大切にされていた。おいしい物を作ると、たきはまず戸主である夏子にそれをつけた。

小石川安藤坂にある萩の舎は和歌の塾で、上流社会の夫人や令嬢が集ったから、華やかな社交の場でもあった。五十人に近い才媛たちが妍《けん》を競うさまはまばゆいものがあった。彼女たちは和歌だけでなく、古典の学識も備えた女性たちであった。稽古日の萩の舎の門前は定紋入りの俥が引きもきらなかった。夏子は稽古日には着物を改めたが、年齢よりはるかに地味で、髪もいくらか薄い地毛のまま銀杏《いちょう》返しを小さく結っていた。前かがみに露地を抜けてゆくとき人の目に触れると、丁寧に会釈した。菊坂の辻から夏子は俥に乗った。その暮しからすると俥は贅沢にすぎたが、外出のとき彼女はいつも俥を使った。父の全盛時代からの習慣であり、車上に揺られてゆく身は樋口の娘だということを忘れなかった。

十五歳から入門した萩の舎は、夏子の将来を賭ける目標になっていた。この世界があるために彼女の精神には張りがあった。しかし日々の不如意に悩まされる若い女にとって、きらびやかな仲間は際立ちすぎた。あのひとたちは遊びだと割りきるには努力がいった。何も知らない人からは、かまわないひとと言われた。美しい着物や髪飾りに浮き身をやつす女の世界で、夏子だけが超然としていられるほど、鈍ではない。無縁だから、無関心になろうと振舞うのだった。零落の意識は人一倍敏感であった。不似合な環境にいながら、そこが生甲斐になっている矛盾を、菊坂から萩の舎へ向かう度に感じた。

萩の舎の三才媛は田辺龍子《たつこ》、伊東夏子、樋口夏子とうたわれたが、夏子の及び難いのは田辺龍子であった。龍子は先輩でもあり、弟子の中心でもあった。苦労や躓《つまず》きというものを知らずに育った向日葵《ひまわり》のような存在であった。龍子は坪内逍遙について小説の勉強もしていて、才長《た》けていた。彼女の書いた小説「藪《やぶ》の鶯《うぐいす》」は逍遙によって添削されて発表になった。その評判は彼女を一躍人気作家にした。萩の舎はその噂と、高額な原稿料のおどろきで持ちきりであった。「藪の鶯」は夏子をそれほど圧倒してはこなかった。けれど稿料の多額は目をみはるに充分であった。日夜、遣り繰りに追われ、金、金、金と迫ってくる怪物に、気を許したことのない日常であった。

「小説というものがそれほどお金になるなら、私も書いてみたい」

と彼女は言った。

「龍子さんに書けて、夏子に書けないはずはない」

たきは断言した。一説に「藪の鶯」の稿料は四十円と言われた。七円の家計費の捻出にも事欠くとき、それは一攫千金の魅力に等しかった。「藪の鶯」くらいのものが書けないことはあるまいと、夏子は負けずに思う。古典の読みにも人に遅れはとらなかったし、文章をものすることも好きだった。勿論歌で身を立てることは一生の希《ねが》いである。田辺龍子が書くなら私も生活のために小説を書いてみよう、彼女にだけは負けたくない。田辺龍子は夏子の生きる日のライバルであった。そのことを顔に出さないだけである。龍子が向日葵なら夏子は野の吾木香《われもこう》に等しい。

目立たずに小さく強く暗紅色の粒に似た花である。ぱっちりした瞳と、真直ぐに伸びた眉と、堅く結んだ唇にひそかな意志が漲《みなぎ》っている。それでいて萩の舎の誰の陰口も口に上さなかった。傷つくことを知る身だからである。萩の舎で二円の金が紛失したことがある。この騒ぎのとき、人の目がふと夏子の顔に当てられてよぎるのを彼女は感じた。貧しさからの不当なあなどりが、そういうかたちで彼女を搏《う》った。この屈辱を夏子は後年まで忘れはしなかった。人にあなどられる位なら、死んだ方がましであった。菊坂の貧しい長屋裏に逼塞《ひっそく》しても、紳士貴顕の夫人や令嬢たちと本質的に劣るとは思っていなかった。

夏子には日々が戦いに似ていた。敵がなにか、たぶん世間であろう。借金取りも敵であれば、貧乏も敵である。小説を書くときは龍子が敵の顔に見えた。自分たち弱い女世帯を受けいれない一切が敵であった。己れの才能もある意味では敵である、容易に掌中にとらえることができないからであった。

明治二十四年六月十五日、雨もよいであった。夏子はいつものように髱《かもじ》の入らぬ小さな地髪に結い、簪《かんざし》のないさびしい髪を少し気にして、外出の支度をした。ようやく小説の一部をまとめた疲れで顔の色艶は冴えなかったが、表情は明るんでいた。邦子の知人を通して紹介された半井桃水《なからいとうすい》にまみえる日であった。芝愛宕下に近い南佐久間町にその家はあった。桃水は彼女を快く迎えた。

彼は朝日新聞の記者であり、記事も書けば、小説も書いた。妻に死なれて独身だが、一家の主であるこの三十二歳の男の前で、二十歳の夏子は馴れぬこととて挨拶もしどろになった。萩の舎ではもっと自在に振舞い、才気走ったことも口にする彼女も、ここでは世間みずにひとしい含羞が先に立った。

彼女は俯《うつむ》き勝ちに、相手のやわらかな声を受けとめるとき、ちらと彼を仰いだ。桃水は美しい男であった。色白のおだやかな面《おもて》にやさしい笑みが漂っていた。それでいて上背のある男らしい身体は見上げるような頼もしさであった。彼は夏子の原稿を快く受けとってくれた。

「先生と呼ばれるほどの能はないが、相談相手にはなれるでしょう」

桃水は言い、遠慮なく来てほしいともいった。彼の如才のなさや行き届いた心くばりに．夏子は思わず長居した。夕食をふるまわれ、やがて雨の降りしきる夜道を、彼の用意した俥に送られて菊坂へ帰ったのである。

夏子にとってこの日は最良の日となった。家運を賭けて書いた草稿を指導してやろうという人は神様である。夏子には未来がひらけた。若い男の親切は身にしみてうれしく、慕わしかった。他人に対して、心に身構えるものをもつ夏子は、しぜん相手を洞察する。ある者には心をゆるさない。

馬鹿にされまいとする自尊心は人より強い。女世帯の女の常でもあった。母や妹は夏子の才を大切にしていた。樋口の名は夏子の肩に重くかかっていた。誰か寄りかかるひとを見出すのは、夏子の救いであった。

この夜母や妹には原稿の話をして、よろこびを分けあった。

夜更け、日記をしるす時間、夏子の心は自由になる。今日の出来事がもう一度心に展開する。相手のみめかたちや言葉を反芻《はんすう》しながら記してゆくと、はっきりした像になる。それは彼女の感情の投影した相手である。一方的な人間像かもしれなかった。

けれどそうやって記しながら、相手に語りかけると、事が浮彫される。彼女はそうして人とも、事件とも向かいあう習慣であった。現実にはろくに受け答えも出来ずに、もじもじしていたこともある。理路整然と喋るような風習も訓練もうけてはいなかった。日記という秘められた、自分ひとりの世界でならば、なにを語ろうとかまわなかった。そこでだけ彼女の心は燃焼した。

二十歳の娘にしては彼女は異性に対して淡白であった。友達の大半は嫁にいって、女の婚期の適齢はややすぎた。彼女の婚約者は父の死のあと、婚約を破棄してきた。そのころの日記は焼き捨ててしまった。青春のゆめはその日記とともに捨てた。人間はゆめの部分を一つ一つ捨てながら老いを迎えてゆくのだろうか。彼女は結婚に多くの期待をかけてはいなかった。桃水は異性であったが、やさしく手をさしのべてくれる師として、彼女の心をとらえたのである。その日、夏子の気持は充たされた。原稿の続きを書く意欲が湧いて、すぐには眠る気にもなれなかった。

夏子の草稿のつづきは、その後桃水の許に運ばれたが、活字にはならなかった。平安朝文学の流れを汲む夏子の文章は、新聞には向かなかった。桃水はもっと通俗な、解りやすい筋立のものを書くよう、手ほどきを与えた。小説を書きさえすれば金を得られると考えていた彼女は途方に暮れた。母や邦子にも顔向けができないと思うと、桃水の家からの帰途は物思いにくれて、絶望の淵に沈んだ。小説の難しさを知らずに、過信したことが悔まれもした。しかし今となっては書きつづけるより仕方がなかった。彼の言うような作品を仕上げるまでは師にも会うまい、いや会えるものではない。図書館にも通い、本も読み、勉強しようと心に誓った。

ひたぶるな思いが彼女をつつんだ。萩の舎では田辺龍子の坪内逍遙に対して、夏子の桃水が比べられて人の口に上った。夏子は桃水のことを親しい友達にだけにそっと話した。師がどんなにやさしいかを龍子に告げることもあった。龍子に対する激しい対抗意識が、常のつつしみのなかから敢えてそれをさせた。師を師として誇ることは、彼女の出来る精一杯の自慢であった。この思いを掻き散らす噂が桃水のまわりに立った。彼の家に寄宿する女学生の鶴田たみ子が妊娠して郷里へ帰ったことである。夏子の家まできてその噂をする友達の野々宮きく子は、桃水を非難した。夏子の偶像は潰《つい》える。桃水を逍遙に及ぶ作家とは思わない。そのことを侮蔑の調子で匂わす萩の舎の仲間もある。夏子はそれでも桃水をくだらぬ作家とは思わないし、師として頼んでいた。小説は生活のための仕事であった。彼は夏子の草稿の発表に心をくだいてくれた。師は恋人ではない、けれどこの醜聞は彼女を打ちのめした。

「なぜ先生はたみ子さんをお嫁におもらいにならないのでしょう」

と夏子は言った。この言葉は桃水まで聞こえた。彼は事によせて夏子を招いた。

「言い難《にく》いことではあっても、世間の風聞を放置しておくことは出来ないのです」

彼の白い額にやわらかな髪が垂れた。たみ子の相手は桃水の弟の浩であった。両親も居れば、二人の弟も妹もいるし、弟子もいる家庭であった。彼はその当主である。夏子への申開きは、世間への申開きでもあった。夏子は了解した。

彼女はそのことを日記にしるした。だが了解することが氷解することにならなかった。すでに心に傷を負っていた。彼女のなかで、彼の映像は一度こなごなに砕かれた。再び元の像に戻すのは困難であった。悲しみを味わったときから、彼との終りがみえていた。夏子の表面のしとやかさは、精神の起伏とは別の世俗のなかの顔であった。

翌年、桃水は同人雑誌「武蔵野」を発行して、夏子の小説「闇桜《やみざくら》」をはじめて活字にしてくれた。桃水は戯作者めいた仕事でなく、いつか本当に腰を据えたものを書くつもりだと夏子に抱負を語ったこともあったが、「武蔵野」の発行はその気持の現われであった。また、なんとかして夏子の小説を活字にしてやりたい念願もあった。地味で、控え目な、しとやかすぎる彼女の物腰に触れると、その魂のもつ気魄《きはく》のようなものが響いてくる。無垢な人柄が生活の悪戦苦闘のなかに保たれている。彼は色恋で夏子を眺める気にはならなかったが、ともに居ると、彼女の低いがはっきりと爽やかな声音に惹かれ、言葉の端ばしの受けとめかたの手応えを感じた。女性といて、このように心おきなく語れるひとはまれであった。家族を担って、おもわぬ仕事に追われる境遇にも、一脈通じるものがあった。夏子は心をゆるせるひとであった。

同人雑誌「武蔵野」はその後おもわしい発展もみずに廃刊となった。桃水は非力な自分の代りに、尾崎紅葉を夏子へ紹介しようと考えた。小説に深入した彼女にとって、収入はそこから得なければならないだろう。現実の問題が、かよわい女である夏子の小説を書く以前と以後に迫ってきていた。菊坂の崖下の家は夏は暑く、冬は寒く、近所の声はやかましく、子供は群れて露地の奥を遊び場にした。

あたりが静まるのは夜更けである。

夏子は昼は蟬表《せみおもて》の内職にかかり、その時刻から筆をすすめた。世間の窮屈な娘とは違った生き方であった。思うように書きすすまない夜は、細い肩のあたりが削げ落ちてゆく疲れを覚えた。苦しみのともなうほど、書くことは夏子の生き方のなかに入ってきていた。たとえお金にならなくとも、書かなければいられないものになった。根をつめて、筆のおもむくままに書いていると、たきが起きてきて、

「もう夜も更けたから、明日にしては」

と案じるのだった。

萩の舎にうとましい噂が流れたのは、夏子が桃水の依頼で九雲夢の筆写をはじめたころであった。ある日師の中島歌子は夏子を呼んで、うとましい噂の真偽を訊《ただ》した。桃水が夏子を我が物のごとく言いふらしたというのであった。

膝詰めで問う歌子の前で、顔を赧《あか》らめ、やがて蒼ざめながら、夏子は桃水に裏切られるのを感じた。その少し前に野々宮きく子から桃水の女遊びの行状や、だらしなさを聞いていた。むすめの潔癖さから彼女は疎《うと》んじる思いに駆られていた。あろうことか、噂は彼女の身まで穢《けが》した。萩の舎の体面を重んずるあまり、桃水との絶交を歌子は口にした。夏子も異存はない。潔白をあかすためには、どんな手段も取らなければならなかった。その夜彼女は一睡もしなかった。憎みとも怨みとも無念さとも、失う悲しみとも言い難かった。

六月二十二日、返す書物を持って午前中に家を出る。通いなれた師の仕事部屋を訪《おとな》うと、桃水はま

だ蚊帳《かや》の中に眠っていた。ゆり起すこともためらわれて、次の間の端居《はしい》に夏子は坐った。男の寝姿はあやしく彼女の胸をうずかせた。今日が別れである。

ひる近く、ふと目覚めた彼は、蚊帳を出てうろたえながら、なぜ起してくれなかったと夏子を責めた。仰げば懐かしい顔であった。別れるならば理由を告げて話合いの上で別れようと彼女は分別してきた。曖昧に、真相にも触れずに遠ざかるのはいやだと思った。朝からの訪問を詫びる声もくもり勝ちであった。お話がありますのでと告げると、早くも胸打たれた桃水は、

「何事です、なにごとです」

口早に問うた。

口に出すのもいやな噂を、夏子は告げなければならなかった。互いの潔白は互いだけが知っている。しかし世間の噂に抗しきれないいま、お目にかかることは疑いを増すばかりである。しばらくの間、噂の晴れるまでお会いしないのがなによりに思う、そう告げるうち、声もとぎれ勝ちになった。

桃水は男のことでさのみ驚きはしなかった。独身の男の許へ、若い女が人目を避けてひっそり訪れてくる、世間が疑うのは無理でなく、なにごともない二人が無理なのである。そのことに気付かないのは夏子の世間知らずであった。

しかし彼にも罪がないわけではない。先頃、野々宮きく子がたずねてきた折、よもやま話に、夏子のことをしきりに讃えた。なんとあの人も嫁にゆくことの出来ない身だろうか。もし自分が半井の当主でなければ、夏子さんはいやというかしらないが、ぜひ婿にゆきたいものなどと冗談のように言ったのである。それやこれやがあつまって噂になったのであろう。悪いことをしたと彼は夏子に詫びた。

男の洩す言葉は、求愛であった。それに気付かぬ夏子ではなかった。このひとの気持を知らぬわけはない。ここへくると心は安らぎ、いとしさを増す。それだからといってどうなるだろう。互いに重い家族を担っている。実に貧《げ》は諸道のさまたげである。夏子にはしなければならぬ仕事がある。「都の花」に書くめどもついてきた。一筋の光明が創作の上にかけられた。初めから不可能なところにいて、互いに惹かれるから噂になった。それを口惜しく思うことも、世間の狭い倫理に縛られた身だからである。

もう男の情けもいらぬ、家族も欲しくない、世間などなんだろう。金も名誉もよそのことである。ただ自由に、思うまま筆を駆りたてて好きなことを書いてみたいと思う。これまでのわずらわしい生涯を捨てて、見栄も自尊心もかなぐり捨てて、広い世界に出てゆけないものだろうか。どこかに人間と人間がじかに、虚飾もなく触れあうところはないか。あれば、堕ちてもそこまでいってみたい、自由になりたい。

その日の黄昏、夏子は菊坂の家に戻った。露地の細い石段を心許ない足どりで踏みしめながら昇っていった。井戸端に人が群れている。蒼ざめた顔に笑みをうかべて、丁寧に会釈しながら、夏子は長屋門を潜《くぐ》っていった。

高い崖を土止めして、その窪地へ幾重にも並べたこの裏町は、生きつぎ、生きのびて、二つの災禍も免かれた。広い東京に七十年前のおもかげを未だに宿した裏店《うらだな》は、そうたんとはあるまい。細い石段を、ゆっくり降りてゆくと、人間の生活の変り栄えのなさにおどろくこともある。恭子は一葉をそこに感じる。女の生きる苦しみを、恭子もそれなりに知ってきた。彼女は友達の家に寄って、座敷で茶をよばれた。丁度日曜日で、この露地もいつもより騒がしかった。

友達は恭子がものを書くのを知っているから、こんな古びた町を訪れるのも、気まぐれな人間のすることと思っているのであった。生活に追われていた友達は、懸命に暮しているうちにいつか中年太りになって、それなりに落着いた場所をこの家に得ているようであった。古びた床の間には相変らず猫がまるくなっていた。一方は露地に面した窓で、うしろにも風通しの小さい窓がある。そこに机を置いて昔の人は書きものをしたろうと恭子は思った。この家が一葉の家であることを、彼女は疑わなくなっていた。

その日、本郷の通りで買求めた一葉の古本を彼女は持っていた。そういうことに無関心な友達へ、なにげなくひろげてみせた。

「このあたりに、昔一葉が棲んでいたらしいわ」

「そう?」

友達は本を手にした。台所から果物を運んで来た友達の娘は十九歳で、スラックスを履いていた。上野の洋品店に働いているのだった。母の肩越しに覗きこんで、

「オケグチ、イチヨウか、聞いたことある」

と彼女は明るく言ってのけた。

伸び伸びと育った背丈は五尺三寸ほどあろうか、この古び果てたまっ黒い家の鴨居に届きそうであった。

樋口一葉「うらむらさき」

最も短い小説で、最も好きな小説はなんだろうか、とあれこれ思い巡らすうち、樋口一葉の「うらむらさき」に至った。一葉の小説はべた組でほとんど改行がない。四百字詰の原稿用紙で七枚ほどである。超短編だが、七枚に埋められた語り口のよさ、底知れない人生の深淵をのぞく女の罪深さ、哀れさは、なんとも言いようがない。

一葉は明治二十九年十一月二十三日、数えて二十五歳で生涯を閉じるが、「うらむらさき」は最晩年の二十九年一月作で、おそらく未完であったろう。

豊かな商家の若妻が、人の好い夫をだまして、夜、男に会いにゆく。迷い、悔いに責められ、とつおいつしながら、やがて心を決めてゆく時、女の唇に冷やかな笑みさえ浮ぶ。

長い小説の書き出しとすれば、すごい。このあとに陳腐な物語が続くとしたら、ここですぱっと切れているほうがいい。明治時代は姦通罪があったから女の暗い恋は並大抵のものではないだろう。一葉は一生独身で通して、閨秀作家として文学界同人たちと語り合う時、ある種の達観から、からっと中性のようにも感じられるが、この短編には心の内奥の炎がたぎっていて、作者の女性《にょしょう》をのぞかせる。女の永遠のテーマがある。

小説の主人公が夜の路地を行きつ戻りつ、「帰りませう、帰りませう、帰りませう、帰りませう」とおのれに言いきかせる哀切な呻きを聞くと、私は情感にひたされ、枯れかけた感性を掻き立てられる。

短編小説は長編の丹念さに比べて、瞬時の勝負で決るような気がする。こうと決めたら後も先もいらない、すっと本題に入って一気に突っ走るほうが、生きのいいものが書けるのではないか。短編の名手の作を読むと、切れ味がよく、味わいが深い。人生の断面が鮮やかに描かれて心にしみる。こうしてみると、優れた短編が書けなければ、優れた長編も書けないだろうかと思う。だらだらと言葉を重ねる虚しさを考える時、七枚の佳作はやはり並ではない。「うらむらさき」を掌編とはよびたくない。小説の真髄に触れ得たせいである。

一葉は一説によると、小説をやめて別の道をゆきたいと考えていたようである。貧苦にあえいで、そこからみた人生を二十五歳までに書ききってしまったから、新たな視野を望んだのだろうか。私などは一葉の別の姿を見なくてよかった気がする。小説書きで終ったからこそ、一葉の余白は読者が埋めてゆけるのである。「うらむらさき」、この美しい題名にあやかって、人の心に残る一篇でも書き残せたら、すばらしいことだろうと思う。

稽古の終りに近い夕暮に来客があった。臈纈《ろうけつ》染めを習いにきている婦人の一人が玄関から戻ってきて、

「お客様です、男の方」

と告げた時、由美はどきりとした。なぜとなく朝月信丈が迎えにきたような気がしたのだった。彼は由美と学生時代から十余年も親しくしている大町品子の良人であったが、このところ続けて電話がかかってきて由美は避けられなくなっていた。一時彼は新進画家として鋭い絵を描いていたが、近頃は消息も聞かなくなっていた。品子との間が思わしくないからといって、由美に電話をよこしてくる男の気がしれなかった。今日は男から一方的に会う場所と時間を決めてきた日なので、曖昧に受けてしまった自分を悔いてみたが、どうにもならない。稽古も手につかずに、

「先生、媒染剤を使っていいのですか。今日の先生はどうかしてらっしゃる」

と弟子に注意される有様だった。いつもは細心の注意力でモデラを使って革を彫りつけ、端麗な色

感をほどこす彼女が、どこか散漫になっているのだった。これくらいのことで気持が乱れるようでは、この十年の仕事はなんのためにあったか分らない、と考えて、ようやく気持を取り直していた。弟子の告げた来客の名は安原亮であった。彼女はほっとしながら、珍しい人が来たものだと、いそいで出ていった。安原は玄関に立って、奥から漂ってくる蠟《ろう》の匂いや、玄関の履物から、稽古日だと気付いていた。

「悪いところへ来てしまいましたね」

「お稽古はもう終りましたの。どうぞ」

由美はなぜかしら嬉しい予感がした。同じ群生会に属している画家だが、彼女は安原と二人きりで話をしたことはなかった。彼がわざわざ来てくれたのは良いことに違いない。安原は翳りのない顔をしていた。玄関のすぐの小間に待ってもらって、彼女は七人ほどの婦人たちの今日染め上げた革の類いを見ていった。上級の人たちは大きな牛革に一枚絵を彫って彩色したりしている。仕事机の上を片付けて、煮た蠟の始末をして婦人たちが帰ってゆくまで、少しの間があった。彼女たちは来客に会釈して出てゆくとき、群生会の安原亮はこの人か、という目をした。彼の油絵を知らない者はいなかった。由美の母がお茶を出して、引下る間に、彼女は身づくろいをした。

「お待たせしてしまいました」

「女の人の仕事場というのは雰囲気がありますね。色彩感があっていい」

安原は壁に飾られた革染めの額の絵や、椅子のクッションや、手製のスリッパなどを眺めていた。展覧会でみるのと違って、親しい体温の感じられる革染めである。由美は当惑してうつむいていた。

「安原さんがいらっしゃるなら、片付けて綺麗にしておきましたのに」

「この近くまで来たので、急にやってきて失礼しました。例の沖縄旅行が纏まって、九人参加と決ったので、あなたを入れて十人にしたいと思ったものだから」

「品子さんは、いらっしゃいます?」

由美はとっさに訊ねた。

「勿論来ますよ。彼女が来ないはずはないでしょう。あなたも誘ってほしいと伝言を受けました」

「どうしましょうかしら」

三泊四日の沖縄の旅は彼女の心を前から動かしていたが、ためらう気持もあった。もっとも、人に先がけて行動する質《たち》ではなく、いつも終りまでもたつくのであった。

「ぜひ来てください。女の人が少なくてはさびしいですよ」

「思いきって、お伴しましょうかしら」

彼女は品子の留守の間、東京にいるのも不安な気がしたし、安原の好意に報いたい気持でもあった。彼女が承知すると、安原は満足気に煙草を一本くゆらした。それがすむと立上るに違いない。ふいに由美は今自分の身に起りかけていることを、安原に聞いてもらいたい気がした。安原は朝月とも友達の仲であったし、落着いた男である。彼が用件を済まして立上ると、由美もそこまでお伴したいと言った。この申し出は彼をよろこばした。

代々木の参宮橋に近い夕暮の道へ出ると、独り者の安原はのんきそうに言った。

「よかったら食事でもしませんか。旅行の打合せと称して」

由美はわらったまま、迷った。自分がなにか言い出せば安原を困った問題に引きずりこむ気がした。しかしこうしている時間にも彼女は引返せない場所へ踏みこもうとしていた。そういう愚図ついた自分が不安だった。

「安原さん、お聞きしたいことがありますの。品子さんは朝月さんとどういうことになっていますの」

「あの夫婦は別居、というより、離婚じゃないですか。籍はどうなっているか知らないが。どうかしたんですか」

安原は品子と親しいはずの由美を見た。

「私、困っていますの。朝月さんから二、三度呼び出しがあって、今日は断りきれずに行くところですわ。どうしたらいいでしょう」

彼女の前で安原は足を止めた。品子とも朝月ともつきあいのある彼は、由美の困惑が分るのだった。

「朝月から呼び出しですか。今頃になって、彼も仕様がないな」

安原は事情を知っていて、きびしい顔になっていた。朝月信丈は由美に関心をよせていたのに、どこでどう変ったのか七年前に品子と結婚してしまったのだった。群生会の仲間にも噂になったことがあった。しかし安原には深い事情までは分らない。由美が困りながらも朝月に会いたい気持も残っていれば微妙である。そのことに触れると、由美は目を伏せた。他人がそう思うのも無理ではない。若い画家の朝月と親しかったのは彼女のほうで、グラフィック・デザインを勉強する品子を引合せたのも彼女であった。しかし気がついてみると、朝月と品子はしめし合せて旅に出ていた。朝月を上野駅に見送りにいった由美は写生旅行とばかり思っていたが、二人は信州の山で結ばれていたのだった。朝月を由美からあっさり奪った品子は、その後もけろっとして由美とのつきあいを断たないばかりか、群生会では親友ぶったふるまいをやめなかった。その強引さに由美は引きずられてきた。

「品子さんにかかると、私は手も足も出ませんの。あの人に名をよばれると逃げられない気がして、自分のものをみんな上げてしまうのです。学生時代からそうでしたわ。私の大事なテーマも嗅《か》ぎ出してしまうのですから」

「卒論も盗まれたかな。確かに彼女は他人のヒントを素早く自分のものにしそうだ」

「その代り、私も負けまいとして今日まで頑張ってきたかもしれません。今更品子さんの御主人と隠れて会うなんて」

「それならはっきり断ればよかった。あなたは優柔不断なところがある」

「なぜか断りきれないのですわ」

由美はそのために不安な日を過す自分を、情けなく思っていた。朝月にあう不安のなかには品子の存在も含まれている。今は安原に助けてもらわなければならなかった。

「こんなことも処理出来ないで、よく一人で今日まで仕事をしてきましたね」

安原はきつく言った。朝月の前へ由美と出かけてゆくのはあまり良い役廻りではないが、彼女ひとりをやるのも心許ない。由美には人に押しきられる弱さがみえて頼りないのである。彼はなんの作為もせずに出かけるより仕方がないと思った。約束した原宿の喫茶店へ出向くと、彼は由美と並んで入っていった。奥のテーブルに当の相手は来ていた。

「これは、お揃いじゃないか」

朝月は痩せて尖った肩を張って、鋭い目でじっと二人を見ていた。安原はわだかまりのない表情で朝月の前に掛けた。

「しばらくじゃないか。ぼくらは沖縄旅行の打合せで、これから品子さんとも会うから、四人で食事でもしようかと思ってさ」

「沖縄？　知らないな」

品子の名にひるんで、朝月は安原から由美へ目を移したが、どちらも言葉を失っていた。朝月は群生会とは無縁の画家だが、沖縄の旅に心をゆすられたのだった。

「沖縄旅行か、のどかな話だな」

「石垣島から竹富島へ渡るのが眼目なのだ。沖縄出身の大嶺の案内で、品子さんたちは紅型《びんがた》や織物を見たいというし、春木たちはやきものにも興味があるそうだ」

「竹富島か。名前がいいな。しかし団体で行っておもしろいのか」

朝月は皮肉な眼差になっていた。昔のおだやかな彼からは想像出来ない暗鬱な顔に変っていた。いつからそうなったか、由美にも安原にも分らなかった。彼が一言いうたびに由美は背筋に慄えを感じた。

「由美さん、ちっとも変らないな」

「変らないのは品子さんですわ。私なんか……」

彼女は笑おうとして、ぎごちなくなった。

「品子は相変らずエネルギーにあふれているか。すごい女だからな」

朝月は妻だった女の名を吐き出すように言ったまま、苦《にが》い表情をうかべた。

「品子とはずっと別に暮しているが、まだ以前の状態に戻れない。彼女に奪いとられたものを取り戻すのに、何年かかるか。彼女の周りにいると君たちも大事なものを失ってしまうぞ」

「品子さんの個性は強烈だからなあ」

「品子も沖縄へ行くなら、気をつけたほうがいい」

「なにを気をつけるんだい」

安原が言うと、朝月は二人の顔を見比べながら、薄笑いした。由美を呼びだした自分のいい気さを思い知らされた。おとなしい控え目な由美が男をつれて現れるとは思っていなかった。手痛い仕返しにおもえて胸に応えた。彼は安原と由美を前にして、遠い過去を追っていた。三人の前の珈琲は冷えていた。

「食事をしようか。それとも飲むか」

と安原は気を変えて言った。朝月は別のことを考えていた。

「由美さんと二人きりにしてくれないか。話がしたいのだ」

安原は朝月の顔から由美に目を移すと、すぐ気持よく頷いた。

「昔話があるのかい。じゃあぼくは一足先に失礼しよう。沖縄行で当番はいそがしい」

彼の目は由美へ向けてあるかなし語りかけていた。大丈夫だ、というように。しかし急に残されることになった由美はうろたえて腰を浮かしていた。久しぶりに朝月を見た今は、一ときも二人でいる気はしないのだった。その間に、安原はさっさと席を立っていった。

飛行機が那覇に近づくと紺青の海がひろがって、珊瑚礁《さんごしょう》が見えてくる。窓際の人は一斉に窓から海を覗《のぞ》きこんだが、大町品子の隣りに掛けた由美には見えない。飛行機に乗るのも人よりあとの彼女は、窓際に坐れるはずもない。品子は由美のために身をずらしたりしなかった。品子はこのところ新しい広告雑誌に関係していそがしがっていたが、沖縄旅行も収穫を持ち帰らなければならないのだった。赤くマニキュアした美しい指で沖縄案内を繰っている彼女をみると、由美は朝月と二人で夜の町を歩いた晩のことが虚しく思い出された。朝月は七年間の夫婦生活で彼の持っていた大事な絵の領域を失ってしまっていた。品子のめまぐるしい、変り易い感情の歯車に合わせるのは無理な話であった。ぼろぼろになった朝月を見たあとで、溌剌として、したたかな品子が、那覇空港へ着くのを待ちながら期待に充ちているのをみると、由美は男と女のかかわりを懼《おそ》れずにいられなかった。

「この旅行で、新しい運と収穫にめぐりあいたいものね。私、朝月と別れたのよ」

品子はあっさりと告げた。

「賭をしない？　どっちが開運の籤を引くか」

「私はだめよ。分っているでしょう」

「由美さんときたら、弱そうでいて仕事に一念を抱いているから、案外人を惹きつけるのよ。油断がならないわ」

品子は退屈しのぎに由美を冷やかした。

那覇空港に着くと、狭い混雑したロビーを真先に出た品子は、純白のパンタロン姿で、鞄を由美に持たせて車へ乗りこんだ。その時、

「及川さんはこちらの車へ乗って下さい」

安原は後ろから由美を呼んだのだった。彼女は自然に彼の車のほうへ歩き出していた。品子がなにか言ったが、惹かれるように行った。旅行の幹事役の安原が車の采配をしてもおかしくはない。車は走り出した。由美は安原に呼ばれたのがうれしかったが、先夜朝月と自分を残して出ていった彼に怨みがあって、黙っている。安原も気にかけて時々彼女の表情をうかがった。秘めた感情の交流は軽いときめきになった。こんな気分は由美には珍しかった。車は琉球王朝時代の城下町首里へ向って行く。昔は王朝御用の紅型屋が並んでいたという町の奥に、琉球紅型の名人が住んでいて、庭先に鮮やかな色差しの布が干してある。

この庭先に立った由美は、藍染めの単衣《ひとえ》に、白地に格子の帯を締めて、髪を涼しく束ねているので琉球美人に見え、仲間が囃した。名人が見せてくれる紅型の反物も彼女の肩にあてると、よく似合う。

「この方には、三羽鶴がいいでしょう」

名人が一と月がかりで染め上げた白地に小さな鶴と波と花の模様の縮緬を出してくると、ふるいつきたくなるほど美しい。しかしあまりに高価であった。由美は切ない執着で吐息をついた。

「私がそれを頂くわ」

ふいに品子が手を伸ばして奪うと、布をほぐして自分の身体に巻きつけた。細いしなやかな肉体と、大きな眼を持つ彼女には、夜の華やかな衣服に向くのだった。

「品子さんが肩にすると、布まで妖艶になるぞ」

春木が褒めたが、彼も由美を気の毒そうに見ていた。こんな精緻で、しかも鮮やかな柄は、品子の方が似合う、と由美はあきらめた。どの道彼女には買えない代物であった。名人の手作りの小さなテーブルセンターが出されると、みんな争って買い求めた。残りの一つを由美は手にした。気がつくと安原が苦笑してみている。

「私って、愚図でしょう?」

帰りの道を車まで歩きながら彼女は呟くと、並んだ安原も小声でお返しを言った。

「仲々よかったですよ。女らしい風情があって」

由美は馬鹿にされたのかと、男を睨んだ。安原はさっぱりした男と思っていたが、皮肉なところもある。

車は首里の城址へ向っていった。この一帯は第二次世界大戦でアメリカの艦砲射撃をうけて、地形が変るほど痛めつけられたと大嶺が説明した。城址はなにもない台地で、守礼の門だけが再建されていた。観光客が群れていて、門を背景に記念写真を撮っている。仲間たちは画家も、グラフィック・デザイナーも、染色家も、カメラで写しまわったり、スケッチブックを開いたりしている。守礼の門は楼門の風格が見事だった。由美は画帳をひらいてスケッチしながら、自分の目が絶えず安原を探しているのに気付いた。安原が品子に頼まれて彼女をカメラに納めていると、それすら妙に気になった。

「及川さんも来ませんか」

と安原は由美を誘ったが、彼女は人前で写真を撮られるのはきらいだったし、品子もそれをよろこばないのを感じた。彼女の描く守礼の門は紅型染めの門よりさみしい色になりそうだった。品子がそばへきて描きかけの絵をちらっと覗いて、絵の角度を確かめていた。品子はすぐ由美のセンスを盗ってゆくのだった。

城址を出て、城下町をそぞろ歩くと、金城《かなぐすく》の静かな石畳の坂道へ出る。木がうっそうとして、途中に祠《ほこら》がある。見事な石畳を三々五々歩くうち、品子は手提げを由美に預けて先へ降りていった。いつか由美の隣りに安原が来ていた。

「この間は失礼。あれからどうしました？」

彼は低い声で訊ねた。

「どうしたもないですわ。先に消えてしまって、頼み甲斐のない方ね」

怨めしげな由美の声に、安原はうろたえた。あの場合、ほかに方法があったろうか。彼は二人を残して去ったものの、気にかかって原宿の駅へ入ってゆく気になれなかった。

「彼、大分荒れているようだったが、困ったことでも起きなかったですか」

「一口には言えませんわ」

「気になるから聞かしてくださいよ」

坂下に品子がカメラを持って立っているので、二人は小さな祠のある拝所へ入っていった。あの晩、朝月に強引につれられていった原宿の町や、酒場でのことを、安原に話しても仕方がないと由美は思った。辛い気持だったが、衰微した朝月の精神をふるい立たせる愛情はもう持合せていなかった。一ときも早く逃げ出したかったが、彼は離さなかった。安原に知られたことでかえって居直ったように、執拗にふるまった。

「君と安原とは、どういう関係か」

と朝月は疑わしげに繰返し聞いたが、そのことを安原に告げるわけにもいかなかった。

「朝月さんはお気の毒な方ですわ。でもどうして差上げようもないわ」

「また会ってくれと言わなかった？」

「沖縄から帰ったら、会って欲しいって」

「で、会う気なの？　君は強く言われると断れない人だから」

「その時は、また一緒に行って下さいますか」

由美が意地悪く言うと、安原は苦笑しながら、

「心配ですからね」

と言った。二人の廻ってゆく祠には供物がしてあった。木の繁みの下を歩いて坂道へ戻ると、途中の石畳に品子が立って、こちらをじっと見ている。由美は怯んだ。この感じはいつものものだが、朝月の顔とだぶっていやな予感になった。品子は見通しているのかもしれない。

「ずいぶんお話しが弾んだようねえ。みなさん先へいらしたわ」

「この石畳や、祠の場所は、琉球王朝を統一した尚真王の時代のものかと話していたんですよ」

と安原は真顔でそんなことをいった。

「私はまた、もっと人間的な話をしてらっしゃるのかと思った」

「石畳は磨滅するから、四百年も生き続けるはずはないかな。この石畳は臈纈染めになりませんか」

安原が由美をふりかえると、彼女がなにか言う前に、品子が鋭い口調で答えた。

「それは私がいただきよ。石畳の自然な形はグラフィックに充分ふくらむわ」

「ああそうか」と安原は嘆息まじりに品子の頭の廻転の早さをかみしめた。こうして囲りから素早くヒントを奪ってふくらんでゆく彼女は、すごい才能と言わなければならない。これでは由美など一たまりもあるまい。

「石畳は誰が描いても悪くないと思うな」

「ところが由美さんは石畳を眺めてから、図案にまとめるのに三年はかかる人なのよ」

品子はあけすけに由美ののろさを口にした。三年間も胸にあたためておく由美と、ぱっと一気に描いてしまう品子とを、安原は珍しそうに見比べていた。

「品子さんの仕事には確かに生《いき》のよさがあるね」

「石畳のヒントを新しいデザインにまとめてみるわ。安原さんの絵によくある褐色をのせてみたい。あの色好きだから」

品子は挑発する目で彼を仰いだ。安原は妙な気分をそそられて、たじたじとなっていた。これは朝月の時と同じだ、と由美は思った。あの時も品子は朝月の絵の青を褒めて、彼をよろこばせたのだった。彼女は二人のあとから舗道へ出ていった。待っていた車に乗ろうとすると、品子は由美とすりかわって安原の車へ素早く乗りこんでいた。由美はうろたえて品子の車を探さなければならなかった。

その晩、ホテルの日本間で親睦会があったが、由美は早目に引き上げてきた。座が崩れると、品子と安原はいつの間にか座を立って出ていった。夜の町へ出かけたに違いない。いつものことだ、とおもうが、品子のありようが許せない。彼女から離れるには群生会を脱けなければならないが、独りで生きてゆく自信があるかと考える。今なら好意を抱きはじめた安原からも遠去かることが出来るだろうと思う。帰ったらしっかり仕事をしよう、と決めて、部屋の窓をあけると、那覇の町の灯が明るくきらめいていた。

翌朝、一行は飛行機で石垣島へ飛んだ。一時間ほどで島へ着くと、岸壁に船が待っている。船はホーバークラフトで、大きな浮袋の上に船室が乗っているような構造だった。船は満員の客を乗せて真青な海をすごいスピードで滑ってゆく。わずか十分あまりで眼前に竹富島が見えてきて、砂浜へ乗り上げる。

陽が燦々とふりこぼれて眩しい南国の夏である。由美は今日は水色の麻のスーツに着替えた。東京は春だったが、竹富島は明るい。一行は小型のトラックに乗って島めぐりをするのだった。天蓋のないトラックに乗るのも孤島にふさわしい。由美は運転台の背によりかかり、安原はトラックの隅に腰を下ろして景色を眺めている。集落の家々は石垣をめぐらして、沖縄独得のあかい屋根には魔除けの獅子が飾りになっている。人影はなく、青空と熱帯樹と赤いハイビスカスや、デイゴや、ブーゲンビリヤの花の燃え立つ夢の島である。

「人が住んでいるかと思うようだ。静かな島だなあ」

誰かが声をあげると、大嶺が答えた。

「小さい島だろ。周囲九粁《キロメートル》しかないのだ。お巡さんも医者もいない過疎地帯で、若い者はみんな都会へ出てゆくから二十代の者は一人もいないはずだ。しかし旅人にはいいぞ」

「恋の逃避にもすばらしいわ」

品子は情熱的な花や、海の見えている風景をうっとり眺めていた。彼女は朝から機嫌がよかった。新しい刺戟に向かう時、生き生きしてくるのだった。

「ここには旅籠《はたご》はあるのかい」

安原は大嶺に訊ねた。

「旅館も二、三軒あるし、民宿もある。これでも観光地だから。民宿には内地の若者が来て一か月も滞在してゆくらしい」

「失った自然を求めてか。しかしここには生活がないな。畑一つ見えない」

と春木が言った。まったく犬の仔さえいなかった。彼は隣りに立っている由美へ声をかけた。

「女性には気に入る処でしょうな」

「ここには生活がないから、夢幻の中にいられそうですね。島で一夜を明かしたら、生れ変れるかもしれないわ。私たちには日常の垢がつきすぎていますもの」

由美がこういうと、品子はあなたも良いことを言う、と同感した。女たちは浮世離れした島が気に入ったのだった。

トラックは民宿の庭先へきて停った。安原が先に降りて、手を伸ばして女たちを降ろした。由美は男の手に久しく触れたことがなかったと思った。安原の手はしっかりしていた。すると、うっすらとかなしみが湧くのをおぼえた。いつの時も品子は陽を浴びて、自分は日陰にいる。これはもうずっと前から決められた運命かもしれない。陰のところで仕事に籠っているのが自分らしいといえば言える。品子の強さに引きずられながら、自分もやっていこうという勇気が湧くのだった。

民宿の庭先の縁に坐って、老婆が機《はた》を織っている。ミンサ織の細帯であった。老婆は九十歳だった。大嶺の知合いとみえて、主人が縁先へ織物をひろげた。麻と綿との涼しい縞の夏布である。由美は眺めたまま手を出さない。心が沈んで、布をえらぶ気になれなかった。品子は反物を物色して一反を決めた。安原たちも二、三の布をえらんだ。値は高くない。安原の手にした布は紺の縞のこまかい、やさしい柄行である。

「これなんか、どうです」

と安原は由美にすすめて、彼女の肩に掛けた。

「よく似合いますよ」

彼女は安原の気持を計りかねていた。そばから品子が、

「はっきりしない人ね。あなたが要らなければ私がいただくわ」

と言ったので、由美は手にした布をいそいで放した。安原は苦笑した。この家の主人が駄菓子を盛ってきた鉢と小皿は琉球のやきものだった。由美はその小皿を素朴で愛らしいと褒めた。

「よかったら、お持ちなさい」

と主人は言ったが、由美は遠慮して外へ出た。安原が戸口に待っていて、

「どうして貰わなかったんです」

と言った。

「私って物欲しそうですか。ぜったいそうじゃありませんわ。何もいらないのです」

「強がりですね。ところで昨夜は眠れましたか」

「疲れていましたから。夜遊びの暇もありませんでしたわ」

安原はわらって聞き流した。昨夜品子と歩いた那覇の町はすさんで感じられたのだった。民家を出たトラックは、島をまわって海辺へ出ていった。人気のない海は澄んで、底まで透ける青さであった。白砂が光っている。遠くに石垣島や小浜島が見えて絵のようだ。昼食のあと、由美がスケッチブックを開いていると、品子がきたので、急いで伏せた。

「見せてくれてもいいじゃないの」

「私しかわからないデッサンよ。あなたは褐色の石畳でもお描きなさい」

「このひと、妬《や》いてる」

品子は声を立てて笑った。安原がコカ・コーラを配りにくると、彼女は笑いの続きで彼を迎えた。

「由美さんたら、スケッチブックを見せないのよ」

「ぼくも見たいですね。いい発見がありましたか」

安原も砂浜に腰をおろして、煙草に火をつけた。

「この間、朝月君に会いましたよ」

彼が一言いうと、二人の女は不意をつかれた。由美は男の気持がわからなかった。品子もかすかに眉をよせた。

「どこで?　朝月とは別れたきりなの」

「原宿の喫茶店でした。元気そうだった」

「ひとりで？」

「いや、女性の連れがいた」

品子は疑わしげに目をやった。

「どんなひと？」

「わりと若いひとだった」

「由美さんくらい？　あのひと由美さんがずっと好きだったから。私と結婚してからもよ」

「それは、初耳ですね」

安原は二人の女を見比べた。

「きっと会いにゆくと思っていたわ。違う？」

「ちがうな。朝月君はそういうことはしない。自分を正している男だし、品子さんを傷つけもしなかった」

「そう。あなたもちゃんと見ているのね」

品子はまだ疑わしげに由美を見返った。

「おとなしそうな女性ほど、男をまどわすところがあるのね」

「それは品子さんの抱く劣等感だろう」

「私が誰に？　そんなこと絶対にないわ」

品子は不機嫌になったが、朝月の話題だけは避けられた。由美は黙っていたが、朝月と会ったことをあからさまにする安原にふるえた。二人の女の間で朝月はかげろうのように立ちまよっているが、両方から消してゆかなければならないのだった。

「学校時代から私は一番で、由美さんは二番よ。劣等感なんて！」

「ぼくは逆かと思った」

安原は冗談まじりに言い、品子を怒らせた。由美は朝月の話題が消えたことにほっとしながら、安原はつよい男だと思った。

海辺をあとにした一行は、展望台で南国の海の眺望をたのしみ、異国情緒をおもわす石垣の道や、資料館をまわって、半日を過した。午後の船は一便きりで、小さな島に来ている観光客はこの船に乗りこまなければならない。由美たちのトラックも砂浜近くにきて停った。

近くの民家の角にポストがあって、旅の記念に若者たちが絵はがきを書いている。船が着いたらしく人がぞろぞろ砂浜へ下りていった。由美もはがきを投函した。気がつくと安原がそばへ来て、彼女の腕をつかんで歩き出した。浜へゆく道とは逆である。急ぎ足に民家の角を曲って小道へ入った。

「まだ時間が十分あるし、さっきの家まで一緒に来ませんか。縞の反物が預けてあるから」

「遠いのでしょう」

「近道すればすぐです」

彼は急いでいたので、由美もつられて急いだ。なかば疑いながら、小走りした。民家は低い屋根をつらねてよく似ていた。しばらくすると民家の外れに出た。彼は急ぐのをやめた。

「ほんとに民家へ行くんですの。嘘でしょう」

彼女は足を止めた。今から戻っても間に合わない気がした。

「丁度十分経った。船は出航した。鈴なりの船は待っちゃくれないから」

「どうしてこんなことを」

男の無茶なふるまいに、あっけにとられた。

「竹富島から帰れない。帰るのは明日の午前中ですね。悪かったかなあ。今夜電話で乗り遅れたと言っておきましょう」

由美は男の顔をまじまじと見た。

「みんなは、なんと思うでしょう」

「ぼやぼやした奴らと思うかな。一生に一ぺんくらい女友達の鼻をあかしたらどうです。このくらいのことをしないと一生負け犬ですよ」

「計画的にこうなさったの？　とっさに決めたの？」

由美はまだ信じられずに立ちつくした。

「こういうことは大体瞬間的なものでしょう。しかし竹富島の一夜があれば、気分が変って、朝月君が来ても動揺しないだろうし」

「この島に、泊る家はあるかしら」

「旅館が二、三軒、民宿もある。迷惑なら別の宿をとってもいいですよ」

安原は照れた表情を浮べて彼女をじっと見た。熱い眼差だった。由美の心に新しい驚きとときめきが湧いたのは、この瞬間であった。男は思いきったことをする、と彼女はおもい、彼のこころを知った。

　民家の外れの海の見える繁みへくると、彼女は男の手につかまりながら土手を登った。小さな孤島をあとにした浮袋の船は、もう豆粒《つぶ》ほどになって、大きな島へ向っているのが見えた。

沖縄の紅型（抄）

私の着ている着物には沖縄の紅型《びんがた》や絣《かすり》の織物が多い。戦前からずっと三十年あまり沖縄からきものを運んできてくれるひとがあって、私は作家の佐多稲子さんや亡くなった壺井栄さんと一緒に分けてもらっていた。

略

初めて紅型の浅黄地に鶴亀花の模様の反物を手にした時のうれしさは、今も忘れることができない。私の年恰好に合うように染めてきてくれたのである。戦後数年目のことで、目の覚めるような染めものに私は平和がきたことを思った。

略

ほんとうに長い年月紅型や絣を愛用してきたが、少しも飽きない。それどころか自分の皮膚の一部のようになじんでしまった。そうして沖縄そのものが親しいものになっていた。いつか一度はおとずれて、その現実に触れて、染織をする人たちに会ってみたいと思うようになった。

那覇の空港に近づくと、飛行機の窓から紺青の海と、珊瑚礁が見えてくる。私はようやく機会にめぐまれて沖縄へきた。この南の島は琉球王朝が統一した尚真王時代から数えて四百年の歴史を持つ。那覇市内から車で二十分ほど走ると首里で、ここは琉球王朝のころの城下町である。第二次世界大戦でアメリカの艦砲射撃にあって、地形が変わるほど痛めつけられたという。戦後二十八年たって復興しても、沖縄にはまだ傷あとがなまなましい。城址には守礼の門が再現されて、大勢の観光客が門を背景に記念写真を撮っている。城下町の一劃《いっかく》に金城《かなぐすく》の石畳道があって、ここだけはひっそりと古い歴史のおもかげを残していた。木がうっそうとして、その中に拝所があって、願いごとをするらしい女人たちが供え物をしているのに行き合わした。沖縄人のつつましやかな信仰をみる気がした。

首里の町は王朝時代軒をつらねて型染めの家があって、城間《ぐすくま》、知念《ちねん》、沢岻《たくし》の紅型屋を紅型の三家と呼んだそうである。王家の保護をうけて技をきそいながら新しい工夫をしたと言われる。私のたずねる城間工房はその一つである。首里山川町のバス道路から、急な坂の小道をつんのめりそうになりながら降りてゆくと、途中から紅型の目も鮮やかな布が干してあるのが見えてきた。去年から長男の栄順さんに譲った工房で、同じ谷間に娘さんの工房もあって、その一番地底に城間栄喜さんは家を構えていた。一家挙げて紅型に取組んでいるのだった。

城間さんの家には古い紅型の復元らしい、珍しい布が飾ってあって、眺めるのがたのしかった。城間栄喜さんは明治四十年生れ、陽に灼けた顔で、身なりなどもかまわない、仕事一途な感じの方だった。紅型を語るのに城間さんをおいて語ることは出来ないと言われる人である。紅型は紅差型《びんさしがた》、紅入《びんいり》色型《いろがた》から出た言葉らしく、南方の更紗や北方の友禅などを取入れながら工夫を凝らしたもので、型染めであり、奉書紙一枚ほどの型紙をおくりながら型付して、色をさしてゆくのだった。王侯、貴族の婦人たちは肩から裾まで一模様の柄で、これを尚家伝来の大模様型と言った。中国や江戸幕府への献上品としても貴重であったという。

略

せっかく沖縄へきたのだから古い沖縄らしい処を見たいと思って、竹富島へ行くことにした。那覇から飛行機で一時間ほどで石垣島に着く。ここからホーバークラフトに乗って十分ほどで竹富島の砂浜へ乗入れるのである。この船は大きな浮袋の上に船室がのっているような構造で、すごいスピードで真青な海の上を滑ってゆく。島には二台の小型トラックがあってタクシー代りである。もっとも島をくまなく歩いても周囲九キロ、三時間である。春だが太陽が輝いて、ポインセチア、ブーゲンビリア、ハイビスカスなど南国の花々が赤やピンクに咲き乱れている。部落の家々は石垣を巡らして、沖縄独特の赤い屋根瓦が美しい。戦争の被害の少ない島だけに古い時代のままのたたずまいを残していて、ふと錯覚が起きる。どこを通っても土地の人の影はまれである。異国的で、静かで、花が咲きみちて、青空に眩ゆいほどデイゴの赤い花が開いて情熱的である。夢の島か天国のような、と私たちは浮世ばなれした風景にうっとりした。展望台に上ると、熱帯樹のみどりとその果ては澄んだ青い海、そして初夏をおもわす空。目を洗われる新鮮さであった。海には石垣島、小浜島がくっきりと見えた。

若い人はこの夢の島を求めて絶えずくるという。旅館は二軒、民宿は五軒で、そのほかは売店さえまれにしかない。あまりに人が少ないので聞いてみると、終戦当時二千名もいた島に現在は百十四軒、三百三十名しか住んでいないという。いわゆる過疎地帯で、若い人はみな都市へ働きにゆき、二十代は一人もいない。老人と子供しか残らないのであった。私たちの乗ったトラックの運転手さんは、

「七十歳以上が百四名もいます」

と教えてくれた。医師もお巡りさんもいない島で、真水は四か所しか湧かないから飲料水は多く雨水だった。旱魃が続くと水飢饉で、石垣島から運ばなければならない。この島に畑はあまり見当らない。畑よりも収入になる織物をしているらしく、私たちの見た家では老女がミンサー織をしていた。木綿の小幅で紺地に白の絣を入れたざっくりした手織の帯地であった。織手の東金城やすさんは九十二歳という。三、四日で一本織ると元気に話してくれた。庇の低い家々の屋根に魔除けの獅子瓦が口をあけている。

理想郷の小島も、現実には強い台風の襲う土地で、たのしみも少なく、生活の不便を忍ばなければならないし、若い者の居ないさみしさも堪えなければならない。それでもこの竹富島には戦禍のあともなく、ひめゆりの塔もなく、土地ブローカーの暗躍もまだなく、工場の騒音も公害も知らず、アメリカ軍の基地でもなく、民情豊かな風土をよろこばずにいられなかった。

この島の喜宝院に蒐集館があって、古文化財が集めてあるのは興味深かった。ことに慶長十四年から明治三十五年まで薩摩の支配下におかれた間の苛酷な税の取り立てを思わす品々には、胸の痛む思いがした。頭数でもたらす人頭税とか、貢納上秤柱と言って首里王府へ納める穀俵を掛ける柱とか、字の読めない農民が縄の結びかたで数をかぞえた結縄とか、生活の苦しさをまざまざと感じさせる記録や物品が並んでいる。恋の思いを伝えあう島の男と女の贈り帯や、玉の飾りも、哀れなほどつつま

しい。蒐集館の外へ出れば、生れたばかりの水子《みずこ》を間引いた間引墓があった。貧しさから赤児を育てることができなかったのである。

私たちは竹富島のコンドイの浜へお弁当を持って行った。薄いブルーの海は晴れて、浜辺の砂には有名な星型の砂がありそうである。遠くに島影がみえて、春の蝶が飛び交っている。この鮮やかな自然にふさわしい美を求めて、紅型は生れたに違いない。私たちは海風に快さを感じながら、この世のものとも思えない安らぎに浸っていた。すぐ近くに戦闘機が待機して、あわただしくうごめく世相があることも忘れて、一とき海を眺めていた。

舞扇

1

一ヵ月の予定で海外旅行に出る仁科《にしな》修造を見送りに、佳穂《かほ》は羽田空港へ行った。

夕暮どきで、ロビーから眺める空港の旅客機に灯がつき、あたりがたそがれるにつれて灯は美しくきらめきはじめた。旅情をそそる景色である。国際空港のロビーには仁科が、若い専務で秘書でもある長男と立っていた。銀座に本店のある装身具の老舗「芙蓉屋」の主人の仁科は、海外旅行も三回目で、今度の旅も商用であった。彼のまわりには妻や嫁や親族も取り巻いていたし、取引先の者も見送りにきていた。

佳穂は少し離れて立っていたが、親しい清元の師匠や、歌舞伎俳優や、踊りの関係の人が次々とくると、

「わざわざ御苦労さま」

と小声で挨拶した。仁科は昔から道楽好きで、自身も稽古事をしたし、芸人を贔屓にしてきたから、

こういう時の見送りは賑やかであった。仁科の妻女のやす子が寄ってきて、

「佳穂さん、みなさんにお茶を」

と言った。佳穂はびくっとして、すぐ頷いた。出発までにまだいくらかの時間がある。佳穂のまわりの人たちは、仁科と清柳佳穂の関係を知っている。仁科の親戚たちにしろ、彼が清柳流の舞踊家佳穂の後援会の会長ということは承知のはずであった。ロビーに続く喫茶室で、佳穂は飲物をすすめた。

「飛行機を見ると、すぐにも外国へゆける気分になるね」

「あんたもこんな時、ついてゆけばいいのに」

そんなことを言われたが、彼女は笑い声も立てずに聞いていた。遊び好きだが、仕事にも熱心な仁科は、旅行の間中少しのひまもなく動きまわるから、彼のお供はたいへんだろう。

「お土産になにを頼んだの」

「べつに、なんにも」

「欲がないわね」

踊りの仲間が信じられない顔をした。

「黙ってたって、仁科さんは鰐皮のハンドバッグの最新型を佳穂ちゃんに持ってきますよ」

とりとめないお喋りの合間に、佳穂は落着かない、不安な眼差をロビーに投げたり、あてどなく窓の外の出発を待つ旅客機にそそいだりした。

そろそろ税関を通る時間がきて、見送り人はまたロビーに集った。仁科修造は血色のよい、大柄なからだを運んできて、

「みなさん、どうも」

と言いながら、一人々々に短く挨拶をしていった。佳穂の顔は緊張に蒼ざめていた。別れる前に告げなければならないことがあったと思った。仁科は彼女の顔に眼をとめると、

「風邪を引くな」

短く言って、そばを離れた。佳穂は「いっていらっしゃい」を人々といっしょに言っただけであった。仁科はロビーから税関の入口へ消えていった。彼がタラップを上って機上の人になったのは、それから一時間近くあとであった。もうすっかり夜の色に変った空港に、黒い後姿を残して去ってゆく仁科と長男を、彼女はロビーの外の柵に立って見送った。これで彼と会うことはないかもしれない、と思うと胸苦しい気がした。知りあって十三年、彼の世話を受けるようになって六年になった。

旅客機はエンジンの音を立て、滑走路へ出ていった。小さな窓から仁科の顔が見えた。六十歳にしては濃い髪をもつ顔が若々しくみえる。機は勢よく滑ってゆき、やがて離陸した。たちまち上空へ飛んで、暗い空に灯のついた機は遠去かった。

「行ってしまった！」

しばらくして佳穂はまわりの人達が、とうにいなくなっているのに気付いた。ロビーから出口へ歩いてゆくと、仁科の妻が見送りの人々に挨拶している姿が見えた。きちんとした身なりのよく気のつく妻女である。

「御苦労さまでしたね」

佳穂に向かってもねぎらいの言葉をかけた。まわりに家族や店の者がいて、権高い調子であった。

佳穂は怯《ひる》みながら、丁寧に挨拶して、彼等が車で帰るのを見送った。こんな思いをするのも、これが終りであろうと思った。

タクシーの乗り場で車を拾って、佳穂は銀座に出た。有楽町に近い小さなバー「アトム」は、幾度来ても迷子になりそうなごみごみした小路の中にあった。仁科が見たらびっくりするだろう。彼女が扉を押して覗くと、細いカウンターの奥に星野宏がきていた。このバーはボーイしかいなかった。彼女を迎えると、星野はほっとしたように、

「発ったの？」

と訊いた。頷きながら、佳穂は疲れを感じた。まるい椅子に掛けた彼女の、ほっそりと姿の佳いからだを身近にして、星野は微かな香料を嗅いだ。いつもの甘美な匂いだが、どんな香料か彼は知らない。もっと身近に顔をよせてゆけば、匂いの正体を捉えることができるかもしれない。彼には彼女そのものが匂っているように感じられた。

「いつもの下さい」

佳穂はボーイに飲物を注文し、甘い酒が運ばれると、グラスを両手にもって飲んだ。星野は眼を当てた。女の白い顔がアルコールで薔薇色に染ってゆくのは、なまめかしい風情であった。

「飲みっぷりがいいね」

「そう」

「話したの？」

「話せやしないわ、とても」

「相変らずお嬢さんみたいだ」

星野は冷やかしたが、彼女が仁科修造に二人のことを話せるとは、はじめから思っていなかった。

清柳佳穂は、清柳流の若手のホープとして、舞いが品よく華麗で、眼を惹いた。星野はL新聞の芸能担当記者になって、はじめて佳穂の「茶音頭」を見て、若い京芸妓のあでやかさに心を奪われた。ふくよかな、おっとりした舞いで、どこか初々しく、可憐でもあった。

「良家のお嬢さんだろう」

そう思った。次に見たのは新橋演舞場の大舞台で、「古道成寺」であった。安珍清姫の物語で、安珍を恋い慕い、蛇体となってあとを追う清姫をみて、美しい舞いの哀れなはげしさに魅せられた。彼の書いた批評が縁になって、初めて佳穂と会った時、すでに彼女に仁科修造がついていることを聞き知っていたが、佳穂の印象は悪くなかった。彼女は舞踊家らしい華美な着物ではなく、紺地の大島に白い帯を締めて、少しも目立たない姿であった。しかしホテルのロビーに立った彼女は、人が振りかえるほど楚々とした姿であった。佳穂の師匠や踊りの仲間といっしょにホテルの食堂で食事を摂ったが、話題の賑やかな、明るい席で、彼女はお世辞を言うでもなく、にこやかにしていた。

師匠の清柳佳蓉は星野に良くしてもらいたさに、佳穂を近づけようと気を配った。

「このひとは、踊りさえ踊らせておけば好いんです、小さい時からそれしか眼に入らないひとでしたから」

「佳穂ちゃんは、踊りの申し子みたいだったわ」

仲間も愛想を言った。今日の奢りは佳穂だったからである。

「そのわりに、巧くならないわ」

佳穂がいうと、

「それは、私の言うせりふだ」

女師匠が言い、みんな笑った。恥ずかしそうに笑っている佳穂は、舞台で大きく見える姿より、ずっと人擦れしない女であった。星野は、見まいとしても視線が彼女の白い顔に吸いよせられた。幾度となく彼女の切れ長な眼と行きあい、あわてて逸らせた。職業柄いろんな舞踊家をみてきたが、彼女ほど愛想を言うでもなく、それでいてやわらかな感じの女を見たことはなかった。こんなに箱入娘然としておく仁科修造はどんな男か、星野はそう思った。

彼は佳穂に関心を持ち、舞踊会の企画にも頼まれれば力を貸すようになった。新しい踊りの原作を探し、珍しいアイディアを計てたりした。芝居の演技を身につけるために、新劇も誘った。佳穂には物珍しい世界であった。彼女は時々洋服を着てきた。すると美しさは半減した。姿も佳く、肢もすらりとしているのに、洋装の彼女はどういうこともなく平凡であった。和服で現われると、遠くからも、佳人を見る美しい雰囲気があった。

見まいとしても、仁科修造は星野の前に現われた。舞踊会を覗くのも星野の役目であったし、そこに佳穂を見かける期待が叶えられると、その隣りにパトロンがいる寸法であった。彼女は誰に対してもそうであるように、仁科にも馴々しく振舞ったりしなかった。蓮っ葉におどけたり、笑ったりする質ではなく、控え目で、廊下に出ると、わざと仁科から離れたりした。仁科のまわりには人が集るのであった。星野を見ると、彼女は挨拶したが、お茶一つ誘わなかった。誰かが、

「お茶飲みましょうよ」

と言えば、安心したようについてきた。その距離が彼にはもどかしく感じられた。仁科修造が別の喫茶室へ入ってゆくのを見て、わざと、

「いいんですか」

と言わずにいられない。彼女は意にもかけなかった。仲間と三人のお茶がすんで、廊下に出ると、別の喫茶室から出てきた仁科は星野に近づいて、挨拶した。開幕のベルの鳴るあわただしい空気の中で、仁科の貫禄に星野は圧倒された。妻子を持ち、繁栄した家業を持つ六十歳の男が、若い女を意のままにしているさまに、反撥を抱かずにいられなかった。

新劇やバレーを見にゆく時、佳穂は初めのうち内弟子の伸穂をつれてきた。仁科への言いわけのようであった。そのうち一人でくるようになった。

「やっと一人前になりましたね」

星野が揶揄すると、佳穂は苦笑して、

「またあれが言いたいんでしょう」

と睨んだ。星野はいつもの毒舌で、

「あんたは長屋のお姫様だ」

そう言ったのだった。金銭の苦労もなく、内弟子と女中にかしずかれて、芸に打込んでいられる佳穂を、現実に引きずりおろしたいと彼は思いはじめた。

喫茶店で若い男とお茶を飲むのは、彼女にとって珍しいことであった。踊りの批評をしてくれる手

きびしい男といると、今まで気付かなかったおどろきや発見が、舞いの技術や捉え方のなかに感じられた。古い曲目の解説なども、彼のすすめる古典研究からひもといてゆくと興味をそそられた。

「君のは、本能で踊っているだけなんだな」

そう言われても、二の句がつげなかった。彼女の踊りから感覚的なひらめきを、星野は引き出してやりたいと思った。佳穂は生き生きと舞うようになって、意欲的になった。仁科修造もそんな変化をおもしろがって、創作をすすめた。いつからか、佳穂は古曲の稽古といって外出する度に、星野と隠れて会うようになった。

2

二杯目のグラスを佳穂はゆっくり嘗めた。仁科の乗った飛行機はどの辺まで行ったろうと思う。彼との間は、出発まで変らなかった。星野のことが話題になることはあっても、深く気にかける様子はなかった。彼女は言いそびれた。唇までのぼってくる星野の名は、声に出す前に慄えて、消えた。仁科に知られる瞬間が恐ろしくもあった。

仁科を知ったのは十六歳のころである。師匠の清柳佳蓉と仁科は親しかった。佳蓉門下の佳穂はまだ本名の千田美穂と言った女学生であったが、逸材と言われた。母親が亡くなったので、父親が不愍がって本人まかせに稽古させた。十八歳で名取りになって、東横ホールで「娘道成寺」を出した時、その初々しい舞いに、仁科は感嘆した。二年後に彼女の父親は脳溢血で急逝してしまい、写真商であった店は整理された。舞踊で身を立てる決心をした佳穂は、師匠の家に内弟子になるつもりであったが、仁科は反対して、近くのアパートに住むことをすすめた。内弟子には修業のほかに、雑用がおびただしくかかってくる。牡丹の花のように美しくおおどかな娘を、卑屈にくすぶらせるのは惜しかった。

一門の発表会の舞台を出す度に、仁科は後援者の役を引受けた。元々芸事の好きな彼は、芸人の精進に金を惜しまなかった。戦争中など暮しに困った三味線弾きや、つぶしの利かない名人を保護してきた。佳穂に対してもそれと同じことであった。しかし世間はそうとばかりは見ない、男と女の年齢が三十歳隔てようと、不自然とは思わなかった。仁科は遊び好きだが、だらしのない男ではなかった。若い娘を丹精することに、よろこびを感じていた。噂が先に走っても、用心深かった。店の確かりした店員と結婚させようか、と考えもした。

その頃、彼女に縁談が起きて、相手は長唄の若手であった。この場合、釣合がとれている。佳穂は仁科に決めてほしいと言った。自分から主張できる立場でもなかった。仁科はその男の自信過剰な芸が好きではなかったが、反対する理由にもならなかった。縁談は進行した。ある日仁科がアパートへ寄ると、風邪を引いて彼女は寝ていた。熱があるのか赤い顔をしている。手拭を濡らしてきて、額にのせてやりながら、三年間丹精した娘を手離すさびしさを感じた。あの男にやるのは惜しい、どんな男に手折らせるのも惜しかった。自分でさえ惜しい。このようなかたちの愛を抱いたことは、ついぞなかった。

「嫁にゆくなら、もっと良い男を探せ」

彼は言ったが、こんな言葉を吐く自分が意外だった。佳穂は口をあけて熱っぽい息をしていたが、頷くと、布団に顔を埋めて泣きだした。この日から仁科と佳穂の関係は違ったものになったのである。

佳穂は仁科の愛情を、自然のなりゆきで受けとめた。あとになって星野宏はさまざまに批判したが、彼女は承服出来なかった。あんな場合、若い娘に打算など働きはしないと思った。

「身寄りのない娘が、病気をしてごらんなさい、心細いわ」

「そんな時なら、相手が妻子のある人間でも、年が違っていても、かまわないのか」

星野は意地悪く言った。この場合、仁科と彼女の愛情について触れないのは、かえって気持の逃げ道に思われるからであった。彼の論理に従えば、彼女はいい加減な女で、仁科は狡い男であった。そう突き放されても、痛いことをいう彼を佳穂は憎めなかった。

仁科が日本を留守にする一ヵ月は、二人にとって、きっかけを与えられたようなものであった。星野は自分の口から仁科に話すと言い、佳穂はそれを拒んだ。結婚したいと言えば、仁科は承知しないはずはなかったが、口にしにくかった。世間知に長けた仁科の眼が怖く感じられ、不安でもあった。

「旅先へ手紙で知らせたら」

星野は早くはっきりさせたがった。手紙で知らせるのは残酷なやりかたであったし、佳穂は一日でもあとに延ばしたかった。

「君はいつでも優柔不断だ、温床で楽をしている」

男は責めたが、彼女にはどうしようもなかった。仁科と結ばれてからの六年の月日は、それなりに深いきずなになっていた。

仁科修造は羽田空港から発ってしまった。今頃暗い空の上を飛んでいるだろう。二杯目の酒が終ると、星野は彼女をつれて外に出た。走ってくるタクシーをさっと停めて、彼女に乗れといった。

「何処へゆくの」

「いいから」

押しこむようにして乗ると、車は日頃と違った方角に走り出した。銀座の雑踏をすりぬけて、勝鬨橋に向かってまっすぐに走ってゆく。佳穂の顔は変って、そわそわと窓外を眺めた。何処へゆくつもりか見当がついている、月島の埋立地にあるアパートに彼は住んでいた。一度入口まで行ったことがあったが、入らなかった。彼はそこへつれて行こうとしているのである。

「今夜は早く帰らなくちゃ、伸さんが心配するでしょうし」

彼は返事をしなかった。アパートの前で降りると、車は走り去っていった。アパートの外階段で、佳穂はぐずぐずしたが、手を掴まれて引張られた。

二階の部屋は男住居の殺風景なもので、本棚と机と洋服箪笥が並んでいるきりであった。カーテンの奥に据付けベッドがあって、若い男の体臭が充ちている。佳穂は圧倒されて、どこを見てよいかわからなかった。

「もっと座敷の真中へ来たらいいでしょう」

星野は言って、部屋の埃っぽい空気をかえるために、窓をあけた。かすかに海の匂いがする。ここから月島の埠頭は遠くなかった。彼は窓を閉め、ストーブを一杯に燃した。湯を沸かして、飲物を運んできた。佳穂はその間なにもすることは出来なかった。

「この下を通るバスに乗ると、埋立地を抜けて、東京湾の入江をまわってゆく。船が見えたり、倉庫の荷上げをしていたり、橋を渡ったりして、工場地帯から洲崎の方までゆける。一度行ってみないか、君には珍しいよ」

「行ってみたいわ」

「浅草に出て、隅田川をポンポン蒸気で引返してくるのも良い、少し寒いかな」

彼女の気持を引立てるために言っている。六十の男の世話になって、ぬくぬくと暮している女に現実を見せる必要があった。このアパートの生活が、彼女の年齢にふさわしいはずであった。彼は今夜、彼女を帰すつもりはなかった。今日を失えば、明日も失うことになる。一度は飛び越えなければならなかったし、彼女に対しては強引にしむけなければ事は運ばなかった。

彼の体がそばにくると、佳穂は電気に当ったように慄えた。今夜仁科を送ったばかりの気持は動揺していて、見知らぬ部屋も落着けなかった。この部屋の生活と、自分の家の舞台のある生活とが、まだうまく結びつかなかった。仁科の保護を捨てる以上、それなりの覚悟はついていたが、すべてはこの一ヵ月に運ぶつもりであった。しかし男に抱きよせられると、気持のためらいとはべつに、体はやわらかく彼の腕に溶けてゆけた。若い男には、そこにしかない激しさ荒々しさがあった。甘美なくちづけの代りに、奪い取ろうとする熱中した顔があった。彼女は口や眼を塞がれて喘いだ。男の顔が一旦離れると、夜の飛行機が眼にちらついた。

「今夜は、帰らなければ」

「電話をすればいい」

「佳蓉先生にも、まだお話していないわ。そういうことを、みんな済ましてからにしてほしいの」

「ばかを言っちゃいけない、順序もなにもあるものか、仁科氏を捨てた以上、僕らは一緒なんだ。結婚した、それでいいじゃないか」

仁科が不在になったことで、やっとふんぎりをつけ、ここまで引きずられてきた彼女を、星野は見下した。自分からは何一つ出来ない佳穂のような女は、悪態をついたり、強引になって手に入れるしか方法がなかった。その代り仁科によって美しい人形のように作られた彼女を、強い個性的な女に作り直す自信があった。若い女には若い男がふさわしいことを、思い知らせる必要があった。彼女の香料のそこはかとない匂いは、一枚々々覆った衣を剥いでゆく度に、甘美に濃く匂った。匂いの実体にゆきつくと、顔を埋めながら、この匂いも徐々に変えられるだろうと思った。海の匂いは、部屋の中からすでに消えてあともなかった。

3

清柳佳蓉が華翠会に出す「忍夜恋曲者」の滝夜叉姫の稽古中、足首を捻挫したのは、思いがけない不祥事であった。その知らせを受けて佳穂は師匠の家へ駆けつけた。このところしばらく来そびれて、顔を見ていなかったのである。

佳蓉は足首にあてがいものをして、大仰に繃帯《ほうたい》を巻き、椅子に掛けていたが、思ったより元気であった。

「とんだことでしたわね」

と佳穂は見舞を言った。

「こんなへまをしたのは、この年で初めてだ。あたしも年をとったわ」

初老の師匠は声だけは相変らずきびきびしていたが、がっかりした表情は隠せない。演舞場で出す大物の滝夜叉の舞台は到底つとまらなかった。佳穂は痛々しい眼で、怪我の個所を見ていた。身の軽い、すぐれた舞手である佳蓉にもこんなことがあるのかと思った。

「佳久次さんにはすっかり迷惑をかけてしまった」

佳久次というのは、相手役の光国をやる人で、清柳流の名手であった。

「惜しいですわね、折角の舞台が拝見出来なくて」

「そのことなんだけど」

佳蓉は椅子に掛けている体を、前に乗り出した。佳穂は坐って、顔を上げた。

「私一人の舞台なら、すぐ下りてしまいますよ。ところが今度のは二人の出し物でしょう。ここまでに随分稽古もしたし、準備もしてしまって、かけた費用も正直のところ惜しいし、残念でもあるのよ。それで、考えた挙句、代役を出すことにしようと思って」

女師匠のきびしい眼が、じっとそそがれると、佳穂ははっとしながら、身が竦んだ。

「あんた、やってみたら」

「まあ私、とても出来ません。華翠会でしょう、佳久次先生でしょ、とても！」

華翠会は数多い舞踊会のなかでも名だたる会で、各流派の選りぬきの人が出て、技を競った。それだけに豪華であり、充実した会で、演目のいくつかはテレビで披露された。華翠会に出演すれば、一流のレッテルを貼られたも同然であった。

「私が、やれと言ってるのよ」

「佳久次先生がなんとおっしゃるか」

「それは、昨晩、相談してみて、私の代役なら、佳穂ちゃんだろうということになった。今更古手の仲間に出てもらっても変り栄えがしないし、あんたなら新鮮で、話題になるしね」

佳穂は心に灯がともったようで、ふわふわと舞い上りそうであった。しかし一方に未熟な踊りの不安と、もう一つ大きな障害があった。師匠はそれを見逃さなかった。

「費用のことなら、私の掛けた分は引出物にしてあげる。それでもかなり纏って要るからね、どうする、すぐ仁科さんに電報でも速達でも出しなさい。昨日聞いたけど、外国でも場所によっては五日か一週間で手紙が届くそうね」

「ええ」

佳穂は仁科からきた絵葉書を思い泛《う》かべた。今更、彼に舞台の費用を出してほしいとは言えなかった。代りに持っているかぎりの貯金を思い泛かべたが、到底足りる額ではなかった。金が要りようなら、いつでも仁科に言いさえすればよかったのである。

「立ってごらん」

と女師匠はせっかちらしく言った。内弟子を急き立てて、舞台に椅子ごと自分を運ばせ、レコードを掛けさせた。

「急に踊れっていっても、踊れません」

「なに言ってるの、あんたは十七の時、滝夜叉を踊っているのよ」

常磐津が流れると、佳穂は覚悟を決めて舞台で一礼し、振りに入った。六歳で入門して二十九歳の今日まで身につけた舞いは、曲の流れにつれて自然に差す手、引く手になった。滝夜叉は滅んだ武将の姫で、妖怪の術を使って復讐を企てる芝居もどきな踊りである。彼女は我を忘れて、懸命に舞った。内弟子が光国になってくれて、一曲終わった。ぐったりするほど、汗が流れた。

「あんたの踊りは、どこか変った」

佳蓉はじっと瞬きもせずに睨んでいたが、終ると、自分も大きな吐息をついた。佳穂はぎょっと、身が縮んだ。

「どこと言って、どこかわからないけど、所々にぎすぎすしたところがある。技巧的な、と言えばいえるけど、踊りが小さくなった。へんだねえ、以前のあんたは大輪の花のようにおおらかで、うっとりとさせられたのに」

佳穂は師匠の顔が仰げなかった。

「なにか、心配ごとがあるのじゃない」

「いいえ」

「あんたは浮世の外にいて、踊りだけしていてもらいたいわ。お金の苦労をすると、あんたのような人はいっぺんに駄目になってしまう。芸はお金のかかる、贅沢なものですよ。長い年月栄養をやって丹精こめて育てなければ、実を結ばないし、綺麗な花も咲かないのよ。あんたはそのために、今日まで生きてきた人ですよ」

女師匠は、佳穂の顔をまじまじと見た。

「私の踊り、そんなにみすぼらしくなったでしょうか。毎日お稽古しているんです」

「お金のことを心配しながら踊ったのかねえ。仁科さんはそのために佳穂ちゃんを大切にしてきたのよ。達者な、気負った踊りは下品だからねえ。あんた、変ったことが起きたのと違う?」

「そんな風に見えますか」

「華翠会に出るなら、今日から二十日間、うちに泊って、猛稽古ですよ、覚悟しなきゃね、やるんだね」

「……やらせて頂きます」

佳穂は挨拶した。舞踊家として生きる以上、華翠会の檜舞台を断わることは出来なかった。師匠がすすめる以上、他流の家元や花形と並んでも遜色ないと見極めたからであろう。二十日間師匠にきびしい鞭を当てられることも、厭ではなかった。

その晩、彼女は星野のアパートへ知らせにいった。昂奮して、言葉がみつからないほどだった。

「華翠会は凄い、チャンスじゃないか」

星野も眼を輝かせて、よろこんだ。

「二十日間お稽古に籠城よ。それにお金もかかるわ」

費用の金額を聞くと、星野の顔は翳った。彼の給料では思いも及ばない額であり、よろこぶのは早まっていた。しかし佳穂はこの機会を逃したくはなかった。今それを頼めるのは仁科しかいなかった。

星野は呻いた。結局は金のある人間だけが踊るのであろうか。

「僕はいやだ。仁科に出させる位なら、罷めてもらう」

ここまできて、彼女をまた仁科に結び合わせるのは厭だった。どんな関係も持たせたくはなかった。

「今度だけ、お願い、一生のチャンスですもの。仁科は解ってくれるわ」

佳穂は相手の胸にぶつかってゆき、二人は揉みあった。彼女の懸命な頼みはいじらしくもあり、星野は押された。抱きあった体で、心も甘くゆすられた。

「今度一度だけ」

彼はこの譲歩を、間違いだと感じていた。晴ればれしい舞踊会は毎年のように、さまざまな会場で行われるであろう。町の師匠にはどうにも手の届かぬ札びらの飛ぶ舞台であった。大勢の弟子を持つ舞踊家か、良家の子女か、パトロンでも持たなければ、名を成すことは難かしかった。そしてまた舞台を重ねなければ、皮肉なことに巧くもならないのであった。星野は充分知っているはずの、このからくりに愕然とした。佳穂から舞踊を取り去れば、なにも残らないことも、思い知らされるのであった。

4

二十日間がどう過ぎたか、佳穂には解らなかった。来る日もくる日も全力を挙げて稽古に当った。佳蓉の稽古はきびしく、相手役の佳久次も手心を加えなかったが、佳穂はどんなにいじめられてもふわりと受けて、生き生き踊った。舞っている時ほど生甲斐のある、たのしい時はなかったから、何もかも忘れて打込んだ。

仁科からはローマから「イサイショーチ」の返電がきた。佳穂の手紙の返事は早かった。四五日すると芙蓉屋の支配人が、頼んだだけの小切手を届けてきた。佳穂は辛い気がした。仁科は発表会も見ずに、費用だけ出すのであった。しかしすぐ忘れて、踊りの中へ入っていった。こまかい準備は佳蓉が気を配ってくれた。考えてみると、そういうことまで日頃は仁科がやってくれたのである。佳穂はたまに家に帰ると、星野に会いにゆく気力もなく疲れ果てたが、気持は充実した日々であった。

ある日、家に帰ると星野が来ていて、有無もなく引っぱり出され、彼のアパートへ行った。二十日間は彼にとって堪え難い距離であった。一日も彼女と離れていたくはなかったし、この大切な時期に、もっと力になってやりたかった。しかし彼女は手の届かぬ場所へ行ってしまい、顔を見る自由さえ奪われてしまった。

「毎日、どうしているかと思った。佳蓉さんのところへ行こうかと迷ったくらいだ。君の気が散っても悪いから、我慢した」

「もうくたくたよ、台詞もあるから大変なの、毎日が夢中で過ぎています」

「滝夜叉は妖しい女のすごい色気を出すべきだね、君にどれだけ違った性格が出せるか、問題だ。まあ君の踊りの脱皮になるだろうが」

「なにも言わないで。先生や佳久次先生に言われるだけでいっぱいですから。これ以上言われたら混乱してしまう」

佳穂は彼の意見を遮った。寝ても覚めても滝夜叉姫の亡霊に取り憑かれている頭に、これ以上の言葉は入り込めなかった。星野の顔に不満な表情が泛かべられたが、黙って手を伸して彼女を引寄せた。今の二人の距離を埋めるのは、彼女を愛することであった。今夜は帰さないという彼の言葉に、逆う元気も彼女はなかった。帰る、帰らないを言っているひまに、ぐっすり眠りたいほうが先であった。踊りは肉体労働でもあったし、発表会までには挨拶廻りや、切符の売りさばきや、雑用もあって、体が幾つあっても足りなかった。仁科がいてくれたら、と口に出そうになることもあった。星野では切符一枚売ってもらうことは出来なかった。

彼は久しぶりの佳穂に身をうずめ、激しく愛した。彼の体は手応えのない相手を感じはじめた。苛立たしい気持ちで、重たいだけの彼女を見、眠りから引戻そうと乱暴に扱った。束の間だけ彼女は愛に応えながら、また睡魔にさそわれていった。彼は一層荒々しくなりながら、充たされないで、ぬけがらに等しい相手の眠りを憎んだ。空虚な、取残された気持に陥るのを、どうしようもなかった。彼女のために無力なことが、こんなかたちで返ってくる気さえした。しかし華翠会さえ済んだらという慰めがあって、手を放した。健気に奮闘する彼女の疲れを、見守ってやらねばなるまいと思うのだった。

華翠会の当日、星野もいつもより早く劇場へきて、楽屋を覗いた。

「おめでとうございます」

「おめでとうございます」

人々は口々に明るく挨拶を交しながら、廊下をすりぬけていった。浮き浮きするような昂奮をたたえた、愉しい、華やいだ雰囲気であった。内弟子の伸穂は彼を見ると、微かに眉根をよせたが、

「どうぞ」

と言った。部屋には佳蓉に付添われた佳穂が、あちこちの部屋への挨拶を終って、紫総しぼりの豪

華な着物のままであった。舞台は開幕らしく柝《き》の音が入った。佳蓉は愛想よく星野を迎えて、挨拶したり、配り物を差し出したりした。

「足の怪我は、どうですか」

「ステッキをついて歩いてますわ、女チャップリンてところです」

「大役がまわりましたね」

彼は佳穂をじっと見た。

「見てやって下さい、私が打込んで教えましたから」

佳蓉は真顔で言った。顔師が入ってくると、佳穂は支度のために立上った。それをしおに彼は外へ出ることになった。

劇場は華やかな観客であふれていた。一番々々はさすがに華翠会らしく立派な舞台で、どれも見劣りするものはなかった。新作と旧作とがまじっていたが、一流の舞踊家のものだけに安心していられた。しかし退屈でもあった。星野はそうするうちに、次第に佳穂の出番が近づくと、落着いていられなかった。なんとか大過なく踊ってほしいと思った。

幕間、扉口が賑わうのを感じて振向いた。背広を着た大柄の仁科修造が、取巻きに囲まれながら入ってくるところであった。星野は顔色が変った、仁科の東京へ帰る予定は、五六日あとのはずであった。旅程を縮めて帰ったとみえる、商売熱心な男のこの執心に、圧倒された。仁科たちは五六列前の席に掛けた。佳穂の幕は二つ目であった。

「忍夜恋曲者」の幕が上ると、星野は職業柄もなく動悸がした。花道のすっぽんから、妖怪の精をおもわす乱れ髪の艶麗な女が、打掛の裾を引き、蛇の目傘を肩に、眼を閉じて現われた。おどろな音のあと常磐津の唄で、眼を開くと、切れ長なあでやかな佳穂の顔が花開いた。場内がどよめいた。これまでのどの幕の顔より若くて美しかった。舞いの手は、美しさに眩惑されて、すぐには眼に入らない。

妖怪退治の若武者光国は本舞台にいる。二人のもつれながらの舞いは、佳蓉が手をとって教えただけに、しっかりしていた。佳穂の踊りはおおらかで、大舞台にいても美しい容姿は見栄えがした。

「美しい!」

星野はそうおもい、うっとりさせられた。舞いを忘れて、惹きこまれることなど、一年に幾度とない幸福であった。長い一幕は、あっけないほど早くすぎてしまい、光国の佳久次と滝夜叉の問答から、二人は争いながらもつれて、最後の見栄になった。光国に劣らぬ滝夜叉に、はげしい拍手が送られて、幕が下りた。佳穂の張りのある声音も、耳に残った。

「良かった!」

彼はほっとし、大きな荷を下したと思った。それからそわそわと楽屋へゆくことを考えた。仁科修造が立って、取り巻きといっしょに出てゆくのが見えた。ひるんだが、やはり彼も立上らずにいられなかった。

舞台の佳穂は、幕が下りた瞬間、

「踊った!」という手応えを感じた。これまでにない充実感があった。悔いはなかった。

「ありがとうございました」

佳久次に挨拶すると、

「佳かったよ」

珍しく褒めた。舞台の袖に立っていた師匠のいつもきびしい顔も、ゆるんでいた。

「おめでとうございます」

「素晴しかったですねえ」

「舞台が一まわり大きくなりましたね」

師匠のそばへゆくと、祝福の声が取巻いた。楽屋へゆくまでにもおめでとうを浴びた。

「ありがとう」

師匠も我がことのように礼を言っている。

「さ、この次は錦扇会だ」

佳穂の背中を叩いた。錦扇会、舞踊あやめ会、曙会、目くるめくような舞台への道が展けていた。

彼女は眼をきらきら光らせ、次の舞台にいどむ覚悟を決めた。六歳から始めて青春のすべてをかけた舞いを、小さな幸福のためにどうしてくすぶらせてよいだろうか。今の充実感を明日もあさっても持続しなければならなかった。舞扇をかざしている時が、彼女の人生のすべてであった。

仲穂が走ってきて、楽屋へ入った佳穂に告げた。

「たいへんです、銀座の旦那さんが見えてらっしゃいますよ」

「まさか」

佳穂は言い、胸を打たれた。

「もう下までいらしてますよ。アメリカへ廻って、何所とかとハワイへ寄るのをやめて、ニューヨークから真直ぐ帰ったのですって」

「やっぱりねえ」

女師匠は声を挙げた。床山が鬘を取ろうとし、衣装方もそばへきていた。

「待って」

佳穂はこのままの美しく装った舞台姿を仁科に見てもらうために、手で制した。それから濃化粧の顔を向けて、楽屋口をじっと見ていた。

美とのふれあい

毎年春、国立劇場で武原はんの地唄舞の会がある。美しいものに出会う大事な日である。当夜は二番、よりぬかれた演し物を舞って、休憩を入れて一時間半で終ってしまうが、場内は観客であふれる。常連が多くて、谷川徹三先生や、河盛好蔵先生もみえるし、私はまた画家の堀文子、地唄舞の閑崎ひで女、彫刻家の多田美波、女優の藤村志保さんなど、気心の知れた女友達と幕間に語るのがたのしみである。

武原はんの舞がいまや至宝としてかがやくのは、八十歳の傘寿の会あたりからではないだろうか。自ら八十歳を祝って、「傘寿」（かさのことぶき）を丸髷に黒紋付模様の裾を引いて典雅に舞った姿は、ほんとうに神々しいばかりで今も目に残る。地唄舞はふつうの日本舞踊より動きをおさえた、能とおどりの中間にあるもので、奥が深い。

「傘寿」のあとは、「雪」を舞った。雪の降りしきる夜、別れた男をおもい、霰《あられ》の音に、もしや、と耳を傾ける哀婉極まりない女心である。名曲「雪」はだれが舞ってもいいが、とりわけ情念を現すのにふさわしい、残んの色香をためたひとの舞に私は胸を打たれる。女の生きた月日の哀しみが、寂としてみえてくるからである。武原はんの「雪」は、持って生れたたぐいまれな美貌と、姿のたおやかさ、信じがたい若さ、芸のきびしい修練のあとの気品がそってくる。舞はこころなのだろうか。雪降る情景に捨てられたおんなの哀愁がただよう。

もしこれを小説の中で表現するとすれば、どうすればいいのか。私などの筆では手も足も出ない。ただひたすらゆめを追うばかり、にくいほどの芸である。

今年は去る四月十七日、国立劇場で「武原はん舞の会」が催されて、渋い「山姥」と、華やかな「夕霧」が出た。傘寿の会からもう四年たっている。「夕霧」はうら若い遊女である。ほんとうにやるのだろうか。いつも新しいものに取り組もうとするはんさんの若々しい精神には、感嘆するけれど、私には八十路のひとへの心配と、期待が入りまじる。

当夜も熱気にあふれる客席で、舞台に灯がともり、開幕となった。歌舞伎の「吉田屋」をおもわす柿色一色の、色町を背景に、うしろ向きに物おもいにふける遊女がひとり、黒の打掛姿もなまめかしい。やがて清元の唄につれて白い顔をふりむけた一瞬のあでやかさ。低いどよめきが客席を走る。地唄舞の女はおおよそ恋にやつれている。夕霧は恋わずらいまでして、おいらん髷に紫の鉢巻きをたらした、病みつかれた風情がいい。

「夕霧なみだ　もろともに　うらみられたりかこつには」と細い手を胸に差すと、哀れである。女の苦しい情感にこころを誘われる。私たちが遠くへ置き去りにした女、一途に生きる「いい女」に、めぐりあった心地がした。

昔のおんなは、男に愛され、裏切られ、捨てられる運命らしい。男と女が対等であるよりも、情はおのずと深いのかもしれない。なぜなら発散するところを持たないから。夕霧はすべての女の代りに、恋に生きる姿をみせてくれた。武原はんが舞い納める間、舞台は濃密な空間になって、私たちを酔わせた。夕霧にもついに男が会いにきて、恋がかなうと、幕は降りた。遊女のはかないよろこびも、幕とともに夢、幻と消えてゆく。美とは、なんと束の間のものだろう。

友達のひとりは感動を抱いて、楽屋へゆくという。私は暗い劇場の外へひとりで出てゆくのがいい。しばらく壕端の道を歩くのもいい。

舞台で夢をみせてくれた地唄舞の人は、老いるほどにいよいよ華やいでかがやくのが、見事である。長く生きることは切ないけれど、白寿までも舞い続けてほしいと思う。

スイスのローザンヌを発って日本へ着いたのは夕暮であった。成田空港へ出迎えにきてくれた画廊の主人の峰と、友人の小竹陽子と連れ立って東京の町中へ向う間、類子は窓から外の景色を見ていた。十一年ぶりの東京が自分を包みはじめている。川が見えてき、高層ビルディングが現れて、夕空に灯のついた東京タワーが尖塔をのぞかせると、やはり興奮をおぼえた。一旦捨てた故国が間違いなくここにある。日本語の広告文字を目で確かめていた。

「先にホテルへ行きますか。それとも会場を見ますか」

と峰が聞いた。

「ともかく画廊を見せていただくわ。うまく納まるでしょうか」

「それは任せて下さい」

明日飾りつけを済まして、明後日がオープンである。小さな画廊を彫刻展の会場にするのはむずかしいが、個展に漕ぎつけたのは峰の好意と、夫のハイネマンのすすめのおかげであった。日本の美術家に受け容れられるとか、人が見にきてくれるとかは、まだ切実でない。ただ作品がうまく飾られて、印象が鮮明でありたい、と願った。

「昨日の新聞の文化面の消息欄に、個展の案内が出ましたよ」

峰が大事なことを告げた。それは二行の活字で、関屋類子の彫刻展を知らせるものだという。二行というのがおかしくて彼女は笑った。そばから陽子が二行の重みの分らない彼女を、仕方がない、というようにみていた。二行がある確かな事実として示されるのは、世間への挨拶でもあり、挑戦であるかもしれない、と類子も気付いた。ほんとうのところ関屋類子の仕事を知る者はごく少いだろう。十一年も外国にいたのだし、まだ彫刻の世界では若くて日本に紹介されてもいない。スイスの美術展で賞をとり、またある公募展にえらばれて公園に彫刻を造ったから、あちらではいくらか知る者もあるだろう。今が類子にとっては仕事に賭けるチャンスなのであった。峰は彼女の作品をみて、日本での個展の道を開いてくれた。こういうかたちを調えてもらわなければ類子は日本へ還るきっかけを摑めなかったろう。

銀座の土橋に近い峰画廊は、宝石店のわきの階段を上った二階にある。画廊は広くはないが奥が深く、彼女の彫刻類は梱包を解いておかれていた。この限られた空間が彼女の世界のすべてになって生きなければならない。峰の意見を聞きながら、彼女はスイスで明け暮れ制作した作品がようやく故国で息吹こうとしているのを感じた。

画廊をあとにすると、赤坂にあるホテルへゆき、部屋に荷物をおいた。それから三人して地下の日本料理店で夕食を摂った。類子が日本へ帰ってきても、よろこんで迎えてくれる肉親はいなかった。

母は亡くなってしまい、それ以前に離婚していた父は再婚して大阪に住んでいた。十一年前にイタリーへの留学を決めた時、彼女は義絶同然の父にお金の無心をした。父はいくばくかの金を出してくれて、これが最後だ、といった。定年近い父にとっては苦しい出費だったに違いないが、彼女はかまってはいられなかった。掻き集められるだけの金を持ってイタリーのミラノへ行った。あの時、予定は一年だったのだ。

夕食の日本食は美味かった。日本酒で乾杯し、刺身を口にすると、とろけるような味わいであった。異国の日常にも日本のものを食膳にのせることはあったが、こまやかな和え物のみる貝や、ひりゅうずの煮物、椀の味も舌にこれほどなじむことはない。

「どうお、十一年ぶりの味は」

と陽子が訊ねた。

「胸にしみておいしい。食べものの味に一番素直になりそうね」

「明日からお忙しいですから、今夜はゆっくり休んで下さい」

峰は類子を労《いたわ》ると、食事のあと画廊へ戻っていった。今夜陽子がいなかったら、どんなにさみしかったろう、と類子は思った。広い東京で今も親しいといえば彼女ひとりであった。他の仲間は消息さえ知らなかった。間もなく二人はホテルのバーへゆき、隅のソファに掛けた。こういう処へ来るのも女が一人前になったからだろう。三十七歳の女の自信と、危なさが同居する。陽子は離婚して、母親と暮しながら服装学院で教えていた。

「うちへもいらっしゃい。母がちらしずしや、はまぐりのお椀を上げたいって」

「雛祭りを思い出すわ。母親っていいわね」

陽子の母は年の瀬になると、真空パックした正月料理をスイスまで送ってくれる優しいひとであった。学生の頃は泊りがけで遊びにいった。

「あなたの個展に、旧い友達がどれだけ来るかしら」

陽子は三、四の友達に連絡をとったといったが、その一人に桐野が入っているかどうか、類子は知ろうとしなかった。

「ハイネマンさんは、いつ来日するの」

「今、ボストンへ行っているから、個展の終りまでには海を渡ってくると思うわ」

「あなたが彼と最初に会ったのは、いつだったっけ」

類子は答えない。陽子は知っているからであった。日本で彫刻の国際シンポジウムが開催されたのは十二年前である。その時美術大学の学生は狩り出されて手伝った。類子は彫刻の造型も、日常の服装もセンスが良かった。芸術はセンスだと信じていて、何気なく描くグラフィックもうまかったし、細身なからだに毎日替えるシャツの着こなしもしゃれていた。陽子は類子のかもし出すしなやかな雰囲気に惹きこまれていた。ある時類子は三日も同じニットのセーターを着てきたので、桐野のアパートに泊ったたと気付いた。

「なによ。モスグリーンが皺になってる」

とあてつけに言うと、類子はうっすらと顔を赤らめた。

桐野と類子は親しかった。学部の十人のうち、一人か二人しか大学院へ進めなかったから、いわば選ばれた彼らがいつも親密に行動するのは自然のなりゆきであった。国際シンポジウムのアルバイトも一緒に出た。類子がスイス人の美術史学者クラウス・ハイネマン氏についたのは、いくらか語学が出来たか、互いの第一印象が良かったかである。彼は若々しく見えるが、彼女より二十歳年長であった。類子の感覚の鋭い鉄とガラスのオブジェをおもしろがって、鉄線の菱形の真中にガラス玉を吊したのを、彼はスタンドか、といった。それは「動く太陽」であった。一週間の会期が過ぎると彼は帰っていった。そのあとさまざまのパンフレットや彼の著書が日本へ送られてくると、類子は桐野や陽子に見せてよろこんでいたのである。ハイネマンが半年あとにもう一度日本へ来たのは、シンガポールへの旅の途中であった。

「一ぺん聞こうと思ったけど、あの時求愛されたのね」

陽子の問いに類子は首を振ったが、強い否定にはならない。彼には夫人がいて、陽子の目にも端正で男らしい紳士であった。

「彼は魅力的だったわ。でもあなたが外国まで行って、こうなるとは思わなかったわ」

「人のすることは分らない。私が望んだとしても不可能なはずだったのに。初め桐野さんがイタリーへ留学を望んで、あちらのある教授に卒業制作を送ったのよ。教授からは作品を数点見せろという返事がきて、それからがたいへんだったの」

類子は自分も行く気で母の残した古家をあっさり売ってしまったが、彼の制作は行き詰った。待てという彼と、行きたい彼女と、二人の間には争いが絶えなくなって、遮二無二イタリー行を実行したのは彼女ひとりであった。一年の予定であったし、それまでに彼も来ると信じていた。思い立った時、彼女には前途しか見えていなかったのだ。隣りの国にいるハイネマンの存在がどう作用したかは微妙である。ミラノに行き、環境にも馴れて、美術大学に通いながら待ったが、桐野は来なかった。もはや意志を失ったようであった。

「彼氏とは時には会うこともあったの」

と陽子はずばりと聞いた。ハイネマンはジュネーブから汽車で四十分ほどのローザンヌに住んでいた。ミラノとローザンヌとは汽車で何時間の距離か、国境を越えてゆく隔りが陽子には分らなかった。

「十年も前のことで、忘れたわ」

若い女の異国のひとり暮しに、拠りどころを求めてさまよったころのことを、類子は思い出していた。人のすることは分らない、自分のこころさえも、と思った。桐野を愛しながら、国境の町で男と出会っては旅をした。ブリーグや、ボルザノの町であった。ボルザノは古い町で、石で出来たアーケードのたたずまいは中世に引戻される趣きがあった。古風なホテルに彼と類子は一ときの幸せを求めた。

一年は忽ちすぎてしまい、桐野から帰りをうながす手紙がきた。もう少し待って下さい、今のままでは何も手に入らないのです。あと三月だけ、と書き送った。ハイネマンとのことはいつからか彼の耳に入っていて、すぐ帰らなければ自分にも覚悟がある、といってきた。彼女はその日のうちに手紙を書き、あと一と月待ってほしいと願った。彼の次の便りは最後通牒に等しかった。もう待てない。君の背信は許さない。きっとミラノへ行くから覚悟を決めておけ、と。

類子は若い日の揺れうごく心を、苦い後味のなかで思い出していた。

「桐野さんはそこまで言ったの。で、彼は行ったのだったかしら」

「あの時彼が来ていたら、むろん私の生き方は変っていたのよ」

「あなたが悪い。あなたを虜にした、なんだか知れない、異郷や、人や、仕事がみんな悪い」

陽子は水割りを飲みながらバーのソファに身を沈めて、人のなりゆきのあてどなさを物哀しく眺めていた。

彼はいまどうしてる？　と口まで出かかったが、類子は声にしなかった。お互いをぎりぎりまで傷つけながら、それきりになった。十年は一昔であり、歳月はどっしりと横たわっていたが、故国の土の上に立つと、過去は土の匂いとともに懐しく痛ましいものになって蘇ってくる。二人はしばらく無言でグラスを傾けあった。

類子の故国の第一夜はホテルの四階で、窓から町の灯が見えた。男のいるローザンヌを遠く感じながら、ガラスの素材に挑んでいたころを思いうかべた。仕事に行き詰り、帰国を放棄した者の不安から、汽車に乗り、国境の町ボルザノで男の顔を見た時の激しい傷みを忘れることは出来ない。時には前もうしろも塞がれてしまい、死の自由しか見えないこともあった。彼らは窓からゴシックの教会の塔を眺め、鐘の鳴るのを聴き、一夜を過すと、明けの朝は別れてゆくこともあった。ボルザノの駅の早朝は閑散として、彼の汽車が先にくる。彼は乗りこみ、少し窪んだ眉の下の青い目をじっと彼女に当てている。ふっさりした髪に白い線が走っている。類子は歩廊に取り残されている。なぜ一緒に行ってはいけないのだろう。

「仕事をしなさい。それしか君のすることはないはずだ」

無情な言葉とともに男は行ってしまう。彼女は歪んだ表情のまま見送った。泣いたことはない。そんな生やさしさでごまかす気はしない。未来はまったく閉されているのに、まだしておかなければならない仕事がある、と思うのは滑稽であった。男を乗せた列車は去っていった。男はほっとしているだろうか。レインコートに両手を突っこみながら、ミラノ行の列車を待っている時、昨夜の情念が女のやつれと一つになる。よろこびと傷みと悲哀を知るのも女だからだろう。汽車は仲々来なかった。

あの時もなお、日本へ帰ることは考えなかった。帰れたものでもなかった。日本を出て三年目だったろうか。

初日の会場は飾りつけも済んでいて、階下の入口に関屋類子彫刻展の小さな看板が出ている。階段を上りながら目をあげると、壁にステンレスの百合の花型があって、中の白熱光がうしろの鏡にきらめく。左のドアをあけると室内で、中央の空間に大きなステンレスの銀板が三角形に斜めに、先は鋭く尖って、裾はひろく、シャープな線を描いている。この造型の題は「極」である。光る面にも実はわずかなカーブがあって、近づく類子の顔や、そばを歩く陽子や、眺める客の姿を映し出す。

「端正なカーブだなあ。切れ味がいい。それにやわらかみも失わない」

そういったのは峰の招いた美術評論家であった。気難しい男で、来るかどうかといっていたのが早くも現れたので、峰はよろこんで類子を紹介した。一点の大きな彫刻のまわりの壁は小さな作品が取巻いている。評論家は見終ると、帰りがけに女の彫刻家をしげしげと見て、

「日本へ時々作品を送ることです」

といった。彼が出ていってから、それが過分な言葉だと彼女は知った。

午後からは陽子が知らせたので、旧友が二人してきてくれた。類子は迎えながら、彼のうしろに桐野が立つのではないかと緊張した。男たちは十一年だけ確実に年を重ねて、若いおもかげは失われているが、男の働き盛りをおもわせた。おめでとう、到頭やったね、と彼らは言った。彼らの一人、那須はデザイン研究所にいるし、中延は学校の教師である。彫刻科を出て、彫刻に専心する者は少い。那須が先輩の名をあげて、彼はイタリーへ行ったきりだが、消息を知らないか、といった。風の便りに生活費をガイドでかせいで、仕事をしていると聞いた。そういう芸術家はヨーロッパには掃いて捨てるほどいるのだ。那須も中延も女の手で造り出されたオブジェや、視覚的に鮮やかな創造の世界を、興味深く見ていった。

「まさか類子君が、大作の『極』のステンレスを組み立てるのではないだろうね」

「工場で指図しながら、一緒にやるのよ。その時の私はすごい声を出すそうよ」

類子は女でも男でもない仕事の場の自分を思い出していた。腹を立てると、思わず日本語が飛び出すが、結構通じるのだと語った。那須たちは画廊をくまなく見て歩き、会期は十日間と知ると、旧い仲間で集ろう、といった。教師の中延は類子の仕事に触発されて、彫刻家にならなければうそだな、としきりに唸っていた。やがて彼らは画廊を去っていった。階段下まで見送りにいった陽子が戻ってきた。

「中延さんて昔からいうことが大袈裟ね。発憤して、彫刻家にならなければうそだ、といったけれど、そこの角を曲ると、忘れてしまうわ」

と冷ややかだった。会場は賑わうというほどではないが、峰の尽力のせいか思ったより人が入ってきて、類子はずっと画廊に立ちつくした。陽子は仕事の都合で帰っていった。すると類子のまわりから暖いものが消えていって、会場に誰もいなくなった瞬間、彫刻の中に彼女は取残されて孤独であった。

夕暮に扉が明いて、客が入ってきた。会社員風の三つ揃いの背広を着た男である。入口に立ち、画廊の内から立ってくる造型の迫力に押されながら、中央の「極」へと寄っていった。画廊の隅に立っている類子を彫刻家と気付くまで、彼女は男を見ていた。桐野隆男であった。彼は銀色に光るステンレスの流れをまわりながら、ようやく自分をみつめる者に気付いた。どちらが先だったか、いや彼の観賞の目に応えるように、かすかな微笑が彼女にうかび、やがてまぶしい目になると、彼の表情にも似たものが現れた。憎しみを引くかと予感した者同士の得難い邂逅であった。そこに彫刻があったからだろう。彼は光る造型物と、彼女を見比べた。

「すごい。胸のすくようなシャープな線だ」

そういった。昔から挨拶などはしない男であったが、最初の一言が長い断絶を飛びこえさせてくれた。類子は昔のように顎をあげて頷いた。懐旧の思いが湧き立ってきた。

「一通り見て下さらない」

彼女はそういった。別れてからの歳月のすべてが仕事の上にあからさまに在るのを、見てもらうしかなかった。桐野は流線と、あるカーブのある面とを見てゆき、継ぎ目に打った鋲がこまかく模様のように並んでいるのを確かめていた。まわりに立つ者を映した面は、像が屈折しておもしろい。

「斜面の中にわずかにカーブのあるのが、いい」

桐野は誰も指摘しなかったことをいった。彼はゆっくりと一点一点を惜しむように見ていった。新しい客を峰が伴ってきて紹介した。新聞社の美術記者で、作品を前にして二、三質ねた。彼女は答えながら、視線のはしで桐野が奥をまわるのを追っていた。記者の評価に増して桐野のそれが気になった。昔ふたりで互いの造型をこてんぱんにやっつけあったのを思い出した。記者は彼女が鉄やガラスも手がけたことを知って、いまなぜステンレスかと訊ねた。彼女はステンレスの澄んだ冷ややかさが自分のイメージに向くから、と答えた。質問が終った時、桐野が扉を押して出てゆくのを目にした。彼女は記者に会釈して、急いで階段を降りていった。外に立って左右を見廻すと、日暮方の町に桐野のグレーの背広の肩が見えた。追いつくと、肩を並べた。

「折角来て下さったのに、黙って出てゆくのね」

「忙しそうだから」と彼はいった。

「忙しいほど、お客は来ないわ」

彼女はふたりのまわりから音が消えてゆくような気がした。近くの喫茶店へ誘うと、彼は一緒に入ってきた。奥の椅子にかけると、彼女は相手の好みを思い出して珈琲を頼んだ。顔が間近かになると、歳月が刻まれているのは避けられない。

「私はひどい顔になっていて？　罰《ばち》が当ったから仕方がないけど」

「いや、こっちもつまらない、分別くさい顔になったろ」

彼は先刻一瞥しあった時の緊張を解いていた。

「今日の午後、陽子さんが連絡してくれて、那須さんと中延さんが見にきてくれたのよ。でも気を遣って誰も桐野さんのことは口にしなかったわ」

「会社勤めで、付合もなくなったから」

「よく私の個展が分ったわね」

新聞で見た、と桐野はいった。新聞をひらく度に文化面の消息欄をみる。習慣的に目がそこへゆく。類子のことがいつも頭にあるわけではない。自分の中にまだ残っている彫刻だの、グラフィックだの、美術に関するものへの関心や、執着がそうさせるのかもしれない。だから類子の個展は偶然に知ったのではない。知るべくして知ったのだった。二行の知らせは重い楔のように心に打込んできた。学生の頃は、彼の方が彫刻を嘱望されたが、彼女には独得のセンスがあった。かなり無鉄砲で、度胸がよく、思いきった造型をする代り、どうにもならない失敗をしでかすこともあった。教師に注意されても、嘯くように顎をあげている。気性のはげしさと、華奢な身体から発散するエネルギーとは並々ではなかった。桐野はそういう彼女を愛した。

「新聞の二行の消息は大事なのね」

「二行に君の一切が集約されていると感じた。女性が外国で十一年間仕事をしてきたことは、簡単には真似られないことだ」

「人の怨みものみこんで、生きるしかなかったから」

「よく生きのびたものだ。ステンレスのカットに鋭利な箇所がある。それをどこかで破調にして、息抜きをさせているね。へたをすると甘くなるが、かえって爽やかなのだ」

類子の初めて聞く批評であった。彼女の夫はそういう指摘をしなかった。

「怖いわね。内側を覗かれたようよ」

彼女は本気でいっていた。相手との距離は消えてしまった。

「どうして分るの。あなたは何をお仕事にしてらっしゃるの」

「中流の工業会社に勤めているよ。美術とは関係のないポストで、典型的なサラリーマンというやつ」

桐野は自ら念を押すように名刺を取り出した。年齢にふさわしい肩書きがついていた。あの頃の彼からは想像出来ない変化であった。仕事の挫折と、生活の安定とが、彼女の脳裏をかけめぐった。

「落着いて暮すのは、きっと良い家庭があるからなのね」

彼女は切迫した手紙を遣り取りした十年前を思いうかべ、相手の幸せに気が沈んだ。

「良かったわ。あなたはおだやかで幸福な人生を送っているのだから。私の我儘に引きずられてミラノくんだりまで来てごらんなさい、今ごろ私たちずたずたよ」

「少くとも君はずたずたにならないし、ぼくらは二人展をひらいたかもしれないさ」

桐野はそういった。彼女は無駄なことを人は考えるものだと思いながら、迎えにきてくれた桐野と日本へ還ってくる自分を想像した。彼女はその後イタリーのミラノから、スイスのジュネーブの外れへ移り住んだ。大きなレマン湖のまわりには都会や町があって、ある時はローザンヌから湖を渡る船で男はきた。紅葉の季節はまわりの山が燃え立つようだが、やがて雪に閉されるのであった。

「独りで異郷にいて、仕事にスランプがくると、駅のホームも、山の斜面も、凍るような湖も、見るだけで怖いことがあるの。食べものも喉に通らなかったわ」

「さっき会場で手にしたパンフレットに、君はハイネマン・関谷類子とあったよ。いつからなんだ」

彼は昔を思い出させる目をした。類子は彼の白と紺のストライプのワイシャツへ視線をあてた。

「あなたがそうやってきちんと背広を着ていると、妙に気になるわ。ハイネマン夫人は五年前に動脈瘤で亡くなったのよ。元々病弱な方だったらしいわ。そのあと私たちは苦しんで、会おうとしなかったのよ。私がガラスからステンレスに変ったのは、その間なの。ジュネーブのある時計店の入口の飾りをさせてもらったのを、彼がよろこんでくれて。ステンレスは私を蘇らせたのね」

類子とハイネマンとはようやく一緒に暮すようになったが、互いの暮しに放浪の翳は消えていなかった。

「東京へ来ているのだろう」

「いいえ、彼は忙しくて、東京へは来ないでしょう」

夫は来ない、といった瞬間、桐野の表情から緊張がとけてゆくと、彼女は自分もそんな気がしてくるのを、奇妙に感じた。

外は夜に変って、人が出ていた。東京の町を歩いたか、と彼は聞いた。類子はどこも見ていない。しばらくの間に東京は高層ビルディングが建ち並んでいた。彼女は歩くなら、大学の近くの上野の杜や、不忍池や、本郷界隈、なかでもしゃもを食べさす無縁坂の小さな鳥屋がなつかしかった。あんなところが、と桐野はわらった。その店は折目のついた服の膝を崩して坐らなければならない小さな店だった。よければあの辺を歩こうか、と彼はいった。今夜を逃すとそのたのしみはふいになるだろう、と類子は思い、画廊へ戻って支度をするまで、待っていてほしいと頼んだ。彼女は個展の会場へ戻ると、峰に断わりをいった。

それから元の喫茶店へ引返してガラス窓をのぞくと、奥の席はからっぽである。どきりとしながら、こういうかたちで彼に苦い目をみせられるのかと思った。本来なら昔の背信に、唾をかけられても仕方あるまい。店の中へ入ってゆくと、観葉植物のかげで彼は電話をしていた。ほっとする。妻に連絡をしたのかもしれない。

外へ出ると、二人はタクシーで上野へ向った。東京の町はめまぐるしいほどネオンが輝き、若い者の服装が明るい。

「あの人たち、どこへ帰るの。東京の中にあれだけの人を容れる家があるかしら」

「家といえるかどうか。コンクリートや木造の箱のような場所へ吸収されるのだから」

「あなたは何人家族なの」

「家内と、子供がひとり」

彼はコンクリートのマンションを思いうかべる顔をした。

上野不忍池は、上野の杜の裾にひっそりと大きな池の水をたたえていた。爽やかな季節で、池畔に人が出ている。類子は池の小径へ入ってゆくと、東京へきてはじめて気持がゆるんだ。裾の細い黒のパンツに、紫の絹のブラウスを大きなベルトでしぼった服装に、黒い髪と黒眼は、まぎれもなく日本の女であろう。変ったといえば変ったが、桐野といると、昔の生《いき》のいい表情も、弾んだ声も、かえってくる。

「池之端から切通しを抜けて、本郷からお茶の水までよく歩いたわね」

「途中で口論になって、別々に帰ったりした」

「そう、お茶の水の駅のホームに立って、線路下の川を睨んでいたものよ」

まったく強情な女子学生だったのだ。誰よりも彼女自身が知っていることであった。

「いま、どうして私を許そうとしているの。月日が経って風化したから。それとも家庭が幸福だから」

彼女は上野の杜も、池も、池をとりまくまわりの風景も、昔のままでありすぎると思った。桐野は歩きながら、なにも言おうとしなかった。代りに、十一年の終り近くにして、やっとハイネマン氏の妻になった女を考えていたのであった。気の遠くなるような試練のあとのステンレス彫刻を思い合せた。

「君は、強いなあ」

と彼はしみじみ洩らした。

「あの時は本当にミラノへ行く気だった。君の帰る、帰るはあてにならなくて、待ち呆けの度に胸が煮えくりかえった。ある時、ハイネマンに手紙を書いてやったのだ。知らないか」

類子は足を停めた。初耳であった。ハイネマンから彼に返事がきた。

——あと半年、迎えを待ってほしい。類子《ルイ》は大学で公募した彫刻の仕事に賭けている。結果は分らないが、それですべての決意がつくだろう。

桐野はなぜあの時イタリー行を実行しなかったのだろう。躊躇が二人の岐路になった。半年待つ決意をすると、たぎりたつ怒りや、未練や、意地は、水をかけたように燻《くすぶ》りはじめた。ハイネマンには ハイネマンの苦悩があり、彼女には彼女の苦難があると思いはじめた。人の生きようには流れがあり、抗《あらが》っても抗いきれない奔流があるのかもしれない。やがて彼が工業会社に就職したのも、なりゆきであった。勤めは仮りの姿で、いずれ芸術の世界へ戻るだろう。そうに違いないと信じた。半ばは金のためで、留学も捨てきってはいなかった。夢はいつか霧散してしまい、社会人になりすましていったのだった。

「その代り、君に夕食を奢ることも、小品の一つくらい貰うことも出来るようになった」

彼は自嘲的にいっている。池をあとにしてゆくのは昔馴染の鳥屋であった。大きな口を利くはずね、と類子はわらった。鳥屋は古い造りのまま、二階は追いこみの座敷で、瓦斯こんろが三か所にある。客が入っていて、座敷の隅だけあいていた。二人は小さな座蒲団に坐った。鳥鍋の煮える匂いがして、いかにも下町風のささやかな雰囲気である。類子は東京で一番なつかしい場所へきたと思った。ある時期、激しく求めあい、悩みあい、別れの道をえらんでしまったが、存外人間は顔をそむけもせずにいられると知った。

「いや、個展の会場へゆくまで、自分の気持の整理はついていなかったな。ただ、見てやろう、と思った」

桐野には彼女の彫刻は衝撃だった。小さな会場だが鮮烈な存在感があって、天を指す銀の線は彼の心臓を突き刺して出ていった。創造する者に、やられた、と思った。

「ハイネマン氏はえらいな。彼はなぜ東京に来なかったの」

「彼はボストンの大学へ講義に行っているの。そこには女友達もいるし、東京へくる暇はないでしょう」

「女友達だって?」

ハイネマンは世界のあちこちに親しい友達がいる、と類子は言い、あの年で彼は結構もてるのよ、とわらった。桐野は真顔でたずねた。

「彼の旅行の間、君はローザンヌにひとりでいるのか」

「そうなるわね。私は祖国喪失者だから、他に逃げ場はないのよ」

彼女は日本酒をおいしく飲んだ。女中が鳥鍋を仕かけてゆき、やがて煮えはじめた。鳥肉はやわらかくてくせがない。醤油の味が舌にひろがる。味覚が心のわだかまりをほぐして、打解けた感情を蘇らせてくれる。昔、彼女のたべ方は早かったから、彼は鍋に線を引いて、こっちへ箸を入れるな、といったのだった。鍋の残りの汁には御飯を加えて、玉子をかける。日本の夜がこんなように過せるとは夢にも考えていなかった。

「美味しいわ。たまごのおじや、忘れない」

「安上りの御馳走だなあ」

桐野は以前より酒が強くなっていた。やがて食事を終えて、急な階段を降りてゆく時、彼女は半ば昔の自分になっていた。外へ出ると、どちらとなく足が自然に切通しの坂へ向いていた。

「君はこれからも自分の可能性を試しながら生きてゆくのだろうなあ」

男は感慨をこめていっている。

「私には還ってくる処もないし、終りは異国で独りかもしれないし、仕事のほかにはないのよ」

そうして飢えた状態を続ける彼女を、桐野は知った。切通しの坂から天神裏の暗い石段がみえてきた。ここも以前によく登った。

「ぼくは今も夢に魘《うな》されて夜中に目を覚ますことがある。この生活は違うぞ。ぼろの工房に住んで、両手でもって鉄か、ステンレスかに取組んで、鋲を打っているはずだと。暗闇に飛び起きてしばらく目を剥いている。朝が来ると忘れるが、未練と悔恨がくすぶる。安易な人間ほどばかなことを考えるものだ」

類子は聞きながら、彼の彫刻のゆめは終ってしまったと思った。つらい十年を互いにやり直すことは出来ない。

神社の境内をぬけてゆくと、湯島の高台の広い道がある。片側は大きな坂でネオンのついた安易なホテルが並び、台地の真直の道はお茶の水へと通じるのだろうか。男と女が寄りそって歩いていても不自然にみえない通りを、まだピリオドが打てずに、あてもなくゆく自分たちを彼女はみつめていた。

午後、個展の会場へ類子は出ていった。峰が待っていて、昨夜彼女の出たあとにアメリカのハイネマン氏から電話が入ったと告げた。彼は予定より早く、明日の夕方に東京へ着くという。ホテルへ連絡したが留守だった、と峰はいった。

「東京の下町を夜更けまで歩いていたのよ」

「そうでしたか。ハイネマン氏も心配とみえて個展の様子を聞いてましたよ」

類子の小品に二、三買い手がついたのは、峰の手腕であって、一つには値が内輪につけてあったからだろう。彼女は日本の建物の壁に自分の作品が飾られると思うと、やはり嬉しかった。小さな足跡を残したことになる。あとの作品も峰の手で気長に売り捌いてもらうために画廊へ残してゆくはずであった。

夕方、陽子が画廊へきた。今夜は彼女の母の手料理に招かれることになっていた。日没の前の浅黄色の夕暮時の濠端を見せたい、と陽子は類子をタクシーに乗せた。日比谷から皇居の濠をめぐってゆくと、石垣と松とが夕景に映えて、やはり類子の心を打った。半蔵門にくると、彼女はタクシーから降りた。濠をめぐる舗道に、人はあまり通らない。昨日までの饒舌を忘れたように類子はぼんやりと日本的な情景に目をあてた。なにかあったのかと陽子が聞いた。

「昨日、桐野さんが画廊に見えたのよ」

類子は隠す気はしなかった。陽子も昨日彼女が男のあとを追って出ていったと峰から聞いたので、桐野だろうと思った。桐野はよく現れたものだ。類子がイタリーへ行ってから、荒れて、到頭彫刻を捨てた男だし、くすぶった感情を抱いて、厭がらせにきたのかと案じていたのだ。そう陽子はいった。しかし彼はずっと静かに、社会人らしい身装りで、画廊の作品を誰よりも熱心に見ていった、と類子は答えた。

「類子さんに反感も、憎しみも示さないのですって。思いがけないわ。よく許したものね」

「そのつけは、充分に払ったわ」

類子は濠の水に目をやって、故国の景色に堪能した。これから陽子の母の手造りの家庭料理によばれるのがうれしかった。茶碗蒸しや、だし巻や、貝の酢の物をおもい浮べると、心が和んだ。いつも唇をきつく結んだ表情がゆるんでくる。

「ハイネマンさんが東京へ来れば、あなたの気持も落着くわよ」

陽子は桐野とのことをなんとはなし察していた。

「さっき峰さんがちらっといっていたけど、美術評論家があなたのことを書くらしいって。よかったわね。私たちのような落ちこぼれの仲間があって、やっと一人が彫刻家として生きのびるのね」

「いつ、ぽしゃってしまうか、分らないわ」

「大丈夫、これから時々日本へ帰ってこられるチャンスが展けるかもしれないわ。今度は骨休めにゆっくり旅行でもしたらどう。ハイネマン氏はそのためにボストンからわざわざ来るのでしょう」

「彼にはそんな暇はないでしょう。スケジュールがいっぱいなのだから」

それなら彼の代りに、京都へ案内してもいいし、家に泊ってくれてもかまわない、と陽子は誘った。

日本の畳と、蒲団の感触を類子は思いうかべた。

「ありがとう。私もそうしたい。でも彼が帰る時、私も帰ることになるでしょう。日本はあんまり良すぎるのですもの。気候はおだやかで、空気は楽だし、目に映るすべての眺めが自然でやさしいし。たべもののおいしさといったら、鳥鍋のおじやも、画廊の近くのお蕎麦やのとろろそばも最高よ。それに人情のこまやかさ。町で人にぶつかって、自然に交す言葉がいいわ。私は日本が好きだわ。こんなに自分の心に叶う土地があるでしょうか」

「それなら、十年の垢を落していらっしゃいよ」

「居心地の良いところに安閑としていたら、だらけて、ろくなことはしないでしょう。私の取得は仕事をすることだけなの。ローザンヌへ帰ってゆけば、彼の世話も充分にはしてあげないで、工房へ入ってしまう。一日はたった二十四時間しかないから、心の渇きをいやすためにあくせく仕事をする。そこだけが私の大事な世界というわけ」

陽子は明るく頷いた。

「分った、分った。どうか存分に心の渇きとやらに生きて頂戴。あなたが幸福だろうと、不幸だろうと、かまわない。次の仕事を待っているわ」

それは類子のなによりの慰めであった。彼女は暮れなずむ静かな濠の水の眺めに溶けてゆきながら、ふたたび帰る場所をおもった。

サンモリッツの眺め

スイスのチューリヒから汽車で四時間すると、スキー地で有名なサンモリッツに着く。私の訪れたのは季節外れの夏で、ホームに立つと白銀の山が見え、目の前の丘にはきれいなホテルが並んで、夢のよう。風が爽やかだった。私たち夫婦を出迎えてくれたのは、スイス人のA教授と、夫人のY子である。中肉中背の端正なA氏と、すらりとした日本人ばなれのY子とは、よく似合う。私たちはなつかしいあいさつを交わした。

夏の間、ヨーロッパの彫刻家たちが高原の避暑地に集って、小美術展を開くそうで、今年はA氏のグラフィック・デザインと、Y子の彫刻が特別に展示されるという。

「さあ、今日はどこへご案内しましょう。ケーブルで山へ登りますか。それとも湖のまわりをドライブしますか」

「山は明日にして、美術展や、そちらのお作を拝見しましょうか」

私たちは彼らの仕事ぶりを見たさに、チューリヒから山の中まで来たのである。いや、彼らが仕事をしながら、充実して、幸せに暮しているかどうか知りたいのであった。

　丘の上のホテルで小憩して、車で坂道を下り、途中のしゃれた店々をすぎて下界へゆくと、大きなサンモリッッツ湖へ出る。どことなくひなびた山里のたたずまいがいい。湖のそばのホテルの別館に彫刻は展示してあった。特別な大作はないが、ヨーロッパの彫刻家たちが夏の日々をたのしみながら、のびのびとした作品を出品している。ホテルのサンルームを会場にして、二人の作品が並ぶ。A氏のグラフィックデザインは自由な、機知にとむ構図と、豊かな色彩で、さすがである。

　Y子の彫刻は数点、浮き彫り《レリーフ》である。白いプラスティックの厚みの板の面がカーブして、四角い市松の凹凸がつき、浮き出た四角のふちに色をつける。方法論によって青や紅や黄に塗る。白い浮き彫りに太陽があたると光は動いて、色の光、反映、光と角度によって、レリーフは刻々に変化してゆく。色が流れて流線になるのを、私がじっとうかがうと、彼女は微笑して、きびきびした声で、

「光と色の説明をしましょうか」と言った。

「いいええ、これで十分よ。とてもきれいだし、ユニークですもの」

　素人の私には理論は分らないが、光を吸収すると色が動くのがおもしろかった。A氏と私の夫は、グラフィックの話をしながら先を歩いてゆく。

「あなた方は、いつも一緒でしょうね」

「いいえ、彼も、私も自由ですよ。仕事が私のすべてでみたい。今度、市の公園の噴水のデザインをします。公募でえらばれましたから」

　彼女は異国にとけ入って、がんばったとみえる。ここまでくるのに十年はかかったろう。A氏とY

子が結婚するまでにはつらい月日があって、ようやく夫と妻、と呼ばれるようになってから、仕事は一層きびしくなったのかもしれない。

展示室を出ると、私たちはお茶を飲んだ。彼らが二人で調和して仕事をしている姿に、ほっとした。A教授にみちびかれてきたY子は、いまや独立したひとりの彫刻家である。A氏は今夜私たちをレストランの夕食に招いてくれていて、それまでの時間ドライブをしよう、と言った。ニーチェの住んだ村里や、小さな湖水をめぐると言う。彼はY子のために、たまさか来た日本人の友人を、もてなそうとしているのだった。

「サンモリッツの眺めをたのしんで下さい」

「イタリー国境のマロヤ峠まで行けます?」

「決りました」

とA氏は言い、Y子を抱えるようにして、運転席についた。

異郷にひとりで彫刻をし、いつか、年長の夫をひとりで見送るかもしれないY子は、その覚悟もみせずに微笑していた。

あれから、何年になるだろうか。サンモリッツの眺めも、二人のことも、なつかしい。

美しい記憶

1

朝がた、辰沼豊三は電話の鳴る音を遠くに聞きながら、うつらうつらしていた。まだいつもの目覚めには三十分ほど早い時間であった。

「旦那さま、軽井沢からお電話です」

老婢が遠慮がちに取次にきたのは、彼の朝のめざめがいつも不機嫌だからであった。辰沼は妻の紀久子の電話だと思うと、しぶしぶ床から起きた。三四日前の日曜日に、彼は妻の許へゆく約束をしていたが、友人にゴルフを誘われて、つい伊東の方へ出かけてしまったのである。軽井沢には息子の洋一もいるものと思っていたが、昨夜その洋一が上高地から帰ってきたので、さすがに彼も気になっていたのだった。

辰沼が廊下へ出てゆくと、老婢のさだが後ろから、

「管理の原口さんです」

と電話の主の名を告げた。辰沼は受話器をとって、ついぞ自分とは関係のない管理人と話をした。

「どうもしばらくでございます、滅多お目にかかりませんで」

辰沼は丁寧に挨拶した。辰沼はそういえば夏の間軽井沢へゆくのも数えるほどだと思った。

「昨日浅間山が爆発したそうだね」

辰沼は昨夜おそく帰ってきて、洋一やさだの口からそのニュースを聞くだけは聞いていた。

「中爆発で、土砂まじりの雨がだいぶ降りました」

「うちは、被害はなかったようですか」

「はあ、なかは入ってみないからわかりませんが、屋根もベランダも石や泥でたいへんです。今朝も噴火がありましたが、一応掃除しておきますか」

辰沼は奇異な表情になった。

「それは適当に家内と相談してやってください」

「奥さまですか、はあ、東京じゃないんですか、奥さまは」

「家内ですか、いや、そちらにいませんか、そんなはずはない」

彼はおどろいて問い返した。

「別荘は閉っているのですか」

「さようです、戸締りがしてあります」

いつから、と辰沼は聞きそうにして、それは無駄だと思った。

「爆発におどろいて、友達の処へ避難したのかもしれないな。一応なかへはいってみてくれませんか。変ったことがあったら、いやなくても一度電話をください」

「承知いたしました」

原口はそういって電話を切った。辰沼はすっかり目が覚めてしまい、紀久子の避難しそうな知人宅や友人のところを思い巡らして、たぶん隣りの別荘の古賀家か、紀久子と親しい中川梨香のところではないかと思った。それでいて顔を洗いに風呂場のわきの小暗い洗面所の前に立つと、閉された別荘の中に紀久子がひっそり倒れているような気がした。彼は鏡のなかの顔をみつめ、これといって変哲もない、むしろ図太い中年の男の眼に、当惑と、不吉な想像をしている不機嫌な色を見てとった。しかし彼はあわてることもなく、電気かみそりを顔にあてはじめた。紀久子は山の生活に馴れていたし、この十年間、夏になるとなにをおいても高原へゆくのが常であった。そこでの彼女は見違えるほど撥刺としているので、間違いがあるほ《ママ》ど妄想にすぎないと思った。

二度目の電話は、朝の食堂で食事をしているときにきた。彼は会社の仕事が多忙なために食事が不規則になるのを調整する意味で、朝食はトースト一枚、牛乳を三合ほど飲む。それから生野菜をふんだんに摂って、四十九歳の体力の保持につとめた。そのせいか彼のひたいや頬には艶があった。彼は一人の食事を苦にしない質で、わき目もふらず食べていたが、電話が鳴ると、さすがに妻のことが気にかかった。

電話は原口の声であった。

「別荘のなかへ入ってみましたが、きちんとしていて、べつに被害はないようです」

「ははあ、あわてて出た風もありませんか」

「それが、お隣りの古賀さんでいまお聞きしましたところ、二三日前からお留守のようだったと話していました」

「それはおかしい」

辰沼は自分の言葉にかえっておどろきながら、妻がだまって家をあけるはずはないと思った。

「今日にもこちらから誰かゆきます、一応掃除をしておいてください。ところで爆発で怪我をした人間はないでしょうな」

「そのほうは大したこともなかったようです」

電話が切れたあと、辰沼は短い間そこに立っていた。いま起きてきたらしい洋一がうしろから、

「お母さんがどうかしたんですか」

と訊いた。辰沼は高校三年になる息子の顔に目をあてた。

「お前があっちから上高地へ立ったのはいつだった」

「一週間前ですよ」

「べつに変ったことはなかったか」

「ええべつに。お母さんがいないんですか。爆発におどろいて梨香さんのところへ逃げていったんじゃないかな」

「その二三日前からいないそうだ」

辰沼はようやく疑わしい、不安な気持が濃くなるのを覚えた。彼は事務家らしく、すぐ妻の行きそうな中川梨香に電報でたしかめることを考えた。これから行くよりは早く事情がわかるだろう。もし

また紀久子がそこになにごともなく居るとしたら、あわてふためいて行くことはないのである。彼は自身で受話器をとり、電報を打った。

「返事電報があったら、すぐ知らせるように」

「人騒がせなお母さんだな。でも少しへんだな」

洋一もあのたしなみのよい母が、幾日も家をあけるはずがないことを思いあわせて、病気かもしれないと父に言った。どちらにしろ、家族のひとりが無断で家をあけていなくなった以上、至急居所をたしかめるのは義務であった。辰沼は会社から迎えの車がくると、立ち上ったが、

「軽井沢へ一応行ってみないといけないな」

息子へ今日の午後にも立つようにと命じた。

A電機工業の宣伝部長である辰沼は、戦後の会社の年々の拡張につれて仕事が多忙になっていた。家で夕食を摂ることも月に数えるほどであったし、出張も交際も仕事がら多かった。一歩会社へ入れば、たちまち忙しい渦が彼をとりまいた。工場との連絡や、宣伝ポスターに目を通していると、しばし家のことなどは忘れた。洋一からの電話は、そういう彼を仕事から引戻した。

「梨香さんから電報がきました」

「ああ、読んでごらん」

「キクコさんいない、お話いたしたし」

「……それだけか」

辰沼は口のうちで電文を繰返してみて、その意味ありげな一言を噛みしめてみた。厄介なことがも

ちあがったのでなければいいが、彼は先ずそう思った。厄介はごめんだ。梨香の電文には紀久子は来ていないと言っている。それでいてなにかの事態を知っているらしい含みがあった。

「仕方がない、お父さんも一緒に立とう」

彼は不機嫌に言った。ふだん勤め先で気を遣う以上、自分の家庭でまで笑顔や奉仕をするのは元来好まなかったし、またそうつとめたこともなかったが、いまは否応なくそこへ引張られてゆくしかなかった。

辰沼自身はあまり行くことのない軽井沢の小さな別荘は、浅間山の仰げる千ヶ滝の高原のなかにあった。今から十年あまりまえ、そのあたりは格安な別荘の売物がかなりあった。戦後の混乱のあとで、人の運命はさまざまに変っていて、別荘も売られてゆくものが多かった。辰沼は戦争から帰って、もとの会社に勤めていたが、どんな小さな別荘にしろ買うだけのゆとりはなかった。夫婦の間には一人息子の洋一がいたが、困難な時代に成育したせいか、からだが弱くて小児喘息にかかっていた。辰沼が出征していたあいだ、ほとんどひとりで育ててきた紀久子は、洋一のことにかかりきっていた。子供が咳きこんで苦しがり、満面に朱をそそいでぜいぜい喉をならすと、彼女は身を切られるような苦痛を味わった。寒い木枯の季節はとくにそれがひどい。医師が思うようにきてくれないと、紀久子は細いからだに五つか六つの洋一をやっと負って、オーバーをかぶせて注射をしてもらいに郊外の夜道を歩いた。

夏は海よりも山の澄んだ空気が洋一によかろうと告げられた時から、紀久子は軽井沢を選んでいた。彼女は自分の持ちものの衣類や宝石を手放し、それにぜひ必要なミシンも人に譲ることにしたが、それで足りるはずがない。彼女はまだ元気だった母に生き形見の無心までして、それでどうやら当時は人にかえりみられなかった高原のなかの山荘を手に入れたのだった。辰沼は紀久子のこの一途さをみて、

「おまえは母性愛でふくれているじゃないか。日本の母親はみんな自分の子供のことだけは夢中で可愛がるからな」

そう冷淡な調子で言った。結婚する直前まで油絵を描いていた紀久子など、思いだすこともできない変りかたであった。

この別荘は小さな作りであったが、建てた人の好みがよいので、どことなくおっとりして、山を仰ぐベランダもひろく、部屋には暖炉があった。ふいの客の寝台になるための大きな椅子が作りつけられてあるのも素朴だった。この山荘で夏をすごすようになってから、洋一は目にみえて丈夫になってきた。虚弱な体質が変えられてゆくと、性格まで明るくなって、隣家の古賀の息子である学生にテニスを教えられたり、浅間山へ登ったりするようになった。この十年間にかけた紀久子の願いは、いまの洋一の元気さで報われたといってもいい。彼女自身もこの夏の二ヵ月の生活が、いわば都会の生活の息抜きでもあり、生き甲斐でもあって、少しくらいの用事ではめったに東京へ帰ろうともしないのであった。

「紀久子には軽井沢があるからな」

辰沼はいつもそう口にして、妻にそれをあてがっておきさえすれば自分は自分のたのしみ、ゴルフとか酒とか旅行とか、それらがあいこになる勘定だと考えていた。

高原の別荘はそれだけ彼には無縁のものであったが、その日の夕方、大きな息子をつれて来てみると、夏の終りのあかい夕映えのする山と、ベランダに夕陽のかげをおとした樹立のなかの小さな別荘は、なにかしらくっきりとあざやかに印象的であった。そこに居るべきはずの妻がいないということは、来てみて一層辰沼を不審な気持にも、腹立たしい思いにも駆り立てるのであった。

「ほんとにいないか」

「ええ、へんだなあ」

洋一は鍵をあけて家のうちに入ると、ベランダを明け放った。夕映えは一段と濃く浅間山をつつんで燃え立っていた。いつも紀久子の掛ける肘掛椅子や、その先の食堂のひきだしや、一つしかない日本間にある鏡のついた箪笥もあけてみたが、これといって変ったことはなかった。

「先におれは梨香さんのところへ行ってこよう」

辰沼は洋一に留守番をさせることに決めた。彼は妻の行方を知ることに漠とした不安があって、それを息子に知られたくない思いが本能的にあった。紀久子のいない、埃っぽく空虚な家のなかに、彼はじっとすることができず、すぐ外へ出ていった。

2

高原の傾斜した小径を下りてゆくと、広い庭を持つ古賀家の別荘のわきに出る。辰沼は夕明りのなかで腕時計をのぞいてから、少しためらったが、古賀家のベランダのほうへ入っていった。彼は自分たちが今日きたことを告げる傍ら、紀久子のここ三四日前の様子を聞いてみたいと思った。彼が声をかける前に、丁度庭に出ていたらしい古賀老人が気付いて、こちらへ歩いてきた。背中の真直な、丈夫そうな老人で、白髪の髪がふっさりとうつくしかった。

「おお、いつ見えました」

古賀老人は辰沼の挨拶に応えながら、ベランダの古びた籐椅子の方へ誘いかけた。辰沼は立ったままで、ふだん妻や息子が世話になっている礼をのべた。

「いや、世話もなにもない。こういうところにいると、お互いに人のいることが心頼みになるものです。私はよくお宅へよせてもらう」

老人はそう言った。

「奥さんは昨日の爆発のとき、留守だったようだが」

「それが、まだ帰っておりません」

「それは残念でした。昨日の爆発はかなりのもので、小石がばらばら降ってきました。あんな土砂は私も長年こちらへきているが、みたことがない。もっと山の方へゆくと拳大の石が降ったそうだが、なかなかの見ものでしたよ」

老人は天変地異をたのしむような、のどかな調子だった。辰沼はいくらかあきれながら、顔には出さなかった。

「家内は爆発の前から家をあけていたようですが、お宅へお断わりもしませんでしたか」

「べつに聞いておりませんな。奥さんは前から計画してどこかへ出かける方ではないようだ。ある時、ふいに出かけてゆく質で、あとになって私に見てきたものの話をしたり食べたものの話をしたりする」

「すると、家内は時折家を明けますか」

「いやいや、滅多にあけることもないが、知らないところへゆくのはお好きでしょう。お宅の洋一君や、うちの倅の真吾が山の話をすると、きまって手帳に書きつけていなさる。いつかそこへ行こうと考えるだけでも本人は愉しいようだ」

「家内が行くのは、どういう処ですか」

「さあ、昨年だったか小諸から小海線に乗って、八ヶ岳の山麓をまわられたことがありましたな。鄙びた宿に泊って、ジンケンという小魚の揚げたのを食べながら、八ヶ岳を眺めたという話だった。私が冗談に、ジンケンなどという魚は聞いたこともない、それはレイヨンの間違いではないか……」

古賀老人は思いだして、自分の洒落にひとり笑いをした。辰沼は相手ののどかさに苛立ちを覚えた。彼にとっては妻が無断で家をあけて旅行をすること、そのことさえ初耳であった。ついぞ妻からそうした話を聞いたこともなかった。彼はいくらかの屈辱を忍んでたずねた。

「いつも二三日で帰りますか」

「そうです。もう今日あたり戻られるでしょう。この間お会いしたのは何日だったか。たしか真吾が来たときだから、四日前です。御存じの真吾がこの秋に勤め先のイギリスの支社へ転任することになったので、いつまでも独り身でもおれないから、嫁をもらうことにしました。その嫁になる娘をつれてきた日です。お宅へも御挨拶にやりました」

「それはおめでとうございます。洋一の面倒をみてもらった学生の真吾君が、早いものです」

辰沼はいつ終るともしれない古賀老人の話に困惑したが、そっけなく別れることもできなかった。

「早い結婚ではありませんよ、真吾もかれこれ三十歳になります。山ばかり歩いているまに遅くなったので、今度は結婚するなり、一週間後に日本を出発するというあわただしさです」

「結婚と外国行とは若い者の念願が一度に叶えられるわけですな。私の若い時代などは戦争中でしたから、ひどいものでした」

辰沼は腕時計を覗いてみて、別れを告げるきっかけにした。

「や、どうもお邪魔をしました」

彼は古賀老人の許を去るやいなや、気難しく額に皺をよせ、足早に車の通る道まで出ていった。彼は自分と妻を世間にありふれた夫婦の一組と考えていたが、こうして妻の行方を追ってみると、あまりに見当がつかないので、この数年来紀久子となにか心をうち割ってしみじみ語らったことがあったか、と思ってみずにいられなかった。紀久子は家庭の仕事はきちんと片付けて、彼に不愉快なおもいをさせたことはなかった。彼が毎夜酔って帰っても、うるさく文句を言う質でもなかった。辰沼はそれをよいことにしていたが、こうして今ひとりで歩いていると、妻のものわかりのよさが、彼女の無関心というようにも思えなくなかった。妻が妻なりの旅行のたのしみをもつこと、それは悪いこととは思わないが、良人の自分が知らないということは、ちょっと我慢がならなかった。こうして心配をさせられる、この無駄な苦労にも腹が立った。紀久子が帰ってきたら、よほどこらしめの小言をいってやらなければなるまい、と彼は歩きながら靴音を荒立てた。

中川梨香は軽井沢の旧道に住んでいた。辰沼は車を拾って高原を下り、かなり離れた古い軽井沢の町のその別荘へ赴いたが、そのまに陽は沈んでいった。辰沼は梨香の別荘を妻と二三度訪問したことはあるが、こうして一人で出向くのは初めてであった。梨香は紀久子の旧友で、彼女等は女学校時代いっしょに画塾へ通い、その後もそろって絵を学ぶ学校へ進学した。しかし戦時中のことで、呑気に絵をつづけることを好まなかった紀久子の両親は、彼女を辰沼のもとへ嫁がせたのだった。梨香のほうは風変りな父親がいて、絵をつづけることに賛成なばかりか、いつ未亡人になるともしれない戦争中に結婚などする馬鹿はない、と結婚にも反対をした。そのためかどうか、梨香は現在画家として独立しているかわり、結婚はしていなかった。といって独身というのでもなく、若い男と同棲していた。辰沼はそういう梨香の生活に世間一般の男が示す好奇心を抱いてはいたが、好意をよせてはいなかった。梨香のように風変りな生き方をしている女と親しく交際している妻が、悪影響をうけなければよいがと危ぶむものがあった。彼はそれを口にして妻に言ったこともあった。

「ああいう気儘な生きかたをして、世間の目を惹く女に、あまり近づくのはどうかねえ」

「自分本意にふるまうから目立つだけですわ」

紀久子はそう答えた。

「いや、常識を踏み外したところにいるのは、危険だ。梨香さんは絵と現実の生活を混同しているのさ」

辰沼は反対だった。絵の世界で超自然を描くのはかまわないが、日常生活が派手に軌道を踏み外してはなるまい。もし紀久子が家庭をそとにして歩く放浪性を身につけたとしたなら、それは梨香の影響だと彼は思った。

夕闇のなかをやっと中川梨香の別荘に辿りつくと、辰沼は車を帰してポーチのある玄関から案内を乞うた。出てきた少女は一旦引込んでから、彼を請じた。

「先生はいま入浴中ですから、こちらでお待ち下さい」

辰沼はうっすらと汗ばむほど気忙しくやってきたので、ここの女主人の呑気に風呂に入っていることが気にくわなかった。彼は自分をこんな目にあわす妻にも腹を立てつづけていた。そのために椅子の肘に両手をのせ、短気らしく肘を叩いていた。先ほどの少女がお茶をはこんでくると間もなく、奥のドアから大柄な中川梨香が現われた。湯上りのふんわりした湯気がひろいおでこから匂ってくるようで、皮膚がやわらいでみえる。彼女は花柄のガウンのような服をゆったり纏って、くつろいだ姿だった。目尻の上った強《きつ》い顔が、湯上りのせいかなまめいてみえ、声だけが変らずきびきびしていた。

「紀久子さん、いないんですってねえ」

彼女はのっけにそういって、辰沼の動揺を計るように上目に眺めた。それが辰沼には傲慢にみえた。

「紀久子は時々ふらっと家をあける癖があるんですが、御存じありませんか」

辰沼は梨香が妻に関して知っているに違いない一切を、すべて聞きださなければならないと思った。これは商売のかけひきに似た情熱を彼に感じさせた。

「一緒に旅行をしたことはありませんか」

「いいえ、ないわ」

「爆発の時、お邪魔しませんでしたか」

「見えなかったわ」

「すると最近はいつ伺いました」

「そうね、教えてあげましょうか」

梨香は煙草に火を点けて、うまそうに吸いこんでから、辰沼の前へ指を三本突き出した。

「三日ほど前よ」

「三日前ですか、何処へゆくと言っていました」

「べつになんとも」

梨香はそっけなく返事をした。この瞬間、辰沼は妻が一人ではないのかもしれないと感じた。紀久子は日頃洋一と歩くと、きまって姉弟に見られたし、まだ充分美しくて世間ずれもしていない女であった。辰沼はこの疑念に駆られると、平静を欠いてゆくのをどうしようもなかった。

「紀久子は一人でしたか。連れもなしに出歩く質ではないのですがねえ」

「ほんと、紀久子さんは昔から控え目でおとなしかったわ」

「御存じなら、教えてください」

辰沼はかぶとを脱いで、下手に頼んだ。

「この近くの温泉にでも行っているのですか。明日までに帰らなければ捜索願を出さなければなりませんからね」

「紀久子さんはいつも無口でなにも喋らないから、御主人でも追いかけようがないわね」

「なんのために旅行するのです」

辰沼は核心に触れる問いを出した。梨香ははぐらかすような薄い笑いを泛かべ、煙草をゆっくり吐きだすと、吸殻を灰皿にねじり消した。辰沼はこういう女の傲岸さにも平気で応対できる訓練がしてあった。彼はただ当惑したように梨香をみて、早く真相を知りたいと告げた。

「あなたが紀久子をそそのかしたのじゃありませんか」

「私は人のことなんかかまっている暇はありませんよ、自分のことで一杯なの」

「女がひとりでふらふら出歩いて、なにが面白いのか。どうも連れがありそうだ」

辰沼は半信半疑で、梨香の表情からそれを探ろうとした。女画家はまた薄い笑いを鼻の先にうかべながら、立上っていた。

「いいもの見せましょうか」

彼女は辰沼を焦らすように、ゆっくり次の間へ行って、境のドアをあけた。テレビンの匂いが流れてきた。そこは梨香の画室らしく、こちらの部屋に絵一枚飾られてないのと逆に、扉からみえるだけでも狭い部屋一杯に描きかけのカンバスが並んでいた。その真中のごく狭い空間が、彼女の掛ける場所で、そこに画架があった。そのまわりは絵具のチューブが乱雑におかれていた。辰沼は腰を浮かせ、そこに紀久子がひそんでいるのではないかと、その疑惑にそそられて二三歩寄っていった。画室は狭くて、人のひそむ隠れ場所もない密室であった。そこのぐるりに色さまざまの絵が重なりながら立てかけてあったが、絵具を盛りあげたカンバスはどれも描きかけとみえて完全なかたちをしてはいなかった。鳥らしいもの、火山らしいもの、花らしいものがてんでに呼吸を喘がせているにすぎなかった。すべての絵は一人の画家のモチーフを勝手に奏でながら、どぎつさと絢爛さをあふれさせ、妖しいエネルギイを充満させていた。絵は絵をよんで、互いに呼びあっているようにみえた。辰沼は圧倒されて、扉の前に釘付になった。彼はまだ中川梨香の絵をよく吟味したことはなかったし、その画室の秘密を覗いたこともなかった。

梨杏は窓際の飾り棚においてある一枚の小さな絵を取りだして、辰沼に示した。野草の繁みにいる雉の絵であった。

「佳いでしょう、これ」

「雉ですね」

「人間が幾時間もじっとしていると、雉がそばまで来るんですって。これ紀久子さんが描いたのよ」

辰沼は嘘だろうと思い、次にほんとかなと思った。彼は妻がパレットを持つのを見たことがなかった。結婚当初には見た記憶があるが、そのうち子を生み、戦争がきびしくなっていったので、妻の絵はなんの足しにもならなくなった。

「紀久子の道楽ですか、じゃ、あなたがすすめたのですね」

「自分で探しだしたのよ、描くことを」

「売れもしない絵をね。写生にいったり、絵具を買ったり、物入りですな」

辰沼は心にゆとりを覚えた。妻が帰ってきたらそのことも小言をいわなければならない。しかし彼がひそかに熱を入れている赤坂の女のように、妻は着物や宝石を欲しがるでもないから、このくらいは大目にみなければならないだろう。彼は妻の失踪の原因をつきとめ、それが忌わしい男関係でもないと知ると、ほっとして気分が楽になった。彼は幾分梨香に翻弄されたことの返礼をしなければならないと思った。

「家内が帰ってきたら、以後取締る必要がありますな。あなたのように自由な境遇の方と違って、家庭の主婦は行動に責任をもたなければなりませんからね」

「そりゃそうね、うんと責めるといいわ。紀久子さんも目が覚めるでしょう」

梨香はにやりと笑いながら、画室から戻ってきた。辰沼はいつも彼女と接する時に感じる興味と、ある反撥とを今も味わいながら、これ以上長居する必要もあるまいと思った。妻は明日にもどこか近間の山からカンバスを提げて戻ってくるに違いないからであった。

3

軽井沢から一時間ほどバスに乗ってゆくと、新鹿沢へでる途中にN高原がある。まだ未開発の樹林の深い山路を昇ってゆくと、豁然とひらける高原で、あまり人に知られていない。紀久子が古賀真吾に引張られるようにして、初めてこの山里まで足をふみいれたのは三年前であった。そこは真吾が学生の時分スキーの山越えをして吹雪に遭い、道に迷って長いことさまよった末に、灯に引きよせられて辿りついたところで、樹林の中に一軒きりの宿があった。生簀《いけす》に鯉が放してあって、御馳走はそのほかには山菜しかなかった。真吾はこの宿に馴染むようになった。

彼が幾日山に籠っていようと、遭難しようと心配する者はいなかった。父は北海道の大学に年のうち半分は講義にいっていたし、母は彼の中学二年のとき胸を病んで亡くなった。二人の兄はそれぞれ家庭を持って別に暮していたので、真吾は召使のほか誰の世話にもならなかった。母親の死んでしまった古い家は空疎で、かび臭い匂いがこもっていた。母の病気中も病気の性質上、真吾はそばへゆくのをそれとなく禁じられていた。短い瞬間母を見舞うと、彼は病人自身からも部屋を去るようにといわれた。真吾は夜になるとハモニカを吹いた。荒城の月やトロイメライを奏でるのだが、ハモニカは毀れていて、あまり佳い音色も流れなかった。母がそれによって慰められたかどうか、訊いたことがないからわからない。母が死んだ時、中学生の真吾は誰にもみられないように、納棺された母のかたびらの袖のなかへハモニカを抱かせた。

真吾はそういう少年のころの話を紀久子にした。そのあとで山を歩くようになったことや、遭難したことや大学入試の発表を一人で見にいって、一人で祝盃をあげた話もした。彼等の軽井沢の山荘が偶然隣りあってから、夏の間、語りあうことが多かった。洋一は真吾にすすめられてテニスをしたり、野山につれてゆかれて、少しずつ健康を取戻すようになっていた。紀久子にとっては年々の夏が得難いものになっていた。彼女の良人はどの年も妻と子を見捨てたように、めった訪れてこなかった。

ある年の夏、紀久子は真吾と息子をつれて中川梨香の別荘を訪問した。彼女は白いスーツに黄色いパラソルをさして、庭のなかへ入っていった。十一二歳の男の子と、そのあとから大学生がついてきていた。ポーチで見ていた梨香が、

「ああ」と声をあげた。梨香は絵のことよりほか考えない人間であったが、連れ立っている母と子と、青年を見ると、そこに美しい調和をみたのだった。

「いいねえ」と梨香はあけっぱなしに言った。もし青年が、子供の父親であったら、梨香は陳腐な一家団欒に声をあげたりしないのである。彼女は家庭というものに興味を持ち合せない女で、紀久子が絵の勉強を捨てて結婚を選んだ時、軽蔑した。

「一つしか持ってないものを捨てて、どうするのさ」

といったが、一つとは絵のことだった。紀久子は結婚してもその持ちものをなくさないといったが、一年すると絵は失われてしまい、十年経つと、完全に子供の母というだけになった。彼女から子供を除いたらなにも残らない生活であった。彼女の良人は洋一がひきつけを起して呼ばれても、

「俺が行っても仕様がない、医者を呼べ」

と返事をするのだった。辰沼だけが冷酷な男というのではないのかもしれない。男はすべて妻に子を押しつけるものだろう。十年間、子供に情熱を傾けてきた紀久子を、梨香は可哀そうだとか、自業自得だとかいったが、パラソルで明るい陽射をさえぎりながら、男の子と青年とをともなって入ってきた紀久子が、この瞬間ほど幸福にみえたことはなかった。梨香の家のわきに大きな松の木があって、その幹に栗鼠が停っているのを見ると、洋一は子供らしい声を放って駆けていった。紀久子と真吾は笑いながら見送って、やがて顔を見合せた。

「いいねえ」

と梨香が羨望したのは、紀久子と青年の眼がやさしく触れていたからであった。若い母の幸福というものもそこにはあったが、もっと別のものもあった。夏の間、彼等はどこへゆくにも三人連れ立っていて、そのどれ一つが欠けても調和しないようであった。洋一という子供を媒体として、紀久子は真吾と自由に深く語らっていた。この幸福な、平和な期間は数年続いた。

洋一は健康を取戻し、成人してくると、その性格に父親そっくりのものを現わしはじめた。自己本意、無頓着、図太さ、冷淡さなどであった。彼は中学の終りから勉強がきらいになり、仲間と賑やか

に遊ぶのが好きになった。母親の手のうちに拘束されるのはまっぴらで、自分がリーダーになって同じクラスの男女を引きつれてキャンプへ行ったり、ドライブしたりするようになった。紀久子の手から洋一が離れていったあとに、彼女と真吾が残った。

三年前の夏のある日、初めて彼女は真吾の思い出の宿につれられてきた。夏の間、このN温泉は山越えをする旅人が泊ってゆくだけで、ひっそりしていた。庭の真中に筧《かけひ》があって、山から湧く水が引かれていた。部屋は窓の青葉がおおってきて、暗いほどだった。紀久子は彼が見せたがっていた宿や、高原の風景をしみじみ味わった。真吾の孤独な心のなかへ入ってやった者はこれまでなかったから、彼が有頂天になっていても不思議はなかった。

「すばらしいところでしょう、一度見せたいと思った」

真吾は秘蔵の宝をひろげたように昂奮していた。彼の幸福と期待は、紀久子の気持とずれていても、それに気付くはずがなかった。その晩、彼等はいやおうなく結ばれた。

紀久子は別れの準備がいよいよ始まったと思った。ここまで来なければ、別れる方向へ歩み出せなかったのである。真吾の一生に自分がいて、一つの役割を果すことを、彼女はいやと思わなかった。彼が充ち足りて、安らかな寝息をたてている傍で、彼女もたまゆらの幸福にしみじみ身をゆだねた。まだ若い真吾はこれから人生の本道を歩いてゆくのだろうが、彼に一つの思い出が加われば、それで紀久子は満足だと思った。

次の夏がくると彼等はまたN高原へひそかにやってきた。真吾は勤めがある身で、昔のように夏をのどかに暮す境遇とはちがっていたが、年々世間に揉まれてゆく男らしく、生活に自信をもってきていた。短い休暇の間、彼はあふれるような情熱をこのN温泉の旅にかけていた。紀久子は彼に応じてきたが、彼が一人前の男らしく二人の結婚の話をもちだしても、聞き流していた。初めから二人はそのことに触れない約束を交していた。

「僕の口から辰沼氏に話す」

と真吾は言った。

「そうすれば私達はもうN高原へ来られなくなるわ」

「強いなあ、あなたは」

真吾は嘆息した。

「なんのためにそんな固い意志を持つのです。辰沼氏と幸福に暮しているのでもないのに」

「結婚は一度すればたくさんよ。それはあなたが結婚した時わかるわ」

紀久子は真吾に縁談が降るほどあるのを知るようになった。N高原の秋は早い。彼等がひっそり山を下りてゆく時、もう秋風が立っていた。これがNへくる最後になるだろう、と紀久子はその都度心に言いきかせていた。

その頃から紀久子は一度N高原の風景を描いておきたいと思うようになった。これまで中川梨香のアトリエでその強烈な絵に魅せられつづけたので、今更自分が絵筆を握ることなど、考えてもみなかった。そんな身のほど知らずなことは恥じなければならないと思った。それでも久しぶりにカンバスに向かって、ある感情をこめて下絵を塗ってゆくと、その混沌未分のなかから、筧の水が流れてきた。山の宿は青葉が宿の庇にかぶさってくる。一枚描き上げて梨香に見せると、あとを描くようにすすめられた。それから毎日、短い時間をカンバスに向かうようになった。自分の情熱が絵にぶつかってゆくと、惜しみなく心を尽す対象に紀久子は慰められた。

真吾の外国支社への転勤と、それをきっかけにして周囲がお膳立をした縁談とが二つながら纏ったのは、この夏の初めだった。その相手の娘を父に引合せるために、この一二年ずっと山荘に籠りがちな老父のところへ、真吾は婚約者をつれてやってきた。彼は礼儀として隣家の夫人である紀久子の許へも挨拶にきた。洋一は上高地へ行って不在だった。辰沼も約束を破って、その日曜日には来なかった。紀久子は真吾の婚約した女性と初対面をして、その育ちのよさそうな温和なむすめに、自分で彫った鎌倉彫の筐を記念に贈った。

4

辰沼は次の日一日別荘で待ち暮したが、とうとう紀久子は帰ってこなかった。彼は無為に一日をおくるほど損なことはないと考える活動家であった。おまけにいつ帰るともしれない者を待っていると、じりじりした。息子と罐詰をあけて食べる三度の食事も、味気なくて吐きだしたいほどであった。

「一体どこをうろついているのだ、連絡くらいしたらいい」

彼は息子に八つ当りをした。洋一はふくれた顔で黙っていたが、ぷいと友人のところへ遊びにいってしまった。辰沼は長い一日が暮れて、夜が明けると、もう我慢ができなかった。彼は中川梨香に頼んで、妻を連れかえってもらうしかないと思った。妻が家をあけてもう五六日と推定されたし、これほど長い留守は今までにないようであった。彼は朝になると、待ちかねて家を出た。隣家で大きな声がするので、なんとなく聞き耳をたてながら歩いてゆくと、ベランダから古賀老人が出てきた。彼等は朝の挨拶をした。

「どうかなさいましたか」

と辰沼は声をかけた。

「耳が遠くなってくると、つい聞くこと喋ることに大声を立てます。真吾が山へゆきおって」

老人はこちらへ歩いてきて喋った。

「一ヵ月あとに結婚と外国出発を控えて、いそがしい、いそがしいと言いくらしていたものです。先日も婚約した娘をやっと見せにきて、一日で帰りました。いま家からの連絡によると、その娘を東京まで送りとどけて、すぐその足で山へ出かけたそうです。昔から登山の好きな奴です」

「どの方向ですか」

「たいてい槍、穂高へゆきます。休暇は一二日しかないのに、山へゆくのが無謀ですよ」

「若い人はそんなものでしょう」

辰沼は無関心に聞いていた。

「うちの家内もまだ帰らないので、困っています」

「いつも二三日で帰られますがね、病気でもしたのと違いますか」

「それなら連絡があるはずですが。油絵を道楽にはじめたので、呑気に描いているのでしょう」

辰沼は世間を憚る気持で、できるだけ何気なくいうと、古賀老人に別れて急ぎ足になった。幾日も無断で家をあける妻は、それだけで離婚の理由になろう、と彼は考えた。そう考える分だけ彼は腹を立てていた。中川梨香の許へもう一度顔をだすことにも、屈辱を感じていた。彼が朝早くおとずれると、梨香は今起きたところだったが、さっと顔色を変えた。

「紀久子さん、まだ帰らないんですか」

「まったく困っていますよ。何処をうろうろして下手な絵を描いているのか、腹が立ちます。私もそういつまで会社は休めない忙しいからだですからね。今日にも連絡がなければ、やむを得ませんから警察の手で探してもらいます」

「ほんと、届けたらいいわ」

七分のズボンをぴったり履いて、紅いぶわぶわしたポロシャツを着た梨香は、忽ち意地悪い妖精のような口を利いた。彼女に見放されると、さすがに辰沼は内心の当惑や不安を隠せなかった。

「あなたにお心当りはありませんかねえ。当ってみていただけませんか。私もあわてて捜索願を出すのはいかにも不見識ですからね。私のほうも家内のゆきそうな手近の温泉旅館へ、片っぱしから問い合せてみるつもりです」

「洋ちゃんはどうしています」

「あれは呑気な奴で、母親がいないというのに友達とドライブをしていますよ」

辰沼は今夜の汽車で一応東京へ戻ることを告げて、帰っていった。

梨香は辰沼が去るやいなや、バスの時刻表を調べあげ、すぐ身仕度をした。彼女はN高原へ行くのは初めてであった。紀久子が真吾に連れだされて、かなり逡巡しながら、結局同意して出かけていったのは知っているが、こんなに長く帰らないのは尋常でないと思った。彼等の逃避行について知っているのは自分だけである、その責任からもたずねてみる必要がある。梨香はなにかあったかもしれないと考えると、暗い想像が次々と脳裏を走った。二人の関係ではいつも若い真吾が激しく燃えるのに対して、紀久子はやさしく抵抗している。だが恋人の若い婚約者をみせられれば彼女にも嫉妬の感情は湧き立つだろう。男女の間は恋が生れる時は美しいが、別れの時はたいてい醜いものだ。分別のある紀久子も取乱さないとは限らない。梨香は飽きあきするほどバスに揺られてゆく間、自分を紀久子に置きかえてみて、私なら男と無理心中をするかもしれないと思った。すると不吉な予感がして、バスの排気の匂いに吐き気がした。

N高原は紀久子の話だと清らかな自然の秘境をおもわす土地だと聞かされていたが、来てみると一向変り栄えのしないありふれた高原で、平凡な丘を仰ぐ樹林のなかに、古びた宿が一軒ひっそり隠れているだけであった。それでも梨香はその宿をみるなり、息が切れるほど走っていった。彼女は玄関へつくと、人を呼んだ。モンペを履いた少女が現われると、梨香は口早に訊ねた。

「辰沼紀久子って人、来ているでしょう」

「さあ」

「絵を描く女の人よ、まだ居るかしら」

「どうだったか」

少女は奥へ聞きにいって、また現われた。その間梨香は祈るような気持で立っていた。

「どうなの？　泊っているでしょ」

「ハイ、さっき裏の山へ行ったそうです」

「そう、ひとり？　ふたり？」

「さあ」

少女はびっくりした顔で、梨香の派手な姿に圧倒されていた。

裏の山というのは高原の丘のことで、一方が崖になっているすすきの原だった。梨香は足を滑らせながら、急ぎ足に丘へ登っていった。ここから見える山は、やはり信州の山かどうか、名もわからなかった。どこといって絵になる特長のある景色ではなかった。梨香は声をあげて紀久子の名をよびながら、歩いた。すると繁った栗の木の上に紀久子が紫色の服で立って、こちらを見ていた。梨香はほっとして、急にゆっくり歩いてゆきながら、あたりを見廻した。

「ひとり？」

「ひとりよ。どうして来たの、びっくりするじゃないの」

「びっくりもないもんだ」

梨香はどたりと坐って、紀久子の描きかけの絵を眺め、それからいつもの白い紀久子の顔が、かなり窶《やつ》れているのをしげしげ眺めた。

「あんまり帰ってこないから、心配するじゃないの」

「ごめんなさい」

「あんたの旦那さんが軽井沢へきてるわ」

「そう、珍しいわ」

紀久子は無感動な顔だった。

「浅間山が爆発したので、おどろいた管理人が東京へ連絡したのよ。それでなければ来るもんですか」

梨香は汗ばんだひたいを拭いながら、紀久子が反応を示さないので、拍子ぬけを覚えた。

「辰沼氏は捜索願を出そうかといってたわ。五日も帰らないからよ」

「ここの景色を描いて帰りたいと思って。もう二度と来ることはないでしょうから」

「こんな景色」と言いそうにして、梨香は口を噤んだ。紀久子にとっては格別の思い出の土地と気付いたからである。

「彼はもう帰ったの？」

「今朝五時に立ったわ。私は眠ったふりをしていた」

その時、初めて紀久子の顔に感情が走って、唇がふるえるのを梨香は見た。

「よく堪えられたものね。私ならいやだ。どうして一緒に外国へでも逃げてゆく気にならなかったんだろう」

「私は初めから、こうするつもりだったから」

「あんたはしんが強い人ね。美しい現実より、美しい記憶のほうを選んだってわけか。そのほうがたしかに長持ちする」

梨香は足を投げだして、草原に坐りながら、紀久子を眺めて、これからまたあの良人と辛抱強く暮すのだろうか、それとも別れるのだろうかと考えた。どちらにしても美しい記憶があればこれからの人生が堪えられるに違いない。どうせ女は子に情熱を傾けて育て上げては、やがて取残され、良人にそむかれ、いのちを傾ける仕事もなく、さびしい晩年を迎えるのだ。それが女の宿命であろう。紀久子はその代償に美しい記憶を抱いただけ、倖せかもしれない。

高原は秋の陽射のなかで、すすきの穂がゆれている、梨香はその丘の下の径から、今にも十歳あまりの男の子が駆け上ってき、そのあとから若い母親がパラソルをさして現われ、そのそばに青年がつきそってくる光景をみるような気がした。美しい幻影はすすきのそよぎのなかに消えたり、現われたりした。

「あのころのあんたは倖せそうだった」

梨香はそう言った。彼女はそんなおだやかな幸福を一度も持ったことがない。やがて彼女は、紀久子も美しい記憶をたどっているのに気付いた。紀久子の描きかけの山の風景のなかに、黄色いパラソルが描かれているからであった。

仲秋の名月

仲秋の名月に供え物をして、月を賞でてたのしむ風習は今あまり見かけない。月の世界までゆく時代になったので、夜空に満月を仰いで神秘を感じることもなくなったし、月を眺めながら涼をとる風流も失われてしまった。しかし自然の秋はうつくしいと思う。

軽井沢の山荘に初秋まで過すと、高原はすすき野になって、風にゆれる。浅間山は見る角度で鋭角になったり、ゆるやかに見えたりする山だが、私の棲む中軽井沢からはやわらいで見え、初めて山荘へ来る人が門を入ってベランダまで来ると、ほら、といって私は指差す。西北に浅間山の全容が見えるのだった。実に姿のいい優雅な山で、山裾へ向ってゆるやかにひろがるさま、山肌のやさしさは素晴しいものである。ここでは山が御馳走だから、客に山をたのしんでもらわなければならない。

庭も秋立つと早々にすすきが穂をなびかせて、夕すげや龍胆《りんどう》が下草の中から色どりをそえる。私の山荘あたりはまわりに作家が集っていて、今は亡き壺井栄さんなどは一年の半分をここで過していた。うちとはお向い同士で親しかったから、明けても暮れても会っていた。壺井さんは無類の花好きで、花物語を書いた人だから、花に詳しい。私の知らない野花を教えてくれるし、たらのめなどはちょっと摘んでゆく。花を活けるのも上手で、一抱えのすすきを竹の背負い籠にさっと挿して黄色い女郎花をあしらう。山荘の風情によく映ったものだった。

ある年の仲秋の名月にみんなで集ったことがあった。壺井さんはベランダへ縁台を出して、花をどうして飾ったかというと、籐の小さい丸い椅子、胴のくびれた形、あの簡単な椅子を持ち出して、裏返しにした。その空洞へ水入れを入れて花を挿したのだった。すすきに撫子や桔梗など秋草が見事であった。壺井さんは供え物のおだんごや、きぬかつぎをゆでる時、ゆかたに襷をかけた甲斐甲斐しい恰好で、嬉々として支度をする。誘われてこちらも弾んだ気分になる。お弁当はみんなの持ち寄りで、分担のこともある。皿や小鉢は壺井さんのところも、そのお隣の中野重治さんのところも、私のうちもみんな伊万里の染付であった。揃って小諸の道具屋へ行っては買い求めたものであった。

まだみんな元気であった愉しい日々を思い出す。浅間の山容が黒色になるころ、月の出を待つのである。

青磁砧

　朝方、地震があって隆吉は眼を覚した。古びた家の二階なので揺れ方がはげしい。蒲団を跳ねておきると、薄明りのなかで枕許の飾り棚の上にある小さなぐい飲みを見定めて、手でおさえた。昨夜その器で酒を飲んだあと、しまわずに置いておいたのである。ぐい飲みは底がすぼんでいて棚から転びかねない。しばらくして揺れがおさまるとスタンドの灯をつけて調べてから、すぐ木箱の中へ布につつんで蔵《しま》った。揺り返しがきたら下へ降りるとして、陶器の木箱の類を持出すほうがよいか考えた。途中で転びでもすればそれまでである。

　階下で硝子戸が明いて、妻と娘のなにかいう声がする。この地震でまた古家は傾くに違いない。木箱を上へ置くか階下へおくか、どちらにしろ安全とは言えない。隆吉は蒲団の中へ戻って煙草に火をつけながら、昨夜ぐい飲みの手ざわりを愉しみながら過した時間を考えていた。片手に握りしめるほど小さい陶器を娘に見せられて、気に入ってしまったのである。ぐい飲みは青磁がかった、それでいて白みをおびた色合に、ほどよい円みのあるつくりで娘の須恵子のものだが、これはめったに手放しそうもない。なんとして取上げようかと隆吉は思案した。

小さな家なので朝餉の匂いが二階まで漂ってくると、彼は起きて階下へ降りていった。日曜日でいつもよりゆったりした気分であった。庭で食卓に使う葉蘭を切っていた須恵子が朝の挨拶をして、

「大きな地震、うちが潰れるかと思ったわ。重量がかかっているし」

と言った。隆吉は髪に白いものはまじっているが、上背があって、緊った体軀であった。

「あんな地震で潰れるものか。裏は山で、前は竹藪で、谷戸の地盤は確かりしたものさ」

「もう少しでぐい飲みを取りに駆け上るところだったわ」

「あんなもの、心配するな」

隆吉はわざと言って、庭に立っている須恵子のすらりと伸びた姿や、よく動く黒い眼を眺めて、この娘も嵩高になったぞと思った。彼が北鎌倉の谷戸のどんづまりの家へ移ってきたのは昭和二十年早春の空襲で東京の下町が火の海になった直後であった。大雪の日の夜半から朝にかけての絨毯爆撃で、彼の住む本郷湯島の高台から火焰が手にとるように見え、坂下でようやく止った。翌日彼は妻と生れて一ヵ月の赤児をつれて鎌倉の知人の許へ転がりこんで、家を探してもらった。湯島が焼けたのはそれから間もない三月のことで、隆吉はその夜は本郷の家にいて、炎に追われてお茶の水まで逃げて堤の防空壕へ入った。あとから軍人が家族をつれてきて壕へ押しこむと厳重に戸を塞いで去った。お茶の水の堤の防空壕は爆風にやられて、助かったのは彼の入った壕一つであった。

それ以来北鎌倉の仮住居に今日まで二十数年も住みついたのは、彼のものぐさのせいであったし、元々丈夫でない妻の直子と一人娘を育てるのに恰好な土地だからであった。須恵子は隆吉夫婦が結婚

十年目にさずかった子供で、なんとしても育て上げなければならなかった。空襲で家を失うまでに隆吉は一、二度荷物を鎌倉へ運びこんだが、その中に影山泰良《たいら》の焼いた志野の茶碗があって、他に適当な容器もなかったから惜しかったがおろした。須恵子はこれで重湯も飲めば、のちに雑炊ももらうという風であった。紅の勝った白肌の厚みのある志野の深目の茶碗の重湯を隆吉がスプーンですくって入れてやると、女児は口をすぼめていかにも美味そうに、ちゅっちゅっと鳴らした。

隆吉と影山泰良の陶器との出合いはかなり古い。彼が身を固めた昭和十年の春、婚礼の引出物を選びに母とデパートへ行ってあれこれ探すうち、硝子ケースの皿に目をとめた。四角い小皿の五枚組で、グレーの地に笹の柄がついていた。中年の店員が、

「これは美濃の陶工で影山泰良という人が焼きました。たたずまいの良い鼠志野で、若手にはめずらしい出来と思います」

と言った。隆吉は引出物には地味ではないかという母の前で、必要な数だけ注文した。店員はよろこんで婚礼にふさわしいしるしをつけましょうといったが、やがて届けられたとき皿の裏に寿の彫が入っていた。小皿はグレーと白の釉《ゆう》のかかり具合がよく、苺一粒をのせてもよく映った。彼の結婚は父の反対を押し切ったものであった。彼の父は船舶会社の役員であったが、彼の選んだのは結核を患った遠縁の娘で、父は一生をあやまるぞと反対した。しかし、彼は押しきった。十年も前からそうありたいと願った相手であった。父は執着心の強い男だなと匙を投げた。内祝いの皿も母の心尽しであった。その後影山泰良のやきものを意識して集めるようになったが、小さな皿小鉢にもせせこましさがなく、ゆったりしているのが気に入った。この陶工があるアカデミックな展覧会の工芸部門で入

賞したのを知った時は、自分の目に狂いはなかったと思った。その時の作品には手を出さなかったが、翌年の出品作を隆吉は買取った。入賞作品のような目立ちかたはしなかったが、張詰めた精神と若さのみなぎる黒釉の壺で、感動したのだった。彼はのめるように泰良のやきものに傾倒して、次を待った。

影山泰良が陶芸家としての地位を築いてゆくのと、隆吉がそれを追ってやきものに深入りするのとは同じ速度であったかもしれない。泰良は彼より三歳年長で、同世代であった。隆吉は古い陶器もたのしむようになって、勤めている電機会社の帰りに日本橋裏の古美術商をのぞいて歩くようになった。まだ若い彼の懐ろでは手に入るものはなかったが、飾り窓にぽつんと置いてある瓶子ひとつもあるひろがりをもって空間を支配していて、豊かであった。家に帰って中国の陶磁器の本をひもといて、いつの時代の窯《かま》かをさぐったが、戦時中のことで複雑な気持であった。そのうち隆吉は人が少しも興味を示さない須恵器を手にとってみるようになった。古墳時代の素焼の土器で、古道具屋の主人は、そんな安いもの、値がつきやしませんよと言ったが、隆吉は手に入れて帰って、棺に入れたかもしれない土器を愛撫した。それからしばらくは須恵器に凝った。自分の好きなものを自分の眼で確かめて買うのなら、失敗ということはありえなかった。

妻が初めての子をみごもったのは結婚して五年目のことで、隆吉は妻のために会社で売出したばかりの電気洗濯機を手に入れた。胸を患った妻なので、子供はあきらめていたのだった。台所の板の間におかれた洗濯機は深く大きい金盥が電力でぐるぐる廻る恰好で、祭りの日の綿菓子の機械と似ていた。隆吉と直子は真剣な眼差でせっけんの泡の中の布を追っていたが、機械が止ると、

「ほら、洗えたろう」

と隆吉は布を引上げて眼を輝かした。欲しいと思ったものを手にしたよろこびと、初めての子を持つ期待で弾んでいた。この悠長でものものしい洗濯機におむつが放りこめるかどうか直子は心配そうにしたが、降吉は洗い物を投げこんでは、廻るまわると眺めていた。この愉しみは直子の流産でやがて消えてしまった。五ヵ月をすぎていたのでこの世の光を見ない嬰児も人並に焼かれて、お骨になって戻ってきた。隆吉は失った長男のために花立と、水を供える小さな湯のみを自分から影山泰良に依頼した。泰良は美濃に窯を築いていて、そのころは面識もあったので、しばらくすると灰釉のかかった鳥の文様の花立と湯のみを仕上げてくれた。大柄な、がっしりした陶芸家に似ないやさしい心づくしのにじむ一対であった。

その花立は今も残っている。妻子を疎開させた北鎌倉へ、持てるだけのものを運んできた中に花立も入っていた。戦時中の電車は茶箪笥を背負った人も乗せてくれて、空爆にさらされた東京は荷車と人で右往左往していた。本郷湯島の家が焼けて、洗濯機もろとも隆吉は家財を失ってしまったが、長男を亡くしたあと五年目に生れた長女の須恵子をなんとか素手で育てなければならなかった。妻の乳が止まったので、彼は秘蔵の陶器の類を手放して米とミルクに替えた。それも底をつくと、赤ん坊の離乳に心をくだいた。野菜の配給に大根の切れっぱし一つという日があって途方にくれる直子に、千六本に切らせ、水気の出たところを火にかけてしなわせた。薄めた味噌をかけて志野茶碗にねかしておく。隆吉は背に腹はかえられない気持で須恵子の口へ運んでやると、うまそうにちゅっ、ちゅっと食べた。箸を止めると赤児は口を鳴らして無心した。芋粥を作る日も紅志野に入れて与えた。明日は爆撃で吹き飛ぶかもしれないぎりぎりの気持で、陶器の肌に手をふれていた。

谷戸の奥は細い山路でハイキングコースであった。明方敵機が爆音を立てて相模湾上空へ去ってゆくと、東京の空を見に隆吉は崖上まで上った。彼の勤め先も軍需会社の下受けに変っていた。横浜一帯の大空襲の夜は、遠い闇の底に巨大な仕掛花火が弾けて、火柱を噴くようであった。隆吉は膝頭が震えた。三十八歳になる自分はともかく、幼い須恵子に未来があろうかと暗澹とせずにいられなかった。

戦後、その娘が小学生になったころ、隆吉は小さな庭の端しに楽焼の窯を築いた。泰良もいいが、もっと素朴であるがままの楽の茶碗を焼いてみようと考えて始めてみると、忽ち熱中した。泥んこになって造る手びねりの形には陶芸家にない不揃いのおもしろさがある。須恵子も見よう見真似に土で茶碗を形どったが、口つきの大きい、彼女の長年馴染んだ深い目の茶碗になった。彼女も父に似て凝り性で、窯焼きに飽きなかった。谷戸の奥のさびれた家で過すのに隆吉はまた子供と花札をして遊んだ。座蒲団をまん中において妻と三人で花を引く。直子は夜更しが利かないので先に寝てしまうと、残った二人はこいこいをする。女の子は勘がよくて小さな手で敏捷に引くと、隆吉は声に出して相手をあおりながら花札を打ちつける。勝負は真剣でなければならないから、隆吉はなにかを賭けさせる。小銭でもよいし、チョコレート一枚でもかまわない。負けて口惜しがらない子は根性がないことである。子供が彼の意表を衝いて見事に上ると、小癪だが褒めてやる。また谷戸おろしの風の騒ぐ夜は鉄瓶の湯をたぎらせて、薄茶を立てる。作法の真似をして、大事な茶碗で啜るのだった。彼はいくらか良い茶碗を持っていたが、使うことを惜しまなかった。陶器のよさは手で触れなければわからないからであった。

「良いものは、言わなくても大事に扱うものだ」

隆吉は妻に言った。須恵子の動作をよく見ていたが、活潑な娘も両手にしっとりと茶碗を抱いて静かに啜っていた。

「須恵子もわかっていますよ。ボーナスを全部はたいて手に入れた影山泰良さんのお茶碗ですからね」

直子はからかうように言った。娘の物心つく頃から隆吉は絵や陶器を折あるごとに見せて歩いて、影山泰良のやきものにも親しませたので、須恵子は幼ない時から陶器展を見ても、新聞で陶器の写真を見ても、

「泰たん、あった！」

と父に教えるのだった。

長い月日が経って、谷戸の家が朽ちかけるまで棲みついた間に、須恵子は人並の娘に育って、どうやら父親の手に負えなくなっていた。地震の朝も庭から葉蘭を切ってきて皿に敷くと、鱚《きす》の塩焼をのせて運んできた。お父さんすぐお上んなさいという。頃合に父がうまそうに食べないとうれしくない。そろそろ鮑《あわび》がたべられるな、などと父が他の話をしてはいけなかった。美味いでしょうと味をうながす。彼はわざと言った。

「鱚は細身の刺身に限るんだ」

「やっぱりね、失敗だった。ゆうべお父さんの帰りが遅かったからよ。ゆうべなら絶対お刺身にし

てあげたわよ」

「須恵子の帰ったのも八時だろう」

　隆吉は鱈の塩焼をたべはじめた。娘が居さえすれば食べられないものはなかった。直子がぜんまいの煮たのを大鉢に盛ってくると、父と娘は取り分けて美味そうに著を動かした。飢えた女児が大根の千六本の味噌かけを小さな口で吸うように食べた時から二十五年も経っていたが、二人を見比べていた直子には良人と娘はその時のままに見えた。隆吉は今朝はことさら機嫌がよかった。娘の頼みでこれから人をたずねることになっていた。娘と出かけるのは久しぶりである。美術関係の出版社に勤める須恵子は陶磁器全集の仕事にたずさわっていて、影山泰良をはじめ多くの陶芸家と接触するようになったが、窯ややきものを見てゆくうち、どうやら陶器に魅せられはじめていた。この道なら彼は教えてやることも、ある種の役に立つことも出来るのだった。

　午後から隆吉は須恵子をつれて家を出た。美術評論家の榊達介を訪ねるのは久しぶりである。隆吉は一介のサラリーマン上りで、陶器の専門家でもなく、コレクターというには微々たるものしか持っていない。たまたま榊達介が影山泰良論を書くにあたって、隆吉のコレクションを見にきて、親しくなったのである。同じ鎌倉も大塔宮の奥の住宅地は温暖で、土地柄も良い。二人が尋ねると榊は待っていて、二階の見晴しのよい部屋へ通して、居合せた青年を紹介した。榊の大学教師時代の弟子で小堀一男という、大学の美術史の助手であった。隆吉は二階の窓から向いの山を眺めた。

「ここは良い眺めですね。酒盛りにはもってこいだ」

「前がすすきの原で、その後ろの山から中秋の名月の上ってゆくのがみそでね。今度来ませんか、一晩中酒を飲みますよ。泰良さんも来たことがあった。彼に近頃会いますか」

「さっぱり会いませんね。娘はたまにお目にかかるようですが」

「あなたはそういう人らしいね。この前の泰良さんの個展でも黄瀬戸の水差を買ったそうで、百貨店がよろこんでましたね」

榊が褒めるのはデパートの会場で値のついた陶器を隆吉が買うことであった。彼と影山泰良ほどの旧知なら直接陶芸家から分けてもらっても不思議はないし、水差は泰良の許で一見している代物だった。

「黄瀬戸ですか。あれは泰良さんが個展に出すつもりで作ったものだから、じゃあ個展で貰いましょうと約束しましてね。いや、私の方はそれも好都合だったのです」

隆吉はその時懐ろがさびしかったし、勤めも停年前後で個展までならやりくりがつくと見当をつけていた。

「泰良さんも私が貰うといえば高くもとれないし、デパートも儲けというほどではないでしょう」

「大抵の蒐集家はそうはしないな。泰良さんもそれはよく知っていますね。あの時は大分集めたようですね」

「退職金を全部はたきました。サラリーマンが金を握るのはこれっきりで、最後の自由ってわけですよ。おかげで今だに社へ残って働いていきます」

隆吉の話すのを聞きながら、榊は須恵子がどんな顔をするかと眼をやった。柳瀬隆吉のコレクションは他の一切を犠牲にしなければ成り立ちえないものであった。彼が初めに手をつけたという須恵器も今ではブームをよぶほど愛好されているし、蒐集のありかたも鋭い勘と豊かな眼識が合わさっていた。一品々々全力を挙げてかちとったものというきらめきがある。

「柳瀬さんのように自身の眼を信じる人間は陶器に関しては少い。買いたいが鑑定しろと言ってくる。古陶器ならともかく現代作家のものでもそうだ。まさか贋物でもあるまいし。なかには三十万円ほど陶器を買いたいが見繕ってくれと頼んでくるのもいる。株を買うのと同じらしい」

榊が言うと、須恵子は笑いながら、父は展覧会や個展の前の晩は興奮して眠れないんですよといった。まだ見ぬ茶碗や壺が夢の中まで入ってくるらしく、朝はそわそわと出かけてゆく。時には手許が苦しくて、もう買わない、見てくるだけだと家族の者に宣言して出かける。影山泰良は志野から黄瀬戸、織部と進んで、そのほかにも黒釉や染付など手がけて多才を誇りながら、再び志野や黄瀬戸へ戻ってきている。泰良がなにを求めて完成してゆくか、そのあとを辿ってゆくのが隆吉の生甲斐であり執念であり、新しい泰良のものをみれば、いわば真剣勝負で、取るか捨てるかしなければならなかった。見てくるだけ、と言って、とんでもない大物を手に入れて、その度に埋合せに四苦八苦するのを須恵子は知っている。父はそういう繰返しや、時には失敗をやりながら一生を押し通してきたのだった。

「小学生の時、作文の時間に父という題で書かされましたの。私の父は子供より陶器が好きで、大事にしています、と書きましたら、母はさっそく先生に呼び出されて注意されたのですって」

「それは誤解だろうな」

と榊は愉快そうに親子を見比べた。

「父は陶器だけはきれいに買いますけど、住む家や着るものは間にあいさえすれば良い主義で、けちですの。ゆとりもありませんし」

「しかし月謝は間違いなくやったろう?」

と隆吉はまぜっ返した。

「そんなこと言って、月給日の前に高校生の私と花札の差しをして、私からへそくりを巻上げるんです。質が悪いったら」

「須恵子は大負けで、よほどくやしかったのか十年経ってもこうですからね」

隆吉は榊と小堀へ言いながら、にやにやしていた。小堀が初めて須恵子に訊ねた。

「柳瀬さんが陶器に執着されるのに、反発したことはないのですか」

「父は手に入れたものを母と私に惜しげもなく見せて、触《さわ》らせてくれますの。それからこれは自分以外の何者の手に渡ってもいけないのだとか、必然的に自分の懐ろへ入ってきたとか言って、作品の味わいなんかも暗示的に申します。懐柔がうまいのかしら」

「たとえばどんなように」

さあ、と須恵子は言い渋って、眼を相手に向けたが、若い異性に媚びるところはなかった。父が手に入れた瓶子を、良いだろうと言って終日見ていると、それは良いものに思えてきて、形も色も目の底に焼きついた。また子供の頃から博物館へも連れてゆかれた。ケースの中の陶器を見て、これ家のとおんなじと指差して言うと、国宝の皿なので父は赤面した。見知らぬ人がお嬢ちゃんこれなんだか解る? と聞いたことがある。志野、と答えると褒められた。志野は赤ん坊のときから彼女のそばを離れない日用品で、あまりになじみ深かった。敗戦後影山泰良はたくさんの日用品を焼いた時期があって、須恵子の家にもあったが、今はいくらも残っていない。泰良さんの古い灰皿が二万円するそうだ、うちのを売ろうかと父は言う。二万円の灰皿をもし見たら飛びついて買うくせにとおかしかった。そういう彼女もやはり買うに違いなかった。彼女は父の快活で男らしく一念を通す気性が好きなのだった。小堀や榊の眼には密着しすぎる親子と見えるかもしれなかった。

「榊さんは陶芸の高能《たかのう》次郎を知ってられますか」

隆吉はころをみて今日娘をつれてきた用件に入った。彼自身はその陶芸家を知らない。

「高能次郎ですか、会ったことはないですね。彼は早くに新聞社の賞を取って、それからN展のメンバーになってた男です。N展をやめてから作品を見る機会もないですね」

榊はそれだけ覚えていた。隆吉はこのことで忙がしい榊をわずらわすのを気にかけていたが、須恵子が高能次郎の窯を見て以来、榊先生に作品を見てもらえまいかと言いつづけるので腰を上げたのだった。

「作品を見ていただけますか。これは高能氏の知らない、娘の一方的なお願いのようです」

「すると須恵子さんが今度は第二の影山泰良を見出したというわけか」

榊は高能次郎の作品の記憶をよびさましながら、須恵子の持ってきた木箱の開くのを待った。木箱は大小二つで、出てきたのは青磁の茶碗とぐい飲みであった。茶碗は深目の端正な形をして、うすい藍色の肌に亀裂の入った、いわゆる貫入《かんにゅう》である。つくりも釉色も際立って美しい。榊は高能の作品に青磁を見たことはなかったと思い、信じられない眼で手にとって眺めた。その時ある連想が脳裏を走ったが、榊は半信半疑であった。茶碗の内底にはうっすら紅がかかって優艶なおもむきである。一とき見入ってから小さなぐい飲みに眼を移すと、ぽったりとふくよかで、肌は白みをおび、亀裂は見えない。

「いつ頃から高能君は青磁を手がけたのだろう。良い土を使っているね。そうでなきゃこんな仄かな色は出っこない。しかし信じられないな」

彼はありえないものを確かめていた。茶碗の肌はほんのり縹《はなだ》色で、ひろがる茶の貫入の線はきびしい模様のようだ。一方のぐい飲みは掌にのせて包みこみたいまろやかさである。二つは似ていて微妙に変化した色合であった。彼は小堀へ実物を示した。小堀もくい入るように見て、これはなんという青磁だろうと思いめぐらしていた。普通淡い粉青《ふんせい》色とよぶ色に、えもいえない紅がまじっている。ぐい飲みのやわらかな白さも、青磁に一刷毛白を刷いたようで何と言いあてることも出来なかった。今日までに詰めこんだ知識でものを言おうとしても、どこか違っていた。

「独特な雰囲気のある青磁ですね。白っぽいのはなんですか」

「月白《げっぱく》じゃないかな。太陽に対して言う月明り」

榊は台北の故宮博物院で月白を見たが、もっと濁った灰色であったと記憶する。目の前のこれこそ正真の月白に見えた。

「高能君はいつから青磁を手がけたのだろう。彼は前にいろんなものを焼いたようだが、鉄釉の皿で賞をとっている」

「七、八年前から青磁ばかり手がけていらっしゃるそうです。でもあまり見せない方ですわ」

「どこへ出品しているのかな。他にはどんなものがあるの」

「めったに作品を見ることはありませんの。どこへ出品していらっしゃるのか、知りません。一月ほど前にうかがいましたら偶然棚に五点並べてありました。その中で月白は薄暗い棚の隅に白く燃えているみたいでした。それから茶碗が三つと、真中にもっとすごいのがありました。口の長い花瓶、砧《きぬた》でしょうか、冴えた青磁にこまかい貫入の入ったものです。手を触れるのが怖いように端麗なたたずまいでしたの。その時のことを話すとつい興奮して、父がへん、へん、と鼻の先でわらうのですけど、父の蒐集品とも違う新しい感銘をうけました。なんて言ったらいいか、現実の向うに透明な世界があって、眼を凝すと見えてくる玉《ぎょく》のようなものでした。それが高能先生の青磁との出会いでした」

上気して須恵子は眼を光らせた。

「この茶碗と同じ青磁かね」

榊は目の前の茶碗を手にとった。

「似ていますが、一つ一つ色合に変化があって、少し濃いのです」

「君はこれを譲りうけてきたの?」

彼女が答える代りに隆吉が言った。

「むちゃくちゃなんですよ。高能さんが譲るはずはないから、強引に頼んだのでしょう」

「譲ってくださいました、ちゃんと。私は全部欲しかったんです」

須恵子はその日のことを思いうかべた。作品の一つ一つを高能は手にとることを許してくれた。茶碗の青磁の底に沈んだ紅を見た時、水面へ紅筆を落したように淡く染って美しいと思った。(これは粉紅《ふんこう》ですか）と聞くと、高能は機嫌よく（よく知ってるね）と言った。（この青磁は、釉薬《うわぐすり》に色素を入れて焼く方法とまるで違いますね。先生のは釉薬にかすかな鉄分がまじっていて、それが発色して淡い粉青になりますのね）すると高能は（君はやきものをやったのか）と聞いた。須恵子は炎によって鉄分が青に発色することは知っていたが、見ればみるほど美しい青磁はなにものかに捧げようとして作られた神秘な珠に見えてきた。土でつくったものという気がしなかった。彼女は思いきって譲ってほしいと頼んでみた。高能は真顔で（僕の茶碗は高いよ）と言った。彼は一年に一回か二回しか窯を焼かないから当然だと須恵子は思い、ボーナスで買います、足りなければ分割にして下さいと頼んだ。高能が口にした値はたしかに高いとしても、それだけの値打はあった。やっと手に入れる約束をすると、押えきれないよろこびでそわそわしながら、父が影山泰良の黄瀬戸の水差をやっと手に入れて家へ戻る道で、皆さん、私は天下の逸品を持っていますぞ、と声を挙げたい気がしたと洩したのを思い出した。

高能が席を立ったあと、彼女は月白のぐい飲みを手にして、これで白葡萄酒を飲んだらうまいだろう。いや、父と差し向いでブランデーを飲むとき、両手にあたためて、薄手のふちに口をつけてちびちび嘗めたら最高だろうと思うと、うっとりした。高能が座敷へ戻ってきたとき、彼女はとっさに両手でぐい飲みを包みこんだ。汗ばんだ手の中で小さな陶器はひんやりしていた。（これ、粉白ですか）と両手をひらくと、高能は（粉白？　粉屋みたいだ）と笑って、月白の名を教えてくれた。その日帰るまでぐい飲みを離さずにいて、立つとき溜息をついて下に置いた。（よかったら、あげよう）高能はそっけない調子で言ったのだった。彼女は全身から汗がふき出るほど熱くなった。出版社の者が役得で無心すると思われるのはいやだったので、譲っていただきますと言うと、ぐい飲みを売ったりしない、ぐい飲みは試作品だから、と彼は珍しくやわらいだ顔だった。彼の妻が包んで持たせてくれると、あとは夢中で帰ってきた。

「これだけの月白をただで貰ってくるのだから、女は図太いものです」

隆吉は自分の嘗めてきた苦楽の年月をなぞるようで、青磁にとりつかれた娘を複雑な気持で眺めた。

「この陶芸家は幾歳くらいのひとですか」

小堀は榊にたずねた。

「賞をとったのが二十八歳位。あれから十年経つかな。どうして眼につかなかったのだろう、彼は楽にやってるの?」

須恵子はうまく答えられなかった。

「高能先生の窯は猿投《さなげ》山の麓のさびしい部落にあります。あのあたりは至るところに室町時代の窯跡がありますのね。山麓の畑を歩いても、山の木立の間にも陶土があって、長石があって、やきものの宝庫ですけど、浮世離れした土地です。先生はそこで助手も使わずに土を取りに行ったり、窯の準備をしています」

「君の見た砧は翠青だろうね」

「それは素晴しいものでしたけど、今は別のものを考えているとおっしゃいました。もっと薄茶の細かい貫入の入った渋いものを焼くのだそうです」

榊は高能の青磁を見た瞬間の連想を、再びおもいうかべた。

「それはなんと呼ぶのだろう」

「米色青磁《べいしょく》、たしかそうおっしゃいました。ライス・イエローって。黄ばんだ、熟れた籾《もみ》のような色合ですって。私には想像できませんけれど」

須恵子の言葉を噛みしめながら榊はあわただしく記憶を思い巡らしていた。高能の青磁は中国北宋の類いまれな青磁と似ていると思った。勿論日本にも似ようとするやきものはあるが、それを抜きん出ている。米色青磁については榊も文献で知っているが、故宮博物院でもこれだといって教えられなかった。米色青磁は幻の青磁でしかない。高能次郎は自分の米色青磁を試みようとしている、自己の月白を創り出したように。その月白も粉青の茶碗も北宋官窯の青磁に似るとすれば、世界で最高のものになり得る。徽宗《きそう》皇帝の時代につくられた汝官窯《じょかんよう》は名窯で、その青磁は精巧、幽玄、中国陶磁の至宝とされている。榊はその二つを結び合わしては、すぐふりほどいた。まだ高能の茶碗の一つや二つ見ただけではわからないと思った。けれど米色青磁を試みると聞くだけで興味をそそられた。

「高能君は個展を開くつもりで作品を溜めているのかな。残り全部もぜひ見たいね」

「個展のことは聞いていませんけど、先生の御好意をお伝えしたらよろこばれると思います。高能先生はお仲間もないようですし」

須恵子は心から礼を言った。訪問の目的を果したので、しばらくして隆吉と須恵子が立上ると、小堀も腰を浮した。夕暮には間があるので榊も散歩がてら一緒に外へ出た。彼にはまだ高能の青磁の色が心に残っていて、あの月白の円《まど》かな豊かさ、粉青色の茶碗の涼しい色は、独得の青磁と言ってよいと考えた。彼は身近にこれ以上の青磁を見たことはないとすら思った。

散歩の道すがら彼らは瑞泉寺へ寄った。梅と水仙で聞えた寺は季節をすぎると人の姿もまばらである。石段を上ってゆくとき、いつか若い二人は先に立っていた。隆吉は黙っている榊に気をつかって声をかけた。

「娘が不躾で、気を悪くされませんでしたか。身勝手な奴で、しょっちゅうひやひやさせられますよ」

「私からみると柳瀬さんは愉しんでられるようだった。私は娘を持たないが、親子の血は争えないな」

「陶器を好きな娘なんか、気味悪いですよ」

「あの鑑識眼は相当なものだ。高能次郎の青磁だが、良いですね」

「青磁は娘だけで充分という心境です。これ以上陶器で火傷したくないから寄せつけないものの、娘が積極的なので、弱っています」

「須恵子さんは幾つになられます」

彼女は二十五歳になっていた。はきはきしたお嬢さんだから結婚の相手もおありでしょうと榊は気軽に訊ね、隆吉はどうですかね、と答えた。若い者の歩調は早い。小堀と須恵子は山門のところに立止って話していた。そのうち彼らはふりかえって、あとから上ってくる中老の二人を見下した。若い男女の背丈は釣合っていて、おのずから醸す調和に、隆吉は不意を衝かれた。こういう瞬間の衝撃に出会うたびに、いやな感じが胸の中をよぎってゆく。四人は揃って寺の境内へ入った。寺は前庭がきれいで、梅の若葉が匂っていた。隆吉は健康ですこやかな娘の頬や耳朶をみると、純潔な血の流れる身体と生暖い弾力のある手足をいつくしんでやりたくなり、両手をひろげて他人の眼から大事なものを遮りたい衝動に駆られるのであった。

木蔭のベンチに掛けると、小堀がそばへきた。

「柳瀬さんは影山泰良先生の作品のコレクターだそうですね。一度拝見させて頂けませんか」

「お目にかけるほどでもありませんがね」

隆吉はどうぞと言わなかった。しっかりした青年だが、娘と親しくふるまった若者には気を許せなかった。榊が口を添えた。

「小堀君のお父さんも絵や陶器の趣味のある人です」

「父のは五目で、ろくなものはありません」

と小堀は言った。隆吉はますます面倒に思えてきた。庭木の間の狭い道を鶏が幾羽も悠々と歩いている。そばへ須恵子は寄っていって手を出した。止しなさい！　と降吉は言いかけてやめた。娘も子供ではあるまいしと、ふとおかしかった。風が出てきたので、隆吉は彼らと別れて帰る時間を計っていた。


榊を尋ねた折、娘は一つ隠し事をしたと隆吉はあとで思った。彼女の話した高能次郎は新しい青磁をつくりつつある陶芸家に間違いはないが、その生活は彼女の言葉からはうかがえないほど切り詰めたものだと隆吉は知った。

「ほんとうはとても苦しい生活なの」と彼女は父に告げた。「そのくせ自動車は持っていらっしゃるの。土を採取しにゆくために苦労なさるからだそうです。高能先生は生活のための陶器をほとんど作るひまがないほど青磁の研究に没頭しているでしょう。それも年に一窯か二窯で、販売ルートも確立していないから、美術商に買ってもらうか、いくらかの愛好家に頼るかして、生活は苦しいのです」

「なぜそのことを榊さんに率直に言わなかったのだ」

「でも高能先生は困った様子をなさらないし、僕の茶碗は高いよ、それだけの価値がある、とおっしゃる方なの。貧しさを誇張して榊先生に曲解されたり、へんな先入観で作品を見てもらいたくなかったから」

彼女は青磁作品をあるがままに豊かに受取ってほしいと思った。しかし父にだけはありのままを言って、榊や父の口添えで作品の紹介や個展の世話をしてほしいのだった。

「それは須恵子には荷が勝ちすぎるよ。榊さんに紹介しただけで大出来なのだ。折があったら高能さんに榊先生の所へ行くよう話したらいいだろう」

この時も隆吉は娘の熱意をほどほどにしなければいけないという気持が動いた。

「一度だけ猿投山へ行って下さるでしょう？　そのことでお願いがあるの」

「おれは停年過ぎで、ごらんの通り収入はないからな」

と隆吉は先手を打った。

「青磁を手に入れたいと思わない？」

「これでも影山泰良の蒐集家だ。新しいものが焼ければそっちが欲しいにきまっている」

「私の青磁二点を抵当に、お金を貸して下さらない？」

「それで、どうする。お前もコレクターの真似をする気かい」

「米色青磁を買います」

須恵子の意気込みに押されながら、隆吉は嘗ってこの手で母に幾度となく無心したのを思い出して苦笑が沸いた。

「抵当というと、金を払わなければ品物は取返せないぞ。返すあてがあるのか」

「月賦とボーナスで返します。昇給の分も当てるし」

「月賦か。なにを浮かすのだ」

「洋服を作りません。靴も破れても買わないし、みんなと飲んだりもしないわ」

「金は無い。娘はきれいにしている方が、見ていて気持いい」

昔隆吉は母に、女道楽よりましだから、と金を立替えてもらったことを思い出したが、年若い娘はなんと思えばよいのか。案外本気な須恵子をみると、おだやかならぬ気持になった。

影山泰良が病気らしいと聞いたのは、それからしばらくしてである。須恵子が出先から聞いてきたことで、はっきりとは解らないが隆吉は気になった。泰良は頑丈な体軀と大きな手を持った男で、顔の色艶もよく、酒は人一倍強い。およそ病気をうけつけない闊達な人柄であった。夜になっていたが隆吉は娘から話を聞くとすぐ美濃の泰良の自宅へ電話をした。出てきたのは夫人で、泰良は外出中ということであったが、夫人の返事はあいまいであった。

「久しぶりにお出かけになりませんか。主人も年とったせいかよくお噂していますよ」

夫人はそう言い、それが彼の心を誘った。

「近いうち伺いましょう。しばらく先生の顔を見ないと、どうも意気が上らなくていけない」

隆吉もその気になって返事をした。外出するくらいなら心配はなかろうが、泰良の声を聞きたかったと思った。考えてみると泰良は三つ年上の六十も半ばすぎで、いつまで無病息災でいられるものでもない。彼が老いることは、同時に隆吉の老いにも繋るのであった。ふいのなりゆきで隆吉は娘と都合を合せて週末の旅をする気になった。仕事で時折美濃や瀬戸へ出かける須恵子は、この機会に猿投山へ廻るのだと一人でよろこんでいたが、彼は返事をしなかった。

土曜日の朝、新幹線で隆吉は美濃へ向った。須恵子をつれて泰良をたずねるのは久しぶりである。昔は陶芸家が窯《かま》出しするからと声をかけてくれると飛んでいったものだった。泰良のほうも隆吉を信じはじめて、新しいものを造ろうと全力をあげて作陶にかかっていたから、隆吉は今度はどんなものが焼けるかと胸を弾ませたのだった。泰良は志野、瀬戸黒、織部と続いて作ったが、彼の大きな両手にかかると茶碗は大ぶりで、どんぶりの間違いではないかと言われたが、草色の織部の鮮やかな釉色は無類で、隆吉は興奮した。一窯に三十あまりの織部のうち、形も色も優れた上りはほんの一、二で、それが陶芸家の心血をそそいだ成果であったのを隆吉はつぶさに見た。彼がその一つを選ぶと、素人は怖いな、と泰良は言ったものだった。

陶器を選ぶのに隆吉は他人の鑑識に頼らなかった。自分の金を投入して、時には血の出るような思いでなけなしの金をはたいて買うのに、いい加減であるはずはない。欲しいと思う気持に合せて、いつかは値が上るぞと期待する思いも当然にある。その二つが渾然して、泰良の織部の秀作は自分が持っているという自負につながった。しかしいつもうまくゆくとは限らない。手に入れて、あとから飽きがきた壺もある。陶芸家が気負いすぎ、彼も調子に乗ったから、あとではいやになった。そのころ妻の胸部疾患が再発して、入院のためにこの壺を手放した。厄払いしたと思ったが、あとまで壺の行方が気になった。泰良の出来損いの子を見捨てた気がしたのだった。

娘との旅で隆吉は浮かない気分にみまわれた。今日以後の泰良の作品を買う資力もないのに、彼が病気で作陶出来なくなったら終りだ、という不安が心をおおっていた。彼の娘はまだ陶芸家に打込む蒐集者の執念も物狂いも知らない。もしそれを垣間見たところなら引揚げるに越したことはないのだった。彼が思い耽けるそばで、須恵子はのんびりと週刊誌をよんでいた。

美濃の影山泰良の窯は多治見の近くである。ここは猿投山の北方に当って、瀬戸からも遠くはない。近くに古窯跡があって、昭和初年の発掘でたくさんの陶片の出たところであった。川の流れに沿って雑木林を背に点在する家の一つが陶芸家の古くからの住居であった。彼の家には来客があったが、声をかけて外で待っていると二人の男が泰良に送られて出てきた。狭い玄関で、隣りの客間の様子はすぐわかるのだった。泰良は相変らずがっしりした身体にスポーツシャツを着て、豪気で闊達な気性にふさわしい立派な顔であったが、客を送り出した時とは打って変った気やすさで二人を迎えた。

「おそい、おそい。朝から待たされた」

「しばらく見ない間に、影山さん若返られた」

「わしも内々そうおもっとる」

泰良は眼をいきいきさせて言い、いつもの通りだった。隆吉と泰良の呼吸の合うのを、須恵子は横から眺めた。陶芸家の元気な顔を一瞥して父の表情が晴れたのをみて、それほど心配していたのかと思った。客間の床の間には古瀬戸の花立が置いてあって、その前に隆吉は坐らされた。

「病気だと聞いたが、あれは誰の話です」

「いや、大したことじゃない。うちのばあやがデマを飛ばしたのと違うか」

泰良は機嫌よく上体を揺すりながら須恵子を見て、今日はたいそう綺麗だと褒めた。夫人が薄茶を立てて運んできて、それで病気の様子が知れた。一と月ほど前、名古屋で会合のあった彼はいつもほど元気がなく、気分も晴れないのを見て同席した病院長が帰りに彼の診察をした。その結果即刻入院となった。心臓に異常があって精密検査と休養の必要が生じた。心臓の異常は今に始まったことではなく、二、三十年も前からのものと診断されて本人をおどろかした。健康そのものでなければ陶工は勤まらない。土を尋ねて山歩きして、手に入れた土を工房で水にねかして、踏んだり練ったりする仕事も、轆轤《ろくろ》まわしも体力が要るが、窯焼きは二昼夜も窯を燃しつづける最大の労力がいる。彼は五十年以上もその繰返しをして、ガス窯万能の今の時代も赤松の薪をくべつづけている。頑健な肉体の大事な心臓に故障があるなどと彼自身ゆめにも思っていなかった。

「しかし言われてみると、思い当ることがあるな」と彼は言った。「戦争末期の人手のない時だったが、一窯ほとんど一人で焚いたことがある。普通は二、三時間で交代したいくらい汗と疲労で参るのだが、切羽詰った状態でかかった。ひじょうにプリミティブに、精神を窯に集中して焚くと、火の音で火のまわりが解り、匂いで燃えが感じられる。途中小きざみにまどろんでも耳は起きているのだ。眠りながら炎の中にゆらいでいると微妙な音色が鳴っている。ああ眼を覚さなきゃいけないぞともがきながら、幻の雲に乗っているようだった。いつが朝で、いつが夜かもわからない状態で、焚ききった。生命がけだからいのちに別状があっても仕方がないが、火の前で呼吸を止めて眼をむいていた一瞬もあった。あれで心臓がどうかならないのはおかしいわな。そのことにやっと気がついた」

今からおもうと二度と味わえない苦しみと、やり遂げたぎりぎりの思いとがある。名古屋の病院を出ると今度は近くの病院へ移されて、今も入院中ということになっているが、朝病院を抜け出して、夜帰るまでは自由行動ということである。夜中に発作がおきた場合の用心のためであった。退院は彼にもまだいつのことかわからないが、そろそろ試験窯を焚かなければならない心づもりをしていた。

「生れて初めての入院でしょう？　窮屈で、先生にはおくすりですね」

と須恵子は冷やかした。

「案外本も読めるし、原稿も書けるよ。看護婦が食べものの差入れをしてくれて、夜更に即席ラーメンをたべるのはうまいな。先生明日はなにがいい？　と十八位の頰の赤い看護婦が言うのは、可愛いいぞ」

そら始まった、先生はすぐ手なずける、と須恵子は笑って父を見た。病気のありかを突きとめた隆吉は、いつ退院するかわからない賑やかな病人と、試験窯を思い合せていた。泰良は自身のやきものを極めたが、これでよいということはなく、いつも新しい何かを求めている。試験窯で何を焼くのかと隆吉は思う。この前は皿に染付をしたが、絵の皿はあそびと気付いたのかすぐやめてしまった。仕事は当分おやめなさいと隆吉は言えなかった。陶芸家は仕事にかかると神経質な気難かしい男に変って、周囲をぴりぴりさせるという。入院と試験窯の仕事は彼の両極端で、いつバランスが崩れるかわからないのを本人も知っているに違いない。それだけ気が急くのだろうと隆吉は思った。

泰良のやきものはこの家に一つもなかった。窯出しの折に美術商が持っていってしまうからであった。折角たずねてきた隆吉を気にして、泰良はぐい飲みを十個ほど持ってきて見せた。形も色もさまざまで隆吉の見たこともないものがあった。薄墨色のぐい飲みは薄手な素地に釉薬ののった、深い静かな調子のものである。両手に触れてたのしみながら影山泰良の円熟を感じた。おおらかでいて繊細な紅志野の情趣や、黒釉の茶碗の大胆なきびしさが彼の特長であったが、薄墨色のぐい飲みは口作りがやさしくて、日没の空を見るようであった。

「泰良さん、月白を知ってますか」

「中国の月白か。あれはほんとうはきれいな色のやきものではないそうだ。月代、月の出ようとするとき空のしらむ色が本当なのかな」

「やはり青磁からくるのですか」

「そうだろう。私のは違うよ」

隆吉は薄墨色のぐい飲みを持って帰って、娘の月白と並べてみたくなった。良いとなると手から離したくない気持が頭をもたげてくる。

「手許に月白と称するぐい飲みがあるので、それとこれとで一対になるんですよ。これは私に呉れますか」

「相変らずいいのをひょいと取るね。あと一つ二つ持ってゆきなさいよ。今月白の色を考えてみたが、月白を焼くような男がいるのかね」

「猿投山にいるらしい。高能次郎といって青磁ばかり焼くそうで、須恵子が知っています」

「青磁は多分に自然発生的だから、よほど追い詰めないと手に入らんよ。その男は異常なほど青磁にとりついているそうじゃないか。一片の土から碧玉のような青磁が生れるのは、なにか宗教的だわな。そんなことを考える男かね」

泰良はさりげなく聞いたが、須恵子は異常という表現にこだわった。青磁の作家をそう思ったことはなかった。世間を捨てて仕事に熱中していることを、端があやしく見るだけのことだと思った。高能はむしろ理性的で、その上で青磁の美にひたむきなのであった。

「先生、良い仕事は非常識な発見があって、いつかそれが常識になって進むものでしょう。異常に見えたら高能先生がかわいそうですわ」

「そらそうだ。常識をさまよってはなにも見出せない。わしなどもやきものの神がうしろで、自分の代りをつとめろとせっつくのが聴えるものな」

先生はいつもこうなんだから、と須恵子は言いながら、泰良もこの年で薄墨色の鉄釉とも青磁ともわからない新しい色を出そうとしていることを考え合せた。父はその色に惹かれている。およそ影山泰良のものなら自分のものだという一途さが、隆吉の顔に出ていた。

「泰良さん、このぐい飲みは素地が紙のように薄くて、その三倍もの釉がかかっているようだが、どうやって作るのです。あなたの轆轤の巧さは言うまでもないが、実は月白の口つきも薄くて、手にしただけで酒の口あたりのよさを思わせるんですよ」

するとその男と同じことを考えていることになるかな、といった眼で泰良は陶質のことを喋ったが、隆吉から榊達介も関心をもっていると聞くと、その男は幾歳かとたずねた。年は彼の息子ほどの男であった。泰良の表情にあるかなしおだやかでないものがみえるのを隆吉は感じて、微かに狼狽した。影山泰良と無名に近い陶芸家は比較にもならないが、病院の夜更けに抱く彼の焦燥感を肌で感じる思いがした。泰良はこれまで大きな壺も年齢にしてはよく挽いたが、心臓の鼓動を気にした瞬間からためらいが生れたろうと思った。隆吉は自分の内臓も痛んでくるようなつらい気分におち入った。

その日は夕暮前に泰良の案内で食事に出ることになった。車を待って庭に立つと登窯《のぼりがま》が見える。小高い傾斜地にのびた窯は粘土質で固められた低いトンネルのようで、火のない土くれはみすぼらしくさえあった。子供のない泰良の大きな窯はいずれ潰れてしまうに違いなかった。この窯から泰良の作品が生れて、そのいくつかは隆吉の手の中にある。工芸展前夜の興奮と、選びとった有頂天さ。その見境もない所有欲とうらはらの金策のきびしさが彼の一生の連続であった。陶芸家も彼を意識の隅において新作を試みて、彼の反応を見守った。泰良さん、この織部は実にいい造りだが、前にうちでもらった茶碗の方が色の上りは好きです、と隆吉は思いきって言うこともあった。わしもそう思うとる、と彼はとぼけながら、反撥を眼の色に光らせていた。わしのものではなにがよかったかと彼が聞けば、須恵子を育てた紅志野の茶碗と答えるだろう。貧しい食事を朝夕に支えた一個の茶碗の風格ほど陶器の美しいありかたを教えたものはない。それ以後どれほど高価なものでも隆吉は装飾だけの陶器を好まなかった。手にふれるよろこびなしに有難がるお札のようなものは不用であった。だから古陶器から離れていった。今自分が死んでも惜しいと思う陶器はない。ぞんぶんに手にして味わったものばかりである。

泰良に案内されたのは車で一時間ほどの川沿いの大きな割烹旅館で、隆吉は覚えていた。改築したばかりの旅館のロビーの正面は陶壁《とうへき》で飾られて、岩に水飛沫のかかる図柄が生き生きしている。陶壁は図に合わせて小さい陶板を焼いて張り合わせたもので、泰良の指図で女弟子が作った。これが見せたくてつれてきたと解ったが、陶芸家の弟子自慢の顔も悪くなかった。川の見える奥座敷へ通ると、泰良はこの宿を覚えているかと須恵子に問いかけた。彼女が初めて父親につれられて美濃の窯場へきた小学生のときに泊った宿であった。そういえば川音のする古びた部屋に泊った記憶が彼女にもある。

「こんな小さい時で、わしの膝に乗ったのをおぼえているか」

「先生またそれを言う。小学校の四年生が男の人の膝に乗るものですか。覚えているのはうちの父が先生のお茶碗を頂いてきて、宿でうれしそうに見ていたことですわ。子供心に大きなお茶碗だと私思った」

「小学生から目利きを仕込まれてはかなわないね。猿投の青磁はいいかね」

やはり気にしているのだった。酒が運ばれてくると、泰良は平気で猪口を手にした。料理は行届いていて、食器も備前の平鉢にすずきの刺身が出て、向附は涼しげな赤絵、盃は黄瀬戸の手ごろなもので、陶磁器の町に囲まれているだけに揃っていた。隆吉は食器の取合せのよい料理をたべるのが好きで、ふだんから魚屋へ自分で出向いて魚をぶらさげてきて、料理する。娘にも料理から食べ方は仕込んである。味覚の発達しない人間に本当の美しいものを見分ける能力はないと信じていた。酒がまわると、泰良もいつにもまして愉快そうだった。

「これで柳瀬さんとのつきあいも長いね。あんたが結婚するときの引出物がはじまりで、それから十年目にこの子が生れたのだから」

「泰良さんにもずいぶんいろんなやきものを見せていただいて、たのしかったな。あなたの身上はやきものに閃きのあることだ。それがいつも未知数を生んで、私を惹きつけた。生きるのがやりきれない気分の時、優美な志野を抱くと、これさえあればいいといった、心中の相手を見るような気になったものです」

「わしにすれば柳瀬さんをおどろかすのも目的の中にあった。あんたは金にあかして買うひとじゃない。ごまかせないよ」

「私もずいぶんわがままを言って好きなものだけ集めさしてもらったが、一つだけ惜しいのを逃した」

「淡古堂か、ありゃあ仕様がないわな」

淡古堂は泰良のまわりに集る美術商の一人というよりは昔堅気の古道具屋で、偏屈な男のせいか目利きだが商売はうまいと言えなかった。陶芸家をおだてて作品をもらってゆくのも下手なら、客に売るにも愛想や嘘がなかった。どの陶芸家とも一度は喧嘩するし、長年の客をしくじることもあって、店は息子に任せるようになった。泰良が織部に打込んで、深めの茶碗の窯一番を焼いた時である。グリーンの色層が幾重にも変化した冴えた佳品で、炎と釉薬の魔術が生んだとしか言えないものであった。彼自身も再びこの色が焼けるかどうかわからなかったので、これだけは手放すまいと決めて、一度だけ美術館へ出品して、蔵っておいた。

ある日淡古堂がきて、ぜひ譲ってほしいと言った。断わると、夢にみて仕方がないから三、四日貸してほしい、堪能するまで眺めたら返しますと哀願した。いつもと違って思い詰めた風情が心を搏ったので、泰良は期限付で貸してやった。淡古堂はそれっきり現われない。催促しても返事がないので、息子の方へ言ってやった。律義な息子は父親をつれて詫びにやってきたが、淡古堂はひどく憔悴している。これまでやきものをずいぶん手がけたが、織部の茶碗ほど日がな一日眺めていて飽きない茶碗はない。朝と昼で織部は違った色に映え、日によって形がやわらいで語りかけてくる。自分にとっての伴侶に思える。妻はとうにないし、店も息子に譲ってひとりだが、これさえあればさびしくもない。なんとか譲ってもらえまいか。それについて息子に今後一切面倒はかけない約束で、金を出させることにした、と言うのだった。淡古堂の執念に嘘はないとわかると、泰良の負けであった。

淡古堂が織部の茶碗を手に入れたとなると泰良のところへ苦情が殺到して、その分だけ淡古堂は仲間の反感を買った。彼から取上げようと値を釣上げてもききめがなくて、片時も離さない。息子の許を出てのひとり暮しで、商売もしているが捗々しくない。そのうち茶碗を手放すだろうと待っている仲間の間で、織部の相場は上る一方だった。生活の思わしくない淡古堂にとって唯一の宝はますます大事なものになった。少しでも茶碗から離れると誰かが持去るような不安さえきざしてくる。茶碗を失うことは、一切を失うことで、日常は一個の茶碗で支えられた。彼は用足しにも厚いズックの袋に茶碗を入れてぶら下げて行った。そのうち御飯を食べるのも、酒を飲むのも織部の茶器で、青い色は濡れたように艶を増した。あいつは死ぬ時織部を割るんじゃないか、いや抱いて死ぬだろう、と冗談にしろ泰良の前で噂しあう男たちもいた。隆吉も美術展でその品を見て以来、手に入れたいと望んだひとりであった。

その後、変り者の淡古堂がどうしたか隆吉は聞かなかったし、織部の茶碗のことも耳にしなかった。

泰良は言い渋った。

「淡古堂は死んだんだがね。一年ほど前のことになる」

淡古堂は息子に譲った店からあまり遠くない町外れに小さな家を借りていたが、ある風の立つ晩に裏の家から火が出て、瞬く間に火が廻って家もろとも焼死したのだった。深酒をして体も大分利かなくなっていたから、逃げおくれたのだろうと言われた。彼は到頭誰にも秘蔵の織部をやらずに、あの世まで持っていってしまった。

「焼死するとはね。偏屈な淡古堂らしい執念の末期だなあ」

隆吉はうそ寒い風に頰を撫でられた気がした。いつか妻も死に、娘もいなくなった老後に、蒐集した壺や茶碗を並べて、悦に入っている自分の影法師をみる心地がした。そこには作者の泰良もなく、やきものだけが生身のように存在するだろうと思った。陶芸家の顔がいつもより影薄く感じられると、物に執着する者のあくなき欲に不安をおぼえた。そばで泰良はなにかしきりに喋りながら、淡古堂の霊のためにか猪口をちょっと上げてから飲んでいた。

病院の門限がきても泰良は腰を上げなかった。料理がすんで、食後の果物のあと須恵子が席を立って、しばらくして戻ってくると、泰良は窓によりかかり、隆吉は卓に肘をついて、新たなやきものの話をしていた。須恵子にはふたりは老いても気の合う双子にみえた。泰良はまだ今夜のたのしい時を惜しんでいた。そのうち頼んだ車がくると、彼は隆吉と須恵子にありがとうと言った。御馳走したのは先生ですわよ、と須恵子は笑った。今夜親子はここへ泊ることになっていた。隆吉は病院まで送ると言った。送り届けてすぐ戻るにしろ、病室も見ておきたかったし、その時間だけ一緒にいられることになった。泰良は片道一時間だがよいかと聞きながら、よろこんでいた。二人は夜の歓楽街へでもゆくようにいそいそと車に乗った。須恵子は宿の玄関で見送った。

猿投山は名古屋の東方にあって、三河と尾張の境に当っている。美濃から瀬戸を通ってこの山へ入ってくると、ドライブに快適な道であたりの青葉も美しい。室町時代の古窯のあとを運転手が車をとめて見せてくれた。隆吉はこれほど良い山と思わなかったので、娘に引っぱられてきたのも悪くはなかったと思った。尋ねる陶芸家の工房は麓の猿投神社の上の、少し入った傾斜地にあった。こうした不便な場所へも仕事でくる娘に隆吉はおどろく気持であった。

窯場の低い門は手作りで、ぎいっと片側へ押し開くようになっている。門の中は広くて右手に細長い建物があって、手前は工房、奥は住居とみえる。反対側は傾斜を利用した登窯で、そばに燃料の薪の小屋がある。中庭の奥に花が植えてあった。隆吉はあたりを見廻した。敷地の中はがらんとして、建物も粗末で、燃料もたんとはない。陶芸家の大部分がガス窯や電気窯になった時代に、若くて登窯に固執する人間は珍しいと思った。須恵子の呼びかける声があたりにそぐわないほど明るかった。間をおいて工房から男が現れた。年とったのか若いのかわからない色の浅黒い、表情のむずかしい、黒いシャツを着た中背の男であった。須恵子の挨拶にこたえながら、気をゆるさずに隆吉を見た。それが高能次郎であった。会釈を交すと、仕方なさそうに住居のほうへ二人を案内した。工房をちらとみると轆轤をまわしていたらしく、隆吉はしまったと思った。ろくろの土は一気にまわさないと乾いてしまうに違いない。土間から座敷へ二人は招じられた。棚に瓶が一個置いてあるのを隆吉は見た。奥に人の気配がした。

「家内は具合が悪いので、失礼します」

高能はお茶も出さないぞという顔であった。須恵子は馴れているのか平気で、遊びに行っているらしい健という子供の名を口にしながら、鞄の中から土産物を幾つも出した。改たまったものではなく、紙に包んだキャンデーやビスケットや、つくだ煮の折、サンキスト・オレンジの袋などであった。隆吉は他家への訪問に礼を欠くのではないかと気にしながら、彼女らしいやり口だと思った。彼からの届け物は須恵子にせびられて用意したウイスキーの箱入りだった。

「先生、この前のお茶碗の残金を持ってきましたわ」

須恵子が金包みをごそごそ出すのをみて、隆吉は首をちぢめた。青磁茶碗の代金の残りを親の前で払うと思っていなかった。

「お前、まだお払いしなかったのか」

「そう、今日で完納です。ゆっくりお払いするのもあとをつなぐ役に立ちます」

隆吉は仕方なしに高能を見て会釈した。高能は親子のやりとりを聞きながら、いくらか表情をやわらげて、東京から来たのかと訊ねた。隆吉は昨日美濃へ寄った帰りだと告げた。

「柳瀬さんは美術を商う方ですか」

「いえ違います。私は一生サラリーマンでして、それもお役ごめんになりましてね。影山泰良さんとは懇意なので顔を出したのです」

「影山さんの志野、織部はさすがですが、近頃志野は焼けすぎて、しまりすぎている」

隆吉はよく見ているなと思い、正直にものをいう男だとも思った。

「昨日は鉄釉のかかった新しいものを見せてもらいました。陶芸家も終りに向って華やぐ人と、渋くなる人とありますな」

「影山さんは渋くなる人です。力量があってぞんぶんに仕事をしたあとは、自分のなかに籠ってゆくのが本当です」

高能の物言いは素気ないが、おざなりを言うのではない。隆吉はやきもの好きの常で早く青磁を見たかったたし、娘の鑑賞眼を確かめてやりたい気持もあった。

「高能さんはどなたについて勉強されたのです」

「誰と言っていませんね。陶磁研究所で修業しただけです。強いて言えば祖父が陶工でした。やきものしか生活の手段もなかった」

「榊達介氏の話だと、十年前に賞をとられたそうで」

「賞は、見てくれの良いものがとると決っています」

高能はとりつくしまのない言い方をした。隆吉が意外に思ったのは須恵子がそういう男を何の抵抗感もなく受けいれていることであった。反俗的な男がこの年頃の娘にはよく見えるのかと隆吉は考えた。どちらかと言えば男親の彼が育ててきたから、彼女は物怖じしない上に女の情緒にも乏しいようだが感受性はある。陶器は親譲りで子供の時から好きだが、親子してある時古美術店の薄暗い二階で天平時代の仏像を見ていると、セーラー服の須恵子は彼の腕を掴んで泣き出した。おどろいて外へ出てわけを聞いても言わない。仏像は死後を暗示するもので、父親を連れ去られる気がしたとあとで母親に言ったのであった。古美術商で隆吉は硯の水滴を買い求めて、日常使った。マッチ箱ほどの小さい陶器で、端しに水の出る穴があいている。須恵子はそれが気に入って、父が墨を磨るとき水を差す役目をした。

彼女がはじめて自分の小遣で買物をしたのは高校一年の時で、学校帰りに通る横浜の小さな古道具屋のウインドーで見た赤絵の小皿だった。中国風のもので、枠の中に花模様が描いてあってなんともいえず愛らしい皿を毎日たのしみに見て通ったが、日曜日がきて、ふと明日はもう無いのではないかと思った。明日も有ったらどんなによいだろうとねがいながら、赤絵のことばかり考えた。翌日の帰りに行ってみると赤絵はウインドーにない。思わず店の中へ足を入れると、奥の棚に飾ってあった。彼女は主人に値段をたずねて、思った十倍も高いのに、やはりそれが欲しかった。

「お嬢さんがお買いになるんですか」

主人は念を押したが、悪い気はしないとみえて、損をしないだけにしてあげますよと負けてくれた。須恵子は翌日貯金を全部下して赤絵の皿を手に入れると、夢心地で帰ってきた。机の上に置いて、明けても暮れても眺めていた。隆吉が妻に言われて娘の買った赤絵を持ってこさせたのはそのあとである。赤絵は民用の雑器だが中国のもので、皿裏に銘はないものの清代あたりのものではないかと隆吉は思った。値段を聞くと安い。これは掘出し物だと言う代りに、

「お前は度胸がいいなあ」

と言った。娘が目利きになれるというのではなく、好きな物を求めて手に入れるのにあやまりのないのが頼もしかった。妻は吐息をついて、あなたの子供ですわねと言った。そのあと見ていると須恵

子は赤絵を大切にして、誰にもさわらせないように人形ケースへ飾った。隆吉が皿を使わないのかとうながしても、毀すともったいないからと言う。

「お父さんの買ったものは使うくせに、けちだな。貸してごらん」

「あれは万暦赤絵かもしれないから」

「万暦なら裏に銘がしてあるのさ」

隆吉は娘も結構買物をしたつもりなのかと可愛いかった。それから図鑑をひらいて教えてやった。自分の身についたことをそうやって少しずつ娘に注ぎこんでゆくのがたのしかった。高能次郎の青磁についても、隆吉には確かめる責任があったのである。

「娘が青磁の茶碗と月白のぐい飲みを頂きましたが、私は月白というのは初めてでした」

彼が高能のやきものの核心へ触れてゆくと、高能は卒直に答えた。

「月白は中国ではブルーの出ない焼き損いを言うらしいですね」

「あの美しい月白がですか」

「ぐい飲みの月白は僕の月白です。貫入のないのはそういう工夫をしたからです」

棚におかれた青磁の花瓶を隆吉は見せてほしいと頼んだ。首が細長くて下がふっくり丸い砧で、翠青色の冴えた色と形の流麗な姿に、こまかい茶がかった貫入が模様にみえた。一枚の厚硝子へハンマーを振下して粉々に砕いたひびのような貫入である。これに似た物を隆吉は中国の陶器で見た記憶があった。

「こうして拝見すると、碧玉の美しさを土のやきもので表現した中国に、並々ならぬものを感じますね」

「ことに青磁に貫入を入れた美意識におどろきます。三千年も前にすでに高い火度でやきものを焼いている国ですから」

「中国の青磁は完成されたものですが、やはり意識されますか」

「僕は北宋の汝官窯の青磁に近づけたつもりです」

高能はおそろしいようなことを淡々と言った。彼は日本の陶磁器を目標においていない。いつかは汝官窯の青磁を越えるつもりであった。この世に類ない美しいものは青磁である。その美を掌握して、更に深めなければならない。そのために社会から隔絶した生活を選んだ。仕事に没入するには都合がよかったし、猿投山は陶土も豊富で、土と向きあって見分けることもできた。土を把握することが彼の課題で、今日までやってきた。土と炎の基本を掴めば、どの国の青磁であろうと近づくことは可能なはずであった。

その青磁の砧が隆吉はもう欲しくてたまらなかった。茶碗と比べて花瓶には形の上の風格があって、凛としている。娘のために吟味するどころか、自分の掌中に納めてしまわずにいられなかった。娘がボーナスや借金で買いたいと胸算段する気持はよくわかったが、娘に取られるのも厭になっていた。

良いでしょう？　と言うように須恵子は彼を見ていた。来るまでは心配なところもあったが、父も気に入って青磁に取憑かれたらしいのを、満更でなく感じた。

「この花生《いけ》、やっぱり良いですわ。先生、私にいただけませんか。東京にいる間もずっとこの青磁のことを思いうかべていましたの」

「これは、具合が悪いな」

と陶芸家は渋った。

「なぜですか。この前もお茶碗にしようか、花生にしようかと迷ったのです。砧は大物ですから決心がいりますわ」

彼女には彼女なりの精一杯の工面というものがあった。

「父もそのために来たようなものですわ。親子で気にいったのですから、先生も本望でしょう」

高能はそれはちょっと困るな、と言ったきりである。そうなると彼女はいよいよ欲しくなって、よほど値の高いものだろうかと動悸しながら陶芸家をみつめた。高能は手放す気配をみせずに、立っていって奥から別の茶碗と小さな香合を持ってきた。蓋の形のよい香合だが、やはり堂々とした花瓶に及ぶものではなかった。須恵子がぜひにと言うのを、隆吉も同意の気持で見守っていた。影山泰良の志野、織部を完成されたものとするなら、青磁には新しいきらめきがあった。高能は須恵子から隆吉へ眼を向けた。

「それは造形にちょっと問題があるのです。左右がシンメトリーにいってないかもしれない、ということです。もちろん僕のミスなんですが」

彼にとってこの砧の轆轤の日は土が馴染んでひじょうによかった。土との対話がはじまって、おもしろいほど自由に手のうちから形が生れて、彼は一日轆轤の前にいた。土には頃合があって、翌日にまわすわけにいかない流れというものがある。過労が続いたせいか夕方すぎから眼が霞んできたが、夜になってこの砧にかかるうち眼が見えなくなってきた。眼を凝らすとぼおっと形は浮んでくるが、それさえあやしくなっていった。終いはほとんど触覚だけになった。底の高台を切るのもめくらがやるのと一つであった。どんな陶工もそうだと思うが、本能的にろくろの手は動いていく。しかし仕上ったものが完全といえるかどうか。高能は毎日棚の上においても確かめているが、左右に狂いがないか見極めなければ売物にはならない。

隆吉と須恵子は砧の形を見直していた。左右がそれぞれに生きて、二つの頬が揃わなかったら化けものなのだ。そういう花瓶をオブジェなどと言ってごまかす人間もいるかもしれないが、この作家は潔癖だと隆吉は思った。須恵子が、先生間違いなく揃ってますと言った。しかし得られそうもなかった。

奥から高能の妻の種子が茶器を運んできた。床についていたのを起きてきたとみえる。おだやかななかに芯のある女性にみえ、笑顔がうつくしくて良人の無愛想を補っていたが、顔色は冴えなかった。週があけると彼女は病院へ精密検査をうけにゆくのだと須恵子に告げた。

「ずっと微熱がありますの。長年の無理が祟ったのでしょうか」

「どうぞお休みになって下さいな」

「私が休むと、主人も子供も御飯がたべられませんの」

種子は仕事中の高能をお見せしたいものだと話した。黙っていれば一日御飯をたべるのも忘れて轆轤を挽いているとわらうのだった。

「今日はそのろくろの日ではなかったですか」

隆吉は気にして訊ねた。

「試験窯ですから、まあいいです。家内がこの調子だと本窯の時手が足りなくてどうしようかと思いますね」

高能は隆吉親子に気をゆるしはじめて、困った顔を見せた。

「今日まで家内を使いすぎましたよ。ここへ来た当時はリヤカーを引いて土を採りにも行けば、米も買いにゆく生活でした。ある時子供をリヤカーに乗せて猿投のずっと下まで土を分けてもらいに行って、帰りは夕暮でしたが男の子はリヤカーの上で歌をうたっていました。そのうち寒かったのか土にかぶせた筵の下へ子供は入っていって、静かになった。しばらくしてリヤカーを押していた家内と顔を見合したとたん、家内が叫び声をあげた。子供が死んだと思ったのですね。筵をはがすと子供は眠っていました。陶土に突っ伏して、こもを被っている。これがわが子か、と哀れでしたね」

夫婦の心の傷みは今も続いているようにみえ、隆吉は胸を搏たれた。

「子供はどうやっても育ちますよ。私も戦争中は防空壕へこの娘を寝かしたものです。おしめを当てたのも家内より多かったでしょう。家内は産後が悪かったもので」

「おしめを当てないで、一気に年頃の娘になりやしないわ」

須恵子はぷりぷりしていた。高能はこの日初めて声にして笑った。間もなく種子は下っていった。

隆吉はこの作家に親しみをおぼえた。

「この次、窯を焼くのはいつですかな」

「来月の中頃を予定しています。今度は貫入の鉢と、米色の砧を試みるつもりです」

「米色というのを私は知らない。ぜひみせていただきたい」

「同じものが、窯の炎の当り具合で青くも米色にもなるわけです。いわゆる窯変《ようへん》です。米色は青磁の出来損いの一種と言われていますが、ぼくは新しい米色にするつもりです」

それは見ものだ、と隆吉は乗り出す気持だが、同じように眼を輝かしている娘をみて、あまりに密着した同類に溜息が出た。

「榊達介氏も米色青磁に関心を持っていますよ。娘が茶碗と月白をお目にかけたのです」

そうですか、とも言わずに高能は隆吉の顔から須恵子へ眼を移した。隆吉はなにかしら強く彼を自分へ引寄せたくなっていた。娘の分も合せてであり、青磁も好きだが、山に埋もれた若い陶芸家を引立てたく思った。それは影山泰良に熱中した昔を思い出させる感情であった。

「一度上京しませんか。榊さんも鎌倉住いで私どもとも遠くありません」

「榊さんは陶器に見識のある、人間的にも立派な人らしい。しかし猿投山で一人でやっているのもいいものです」

隆吉は二の句が継げなかった。美術界にさまざまの派閥やグループがあることを知った上で、榊に紹介しようと考えたのだった。

「やはり独立独歩でゆきますか」

「陶芸界にこんなのがいても良いでしょう。いずれ東京で個展をします」

「娘の話だと隠れた支持者がいるそうですね。原稿を無理にお願いしたのも編纂者《へんさんしゃ》の希望だと聞いていますよ」

「そうです。僕の青磁を見た者は虜になるんです。猿投山の奥でひとりで焼いている老人がいましたが、どこへ出すのか僕は知らない。彼にも僕にも土を売る地主があるとき言っていたが、あの爺いさんのやきものは時々二百年前の古陶器に化けて、展示会に出るというのです。僕の青磁も汝官窯のにせものにならないとも限らない」

本気か冗談かわからずに隆吉は聞いていた。あまりに本気なので冗談にとれるのかとも思ったが、嫌みには聴えなかった。

「先生、米色青磁の砧は私に分けて下さいね。今日の埋合せをしていただきます」

と須恵子は熱心になっていた。米色青磁は君には地味すぎる、あれはキャッツアイの輝きなのだ。宝石ならダイヤモンドかエメラルドがいい。今度の大鉢には翠青へひじょうに肌理《きめ》のこまやかな貫入を出してみたいと思う、と高能は抱負を語った。この家ではどうも娘のほうが分がある、と隆吉は思わずにいられなかった。米色も翠青も陶芸家の思い通りになるかどうか、隆吉は賭ける気持であった。

そろそろ腰を上げなければならない時間がきていたので、彼は娘をうながした。須恵子は立ち際に窯出しの日を知らせてほしいと頼んだ。部屋を出ると、門のあたりに子供が二、三人いて、門にぶら下りながらぎいぎい動かしている。高能の一人息子の健もいて、須恵子を見ると走ってきた。

「どこで遊んでいたの、健ちゃん」

「猿投神社だよ。またスパゲッティを食べに行こうよ」

「今日はどうかしら」

須恵子は高能を見た。子供は小学一、二年にみえる。隆吉は高能の案内で登窯を見た。この土くれは一旦火を入れると、激しく炎を噴いて、土器を変貌させる力を持っていた。隆吉はゆくりなく泰良が若い日にひとりで窯を焚き上げた話をおもい出した。このさびしい部落の工房から秘庫の玉のような青磁が生れることに、彼はいつも味わうやきものの神秘を感じていた。

健が父のところへスパゲッティをねだりにきた。高能は客人をタクシーの通る道路まで自分の車で送ることにして、子供をよろこばした。途中のドライブインでものを食べるのが子供のたのしみになっていた。ついでに高能は妻の用事を書きとめてマーケットへ寄るのだった。猿投山をあとにして、車は山裾の畑地や果樹園をまわっていった。広い平野に遅い午後の陽がにぶく光っている。子供と須恵子は前にもこんなことがあったのか、仲が良かった。隆吉は娘の別の顔を見た気がした。広い道路へ出ると気の利いたドライブインやモーテルが目につき、高能はとある一つを選んで車を停めた。奥まった店の眺めのよい二階の卓へ掛けて、子供を中心に四人は軽い食事をすることにした。人間は子供といる時弱点をみせるのか、陶芸家からはきびしさも素気なさも消えて、ぎごちないやさしさが漂っている。子供がスパゲッティをたべるのを眺めながら、高能も二組の親子を珍しがっていた。

「あなた方は似てられる。眼の動きも、はっきり物をみる気質もそっくりで、まぎれもない親子ですね。生き方も同じかもしれないな。僕は時々祖父が陶工だからって自分までなることはなかったと思いますね。絵描きでも、音楽家になっていてもよかったが、ただ金がなかったからこうなってしまった」

「私は高能さんを選ばれた陶芸家と思うな。子供さんもきっとそうなりますよ」

隆吉が言うと、須恵子は父に健の話をした。

「健ちゃんはいたずらなのよ。この間お友達に石鹸を薄く三角に切ったのをみせて、これなんだって聞いたら、チーズだよっていきなりお友達が食べたのね。味がへんなのでその子、急いで水を飲んだら、泡を吹いたんですって」

隆吉はつい笑い出し、須恵子も声を立てて笑った。高能は日常にわらいの足りない顔をゆるめて、苦しそうに笑った。男の子だけが大きなコップに顔を隠して水を飲んでいた。やがて隆吉と須恵子はドライブインからタクシーを呼んでもらって高能と別れた。男の子の小さい顔が須恵子の脳裏に一とき残った。母親の病んでいる哀れさのせいかもしれない。車は名古屋駅へ向けて走っていた。

「お父さんに言っておきますけど、私が一番つばつけたのよ」

「なんのことだい」

隆吉は知らばくれていた。高能の青磁は彼女に一番の権利があるのだった。彼女は先見の誇りを父にゆずるわけにゆかなかった。たとえ何十万円であれ、砧か大皿か一番よいものを真先に選ぶつもりであった。隆吉はいささか癪で、出しぬくことは出来まいかと考えた。父と娘の仲であろうと良いものを手に入れる執念は別であった。隆吉と須恵子は闘志と、いくらかの気まずさを隠さずに、車の前方を向きながら揺られていた。

須恵子と小堀一男の間に交際がはじまっているのを隆吉は初め知らなかった。須恵子の口から彼が美術書のことで出版社へたずねてきて、お茶や食事に誘われると聞いて、なぜとなく聞き捨てならないものを感じた。若い男は食事にどんな場所へゆくのかとたずねると、ありふれたレストランか中華料理なので、くだらないなと隆吉は貶《けな》した。どうせ食事をするなら雰囲気のある店か、安くて美味い穴場でなければ気が利いていると言えない。その程度の男か、と悪口をいうと、須恵子は鼻白んで、奢ってくれる人の自由ですもの、どこだって良いでしょうと言った。小堀は榊の弟子だけにやきもの好きな須恵子に興味を抱いたのだろうが、今度はなにかある、という予感が彼をおびやかした。娘の縁談に彼はまったく背を向けていて、知人に頼んだこともなかった。彼にはこのままがよかった。二十五年間そうだったから、あと五年くらいはこのままで居たかった。

須恵子が大学四年のころ同級生の青年Aを隆吉に紹介したことがあった。二人は愛しはじめているのを彼は一目で見抜いた。どこといって見どころもない青年で、話をしてもおもしろくないし、これからの生活にはっきりした目的も持合せていなかった。ただ感じのいい顔と、お洒落なセンスはあった。隆吉は娘が恰好よく恋をしようとしているのを感じて、内心がっかりした。須恵子は青年に送られて帰ってくる時など夢心地で、父にどう見られているか気にもしなかった。

隆吉は一度青年の暮しぶりを見てみたいと思ったが、ある日曜日の午後、娘とデパートで工芸展を見た帰り、これから青年のアパートへ笹寿司を届けようと言い出した。須恵子は急にたずねては悪いと反対したが、父の関心の深さを利用しなければとも思った。彼女も男のアパートは初めてで、ようやく尋ねあてた中野の木造アパートの扉を叩いた。西陽の当る部屋で青年は隣室の男と将棋を差していたが、須恵子とその父親を見るとあわてて部屋を片付けて、二人を招じた。狭い部屋にこもる煙草のけむり、男臭い匂い、思いがけないほど殺風景な部屋の貧しい本棚など、須恵子は男の世界に初めて触れた。煙草の吸殻はラーメンのどんぶりに突こんであった。寿司を食べることになると、青年は湯を沸してきて食卓へ湯のみと皿をおいた。外食している彼のところには皿らしい皿はなく、欠けた梅の柄の小皿やコーヒーの受皿などであった。醤油注ぎは手垢で黒くなっていたが、彼はそのまま注いだ。須恵子は手を出しそびれて、座ったままでいた。笹寿司は一つ一つ笹をほどいてたべるのだった。ぎごちない雰囲気で、三人は黙々と箸を動かした。隆吉が思い出したように日常のことなどを青年に訊ねた。夕暮で窓の外を自転車の急わしく通る気配がして、弾まない雰囲気をどうしようもなかった。青年には話題を引出す才覚もなかったし、娘の父親に闖入してこられた狼狽を拭えなかった。食べ終った笹を隆吉は器用に一つに結んでおき、須恵子はきれいに始末した。彼だけはばらばらに散らばしてあった。彼女は父の前だけはうまく片付けてくれたらと気を揉んだ。お茶は彼女が心をこめて淹れた。

「おいしいお茶だね」

隆吉は自分の家の味にかえったように、ほっとしていた。青年には自分のところのお茶がおいしいわけが解らなかったに違いない。間もなく隆吉はこの部屋を辞した。青年に駅まで送られて、須恵子も父と一緒に戻った。彼女は不機嫌に沈んでいて途中父と口を利かなかった。

「急にたずねて、悪かったかね」

「そうね、でも仕方がないわ。お父さんの思った通りだったのでしょう」

彼女は今日の突然の訪問を父の悪意としか考えられなかった。計画的にそうしたのだと思うと自分の迂闊さまでたまらなかった。彼に取繕うひまも与えなかったのだ。それにしても外見の彼からは想像も出来ないがさつな生活であった。彼のお洒落や軽いおしゃべりは封じられて、似てもつかない貧困な若者に変えられていた。なにもかも父のせいだ、と苛立つ気持だった。そのために一度に彼を嫌いになったというのではない。むしろ嫌いになったのは父の方で、冷たい仕打を怨み、当分父を疎んじた。しかしAとはなんとなくしっくりゆかなくなって、自然に離れていった。

隆吉の知る限り二人は大学を卒業すると、会うこともなくなったのである。彼は娘が高校生のとき大枚を投じて赤絵の皿を買った気持を、大事にしてくれる相手でなければならない思いがあった。だが現実に小堀が現れると、それはまたちっともおもしろくなかった。

週に二日顧問として会社へ出て、社史の編纂の仕事をみている彼のところへ、ある日の午後小堀一男が尋ねてきた。この近くまできたからという挨拶であった。隆吉は仕事を早く切上げて外へ出た。息子を持たない彼は若い者とこんなように街へ出てゆくことは絶えてなかった。まだ食事には早かったので銀座へ出て、舗道の見える店でビールを飲んだ。彼があれから美濃と猿投へ行った話をすると、小堀はそれを知っていて須恵子に聞いたという。

「猿投山はあまり高くはないが、木々の間に長石などが見えたりして懐かしい山ですよ。古窯のあとに陶片がたくさん落ちていましてね。娘があんな山近くまで仕事でゆくのかとちょっと驚きました」

「僕も古窯は見たいと思っているのです。青磁の花瓶は手に入れ損ねたそうですね」

「若い娘がやきものにうつつを抜かすのは、さまになりませんな」

「柳瀬さんの口からそんなことをお聞きするのは意外ですね。榊先生などはあんなに親の血を引いたお嬢さんはいない、とおっしゃって、高能青磁を手に入れた見識を買ってられますよ」

隆吉は悪い気はしなかったが、青磁に関しては娘に一目おかなければならないのを快く思っていなかった。出来ることなら娘を出しぬいても青磁の逸品を手にしたかった。影山泰良に熱中した昔の情熱が蘇った。

「須恵子さんは高能次郎氏の作品を美術雑誌へ紹介したいと、榊先生に頼んでられますよ。たいへんな熱心さです」

隆吉はなるほど自分の若い時にそっくりだと思った。小堀は今度須恵子が猿投へゆく時同行したいと望んでいて、隆吉の許しが得られるかどうかと顔を見た。青磁の作者に小堀はそれなりの興味を持っているだろうが、また須恵子にも関心を抱いているのはあきらかであった。年頃の娘に言い寄る男がいないのもさみしいが、心をよせる若者を眼のあたりにするのも落着かないものだった。小堀はまた高能次郎はどんな感じの男かなどと、やきものと関わりのないことまで訊ねた。

「彼はとても良い男ですよ。渋くて面魂があって、純粋でねえ」

陶芸家を褒めそやして隆吉は小堀の反応を見ていた。娘が異性にくだらなく興味を持つようなら、初めの大学生のように踏みこんで眼を覚してやるつもりだった。隆吉の眼からすれば小堀は若くて、これといった特長もなく、陶芸家の前では昼の月のようなものであった。と言って陶芸家は一人前の人格として娘の歯の立つ相手ではなかった。結局娘にふさわしい相手など有り得ないと考えて、ほっとするのだった。

ビールを切上げた隆吉は小堀をうながして外へ出た。食事に天ぷらでも食べる前に、日本橋の古美術店へ修理に出してある硯を取りによりたいと思った。この古美術店には見事な立型の看板が軒から突き出ていて、鋼板で流山堂と記してある。さる書家の揮毫だという。この看板を十年ほど前のある夜半、酔った陶芸家が二人してどうやって外したのかわからないが盗み出した。この店の主人の顔が気に入らないからで、それからせっせと運んで行って、二停留所先の茅場町まで持っていって、ことあろうに産婦人科医院の前へ立てかけてきたという。隆吉が低い声でその話をすると、小堀は往来で笑い声を発した。二人の前に問題の看板が見えてくると、隆吉はあれです、流山堂《りゅうざん》、と指差して、一週間で戻ったそうですよと囁いた。小堀は店へ入っても笑いが止らずに、もしかして柳瀬隆吉の作り話ではないかと思った。

修理を頼んだ硯は出来ていて、番頭が奥へ取りにいっている間、二人は店内のケースを見てまわった。どうせ良いものは店の奥深くに蔵っておいて、上客の顔を見なければ出してこない。硯の欠けたところは上手に直っていて、代金は取らない。隆吉は紙に包んでもらって外へ出た。

「いまの番頭は幾歳だと思う?」

隆吉は娘をからかう時と同じ調子で声をかけた。

「さあ、六十くらいでしたか」

「あれで七十七歳の喜寿ですよ。あの店では一番古くて高給取りで、立派な家があるそうだ。主人に言わすと古美術のなに一つ解らないお人好しで、ただ最敬礼してドアを明けたり閉めたりして六十年奉公したという。ああいう古手が居るのも店の格には役立つんだろうな」

「老舗には化物がいますね」

「流山堂で気に入ったのがありましたか」

「ろくなのが出ていませんね。強いて言えば白磁の中皿がよかった。ちょっと傷がありましたが」

小堀の言葉を聞きながら、隆吉はよく見ていると思った。今日覗いたケースの中でましなのはそれだけであった。この青年は思ったより確かだと感じると、親しい気分になって、天ぷら屋へ出かけた。小堀は食べものには無頓着で、ころもの中身がなんであっても美味ければよいといった食べぶりである。酒も結構飲んだ。

近いうち隆吉の影山泰良コレクションを見せてほしいと彼は頼み、自分も陶器は好きだが須恵子の青磁熱にはかなわない、どんな教育をしてきたか教えて下さいよと言った。娘に少しばかりやきものが解っても、それに凝るのは不安でね、と隆吉は答えた。陶器に魅入られる、これは魔物にかかると同じことで、自分で解っているから、この頃娘が似てくると厭な気がしてならない、とも話した。酒がまわって舌のすべりがよくなっていた。しかし御自分で仕込んだのだから御自分の責任でしょう、と小堀は言い、それはそうだ、娘はあれで感覚は鋭いからな、と隆吉は答えた。酔ってきて、なにを言っているのかあやしくなった。天ぷら屋を出て、次のバーへ行ってまた飲んだ。息子くらいの年の男と心おきなく飲むのは存外たのしかった。時間がきて立上ると、小堀は新橋駅まで送ってきた。

「柳瀬さん、硯を落しちゃいけませんよ」

隆吉は硯を抱えて頷いた。たとえ崖から滑りおちても硯だけは無疵だろうと思った。大事な物を持つ感覚にはふるえるような緊張があって、酔っても狂うことはなかった。

小堀が鎌倉へ尋ねてくることになった休日、隆吉は泰良の作品を入れた木箱を揃えながら、病院へ彼を送った夜のことを思い出して心が曇った。車の中で泰良は一とき他愛なく眠りこんだが、眼がさめると、病院へ戻る前にもう一軒飲もうと言い出した。隆吉は時間もおそいので宥めて病院へ送り届けた。夜の病院はうそ寒いところである。泰良を個室のベッドへ入れて、しばらく居た。看護婦が具合をみにきて、少しして隆吉が立上ると、この次はいつ会えるかな、と泰良は日頃の気性に似ない声で訊ねた。

「泰良さん、東京へ出てきなさいよ。それとも窯を焚くなら、窯出しに来ましょう」

「この前はいけなかった。窯詰めはよかったが、火を焚いているうちに、新しいやり方に気がついた。土に無理があったね」

「少し焼きが堅いかな。この次はきっといいですよ」

車を待たしてあるので隆吉はいつまでも話していたいさびしげな泰良を残して、病室を出た。次の窯出しにはぜひ元気づけに来ようと決めた。大家になった泰良のやきものは、今の隆吉には手が出なかったが、よほどよければ昔のものを処分して買い替えるしかない。隆吉は日に日に泰良の昔のものを愛惜する気持が強かった。いかなる大家も過去の業績によって大家であることに変りはない。泰良の今日までの作品は、隆吉の傾倒の現れであった。

隆吉は小堀のくるのを待ちながら娘を注意してみていたが、須恵子はいつもと変らずに庭を掃いたり格子門を拭いたりして働いていた。庭へ顔を出した隆吉が、この家も大分参ったな、と言うと、そうね、と答えた。泰良のコレクションの半分を手放せば家は建つが、彼はまだその気にならないし、須恵子も小堀さんに恥かしいわともこぼさない。彼が来ていそいそするようなら隆吉は二つか三つしか木箱を明けてやらないつもりだった。

小堀は午後から尋ねてきた。須恵子はバス停まで迎えにゆきたかったが、父の顔色を見てやめた。

小堀が父に近づこうとして、父のよろこぶものを見にくるのを、自分への好意と受けとめていた。父はなんと思うだろうか。父の気に入らない男に近づくことを彼女はおそれていた。学生のころ自分で選んだ青年とつきあって、手痛い傷を負ったことを忘れなかった。父を無視してなに一つ出来ないのを不甲斐ないと思ったが、父を忘れるほど激しく自分をとらえる男に巡りあったこともないのであった。父以上の重みで彼女の心を占めるものはありえなかったから、父の理解の中でふるまおうとする癖がいつかついていた。

小堀が門を入ってきた時、彼女はこの家に彼を受けいれられるかどうかじっと見た。小堀はなんの抵抗もなくずんずん入ってきて、庭の見える部屋へ通った。古い家と、裏の崖と、庭まわりの植込みが調和していて落着きますね、と彼は隆吉へ言った。須恵子をまじえて庭の紫陽花をながめながら話していると、直子が若い客に薄茶を立ててきた。茶碗はむろん泰良のもので、志野である。小堀は直子の顔を初めて見て、娘より色白で美しいのが快かった。この家の雰囲気に茶碗はよく似合ってみえた。高価な茶碗を使っているという仰々しさはない。菓子皿の和菓子を取り分けると、それも同じやきものの染付であった。隆吉は無造作にお茶を飲んでいて、ごく自然にみえ、小堀も楽になった。榊があの家へゆくと頃合に次々と陶器が出てきて、どれも盗みたくなるほど良い。あれならやきものだって落着くさ、と言ったのを思い出した。

「君のところは学者系ですか」

と隆吉はやや立入ったことを客に訊ねた。

「うちは医療機械を扱う商売をしています。家中でお茶をたのしむ雰囲気はないのです。いそがしい父がせかせかと美術品を集めるから、ろくなものはありません」

小堀は父の持っている影山泰良の茶碗を目利きしてもらおうかと迷ったが、やめてよかったと思った。焼きが悪くてもディレッタントな隆吉は、結構ですねとしか言わないだろう。庭の隅にある楽焼の窯を見て、隆吉が焼くのかと聞いてみた。

「一時期、八百度で焼きましたよ。ちょっとした魯山人気取りかな」

「やきものは父より私の方が好きなくらい。好きこそなんとかって言うでしょう。手びねりで焼いたお茶碗をお目にかけてもいいわ」

「土は自分でこなせなかったぞ」

「父のは途中で解らなくなると美濃の泰良先生にお電話して教わるのね。それから真赤な顔をして土と格闘ね」

素人にしては本式だぞと隆吉が言うと、苦心作ばかりなのね、と須恵子も負けずに応えた。

「高能先生にうかがったお話があるの。昨年の初めの窯で火を焚いているうち、火が乱れたのですって。どうしても炎がうまく上らなくて、奥さまと懸命にやってみたけれど直らない。先生は一窯だめとわかると絶望的になりながら、一晩必死で火と格闘するうち、明方閃くものがあって、ある方法を思いついたのですって。奥さまにその方法なら一部分は助かるかもしれないが、いいかと聞くと、奥さまは同意なさった。その時は神頼み以外のなにものでもなかったのですって。その結果、新しいあの青磁が生れたそうですわ」

「その方法というのは、どんなこと?」

小堀はつい口にした。

「勿論おっしゃらないわ。簡単なことですって」

隆吉は猿投山の素朴な工房を思い出して、一層きびしさを感じた。窯から失敗した色の悪い、斑点の出た、形の歪んださまざまのやきものにまじって、完璧な一個の青磁が現れるのは奇蹟に近い。高能次郎の青磁は鋭すぎて怖いほどだ。目の前の泰良の志野はずっと情趣があって、たのしい。隆吉はもう年をとりすぎて、浅みどりや翠青にこまかい貫入の入った宝石のような青磁に従いていって、追つくことは出来まいと思った。すると娘の青磁に惹かれてゆくさまに同類の哀れみの思いをそそられた。

手許の木箱をあけて隆吉は茶碗や皿を見せたあと、黄瀬戸の水差を取り出した。陶器は現れる瞬間がとてもよかった。魚が水の上へきらっと跳ねたようであり、水中をすっとくぐってから現れるようでもある。隆吉の手を離れた陶器の形を小堀は目にしながら、隆吉と須恵子の顔が一つになって目の前にある気がした。こんなに幸せにみえる親子も、やきものも知らなかったから嫉妬をおぼえた。黄瀬戸の水差はまるい形の蓋付で、黄と白のまだらであった。

「あああ、いやんなった。こう次から次と良いものを見せられると、自分の無力を思い知らされますね。一体今日までなにをしていたのかと思ってしまう」

小堀はいわれもない焦燥をおぼえた。

「私もそうですわ。一生懸命すばらしいものを生み出そうとしている人がいるのに、ぐうたらしていることが恥かしくて」

それは違う、と隆吉は娘へ言った。

「陶器を手に入れることは、その仕事に荷担していることだ。良いものを求めるために我々も懸命なのだ。それが陶芸家を支えることになると思わないか。もっとも病膏肓に入るのも困るが」

親と子も所有に関しては別だ、とも言った。小堀はやきものに魅入られる怖さを感じながら、ここまで一念を通した隆吉なら、なにを言っても嘘はないと思った。そのあと寿司をふるまわれ、ブランデーを飲んでから、小堀は辞去した。谷戸は日暮に近かった。彼の帰るのを須恵子はバス停まで見送った。父が泰良の箱書きを幾つも開いたのは小堀を気に入った証拠と思ってほっとした。並んで歩くと小堀は興奮の名残りで多弁になりながら、隆吉のコレクションのよさを褒めた。あれで父はずるいところもあって、泰良のものでも飽きたのは処分するので、前にはずいぶん変なのがあった、と彼女はすっぱぬいた。厳選したように見えるのは本当はうそだと言う時、うれしそうに須恵子は笑った。小堀は志野もいい、青磁もいい、自分も本当に好きなものをこれから探求したい、と熱っぽく語った。それはじかになにかを囁かれたように須恵子を上気させた。

バス停まで送りにいった須恵子は、すぐ帰ってこなかった。隆吉は女が送りにゆく不見識に腹を立てていた。男も男だと思った。一人の青年としては悪い男と思わなかったが、娘と馴々しく門を出てゆく男は、彼を急に不愉快にした。妻が庭へ出ながら明るい声で彼をよぶのさえ眉を顰めて、女は鈍感だと思った。須恵子もなんの配慮もなく男についていってしまった。庭へ出ると蟻が土を盛りあげていた。彼はサンダルで踏みつけた。固い庭土に蟻が這うのを、屈みこんでしばらく見ていた。

猿投の高能次郎からの便りで、彼の妻が入院していることを須恵子は知った。近々窯を焚くが、手順をつけるのに苦慮している、と走り書きで記してあった。字は達筆で、意気込みがほとばしっていた。須恵子の見舞の手紙の返事であった。彼の妻の入院を須恵子は父に告げなかった。猿投へ行ってみようと思った時から、父の思惑を気にしたし、父がこのところ不機嫌なのを感じていたから、高能の短い便りがもたらした動機を覚られたくなかった。小堀も一度行ってみたいと話していたが、彼女は猿投へはひとりで行かなければならないと思った。高能にこれ以上雑音を入れることはできないし、自分なら病院への使い位はできるのだった。休暇の都合をつけるために居残りをして、週末の出発を決めた。新しい窯がどんな青磁を生み出すかというより先に、ともかく窯に火をつけてもらわなければならないと考えた。猿投の窯場の困難が目に見えていた。

彼女は父にさりげなく出張の話をした。月に一度は出かけることで珍しくはなかったから、私用と気付くはずはなかった。そのころ編集の一人から影山泰良氏は退院したと聞いたので、父はよろこぶとおもって伝えた。退院の許可が出たのか、勝手に病院へ戻らないのか、解らないなと隆吉は言った。試験窯が気になって泰良はおちついて病院にいられないのではないかと思った。彼の大きな手が作り出す轆轤のあの一貫した流れ、身のこなしが生むリズム感をおもい浮べた。轆轤の時ほど彼のいい顔を見たことはなかったし、泰良の茶碗にはそのゆったりした雰囲気が漂っていた。美濃や猿投へも行くのか、と隆吉は聞いたが、須恵子はいいえと答えた。自分に内緒で青磁の窯出しに行くのではないかと彼は気をまわしたが、まさかと思った。誰しも焼成した陶器が窯から現れる瞬間にめぐりあいたいが、陶芸家が呼ぶとも思えなかった。

週末を待って須恵子は猿投へ発った。高能の便りからするとそろそろ火の入るころである。仕事にかこつけて家を出たので、一晩か二晩がせいぜいで、充分手伝えるとは思えないが、やみくもに来たかったのだった。あれだけの青磁をつくる窯に火が入らないのは不都合に思えた。猿投の高能工房はいつ来ても無人に等しい気配だが、門を入りかけた須恵子は車の引返す音を聞きながら、いつもと違う空気を感じた。奥の登窯に火が入っているのだった。粗末な屋根をのせた窯場の先から煙りが出ている。これまでガス窯の燃えるのに行き合したことはあるが、登窯は初めてであった。急いで近づくとごうごう音がして、火度の高い窯の火力で窯が揺れるようにみえ、小さいのぞき窓から炎が噴き出してくる。炎の色は興奮を誘った。

窯の前にいた高能は、火の番以外は目に入らないのか、彼女が誰か考えるのも拒否するように怖い顔をしていた。

「先生、火が入りましたねッ」と須恵子は上気して早口に言った。「火ってすごいですわね。こんな強い火に焼かれないと、青磁は生まれてこないのですね」

「焼くのはこれからだ。やっと責めに入った」

「いつ火を入れました?」

「昨日の早朝だ」

高能は窯の焚き口へ目を向けた。昨日の朝というと今日は二日目で、今夜が峠になる、間にあってよかったと思った。母屋からモンペを履いた年寄の手伝いの女が出てきて会釈して、薪を窯の近くへ運びはじめた。彼がすぐ手にとれるように移動するのだった。須恵子は荷物をおいて、一緒に手伝った。他に誰もいないから高能はひとりで焚くとみえる。薪は赤松の乾燥したもので、おびただしい量である。当座の薪を運び終えると、須恵子は女のあとから裏へ行って顔を洗った。わずかな薪を手にしただけで汗ばんでいた。彼女は入院した夫人のことを訊ねてみたが、臨時に頼まれてきたのでよく解らない、と人のよさそうな小母さんは答えて、須恵子が来たのをよろこんでいた。

「助かりますよ。前にも窯焼きのうちを手伝ったことはあるけど、ここの御主人はまるきし違いますね」

初め窯のそばへは寄らなかったが、遠くで見ても窯詰めの慎重さはたいへんなもので、一つ一つに決められた場所があると思ったという。いよいよ窯を閉じてあぶりにかかった昨日の朝から一昼夜焚いてきたが、代りの者がいないのでほとんど火のそばを離れない。たいていの窯焚きは交代で、客が来れば話をするものだが、ここの主人はものも言わない。まばたきするのも惜しそうに火の色をみつめている。昨夜はそれでも母屋へ戻った気配だが、食事はその都度窯の前へ運ぶことになっている。昨日の朝の顔に比べて、今朝の顔は尖ってみえるからいよいよ今日は本焼きの最後の責めに入ったようだと語った。須恵子は影山泰良のことを思い出した。泰良の窯は特別大きいが、この窯は青磁特有の勾配をもっていて、いつも種子が助手をつとめてきた。二人の呼吸が合ったから順調に運んだのだろうが、その代りをこの小母さんとつとめられるかどうか覚束なかった。

しばらくして須恵子が窯場へゆくと、いつ学校から帰ったのか、健が父親のうしろに立っている。高能は窯の口から火の坩堝へ新しい薪を押しこんだ。薪が爆ぜてごおっと鳴った。よほど火度が上っているのか、窯中がわっ、わっと呼吸しながら例ののぞき穴から桃色の火を噴くのを、須恵子は凝視めた。火と向きあっている人間も、窯の呼吸に合わせて息をしているように見えた。薪を入れ終ると、高能は汗を拭い、健はコップの水を父へ渡した。この通りのことを見て育ったに違いない。高能が細い薪を持ってこいというとすぐ動いた。須恵子は子供の動作を見ながら、すべてが窯焼き一つにかかる陶工の生活を思った。

「柳瀬さん来たんだね」

子供は須恵子を仰いだ。

「健ちゃん学校へ行ったの？」

「行かない。門を出てもほんとはいけないんだよ。人が来たら帰すの。邪魔だから」

健は門番の役もするらしい。何かが自分を呼んでいるという急き立つ気持で来たことに、彼女は思い上りを感じた。自信をなくして、今夜どうしようかと迷った。

夕暮から日没までの時間は早い。夕闇の中で艶見《つやみ》の小さな穴から見える炎が際立ってきた。夕食を窯の前ですました高能は、君まだ良いのか、と須恵子に訊ねて、出張の通りすがりに覗いたのではないと知ると安心して立て続けに用を言付けた。いつもはそばに妻という同志がいて彼自身のリズムを保ってきたが、ひとりで火の前にいると、手足になって働く者のない不便と、緊張の持続である瞬間真空状態になりそうな危険もあったから、須恵子が来てくれて助かった。

「この窯は、煙りがあまり出ませんね」

と須恵子はさっきから空を見ていた。

「煤煙が出る窯なんか前近代的だと思うね。ぼくらの爺さんまでの窯だ。煙りに振りまわされてはろくな技術は出来ない。この窯は自己流だが、青磁に向く構造になっている」

自分で煉瓦を焼いて工夫した窯に、彼の偏執的なまでに打込んだ精神を彼女は感じた。彼はそのあとも責めを続けていたが、火度を上げすぎてもいけないのか、一瞬々々を的確にとらえようと噴く炎を凝視しつづけている。火の色で一切がわかるとみえる。

「いま何度か。千二百三十度にきたか」

須恵子は温度計がその通りなのを見た。

「すごい勘ですね」

「十度違ったら、そりゃあ陶工の感度がにぶい」

それでも失敗はある。土の本質をほんとうに掴まなかったから、あるとき火が乱れた。切羽詰った時点では逃げ場もない。そのたびに全力をあげて切りぬけた。高能は窯の中に煙りが充満して、生焼けのまま燻った花瓶や、釉薬が溶けて化けもののように垂れた壺をみて、浅い夢から飛び起きることがある。たしかに澄んだ青磁と背中合せに斑点だらけの焼け損いがいつも在った。次から次と新しい方法へ進むのに失敗はつきものだった。窯の火が乱れて一窯失敗すればどうなるのか。絶望と紙一重に閃いた方法に賭けるしかない。今夜の火は乱れないと彼は確信していた。

「窯を焚くのはきびしいんですね」

「ただ温度が上ればいいってものじゃない。炎のテクニックで焼けるのだから。あるところでは微妙にバランスを崩して焼く」

それが窯変米色ではないか、と須恵子は気付いた。夜が更けると猿投山の風は冷えてくる。健がセーターを着て出てきた。がらんとした工房が夜の闇に呑まれると、窯は別の生きものに見えて大きくふくれてくる。須恵子と健は熱気を孕む窯のそばにいた。高能は子供に寝なさいとも言わない。忘れたのかもしれないが、また寝るまで見ていろと言うつもりかもしれない。物心つかない時からリヤカーの土の上に寝た子供は土になじんで、今は火の匂いを本能的に嗅ぎわけている気がする。須恵子は一人の男の子がやきものに運命づけられるのを怖いと思った。青磁のあとに何があるのか、想像すら出来なかった。

須恵子に寄りかかっていつか子供は眠った。彼女が母屋へ抱えてゆくと、小母さんは夜食の支度を終えていた。今夜は須恵子が起きていて、明日早く交代と決めた。小母さんは夜食を手渡しながら、

「ここの先生はお酒を上らないそうだけど、夜中に退屈しないかねえ」

退屈？　まさか、と言いかけて、須恵子は苦笑した。

月のない猿投山は暗い。窯だけが暗い樹木の下で火祭のように燃えて土器を焼いている。土器にかけた釉薬は炎によって青磁に発色するのである。艶見の穴からは赤い炎しかみえないから、いつ、どの瞬間から青磁が生れるか知れない。高能は新しい薪を注意深くくべた。窯の機嫌をとっているようにみえる。その時、遠くの物音を聴いたように高能は顔をあげて、耳を澄した。海鳴りに似た音が近づいてきた。

「風だ！」

そう気付いた時、唸りをあげて突風がやってきた。高能は弾かれたように立上った。

「天気予報で何と言った？」

鋭く聞いたが、須恵子は天気予報など気にもかけていなかったのだ。すぐラジオを聴きに母屋へ走った。風は突発的なものか、台風の先ぶれか高能にも判断つかないが、窯に風は禁物だった。工房の中庭を激しい風が突きぬけて、戻ってきた須恵子の髪を乱した。小型ラジオは毀れているのか、なにも入らない。風はすぐやみそうもないとみると、高能は窯の焚き口のまわりへ風よけの薪を積みはじめた。早く！　という声で、須恵子も大きな薪束を抱えて運んだ。どこにそんな力があったのか、幾つも抱えて走った。薪は屏風のように積み上げたが、風のあおりでか穴から噴く火は火柱になって、下手な笛のように鳴ったり、轟々唸ったりした。

「なにかで囲もう、畳だ！」

高能の走るあとから須恵子も夢中で急いだ。座敷の畳をめくると、中庭の突風に逆いながら運び出して薪のまわりへ立てかけた。幾枚運んだか覚えていない。風にまじって雨がぱらついてきた。高能は畳の砦の熱気の中で、火の動揺をなだめながら、風に立ちはだかっていた。火のバランスの崩れる微妙な変化を、突発した事態の中でも忘れてはいない。火を焚く流れが音楽のリズムなら、バランスの崩れは不協和音といえる。高能は調和を破った火を失敗にしたくなかった。風が荒れても責めつづけて、この瞬間々々に窯の変化、窯変がもたらす摩訶不思議な力を、青磁に賭けていた。

「薪の太いの！」

彼の手に、須恵子は一本ずつ薪を握らせた。二人のいる狭い密室は灼けつくほどで、流れる汗に目が塞がった。火度は最高の千三百度近くきて、艶見の穴から火の矢が爆発音を立てて噴き出てくる。このまま爆発するかと、怖ろしさに震えながら、彼女は父に内緒で来たから罰が当ったと思った。高能も火の危険を感じて、薪の上へ首を出して風速を計りながら、火を消す決断にせまられていた。トタン屋根がめりめりとめくれていたが、それが突風の頂点であった。

「風、落ちてきたんじゃないかしら！」

須恵子はふいにそう感じた。耳の端を唸って通る音が落ちてきて、風は引きはじめた。山の木々を鳴らす音は残っていたが、突風は地面を素早く這いながら引上げていった。

夜半から明方まで最後の責めが続いた。突風が去ったのをよろこぶ暇もない。炎の色でコントロールしながら高能は窯を見守った。彼のまわりから畳や薪を取り除いた須恵子は、責められる窯のうしろがようやく白みはじめたのを見た。穴から見える炎は黄色っぽく変色して、アセチレンガスの熔接の火花のように白っぽく、次第に青みをおびた白色に変じてきた。生れて初めて一夜窯を焚いた須恵子は、暁の中でほとんど終りにきた銀白色の炎の色に神秘を感じた。

「窯の中に、別のものが見えてくるよ」

高能は初めてほっとして、彼女の肩に手をかけて押した。穴から見ると、朦朧とした窯の中は少しずつはっきりして、白っぽくゆらゆらとサヤの輪郭が揺れてみえた。火に灼かれて堪え通した陶器の精に、須恵子は感動した。

「かげろうみたい！　あの中が青磁ですねッ」

彼女は高能をふり仰いだ。白いサヤに青磁はつつまれている。どんな色に身を染めたかそれは知れない。汗と埃りと疲労でよごれた男の顔から、初めて人間らしい表情がうかんだ。誰のものでもない自分たちの青磁が生れたという思いが彼女をとらえた。窯の中のサヤがくっきりとかがやいてくるのは、もうすぐであった。

中二日、窯は閉じられたままだった。自然に冷めてゆく窯はなんの変哲もない土くれに戻りはじめた。工房の中は一仕事終えてやわらぎながら、窯を明ける前の期待と不安がたゆたっていた。須恵子は青磁の顔をみるまで落着かなかった。明日は窯をひらくという前の夕方、健をつれて猿投神社の近くの茶屋まで電話を借りにいって、家へ掛けた。おそくも今ごろは家に帰っているはずであった。出てきたのは母だった。

「いま何処？」

と、直子は聞いた。

「猿投の高能先生のところ。明日窯出しをするから、見せて頂こうと思うの」

帰りは明日の夕方か、明後日の朝になるから、会社へ休暇届けを出してほしいと頼んだ。

「今からすぐ帰りなさい」

直子はきっぱりと言って、須恵子をぎくりとさせた。

「今日までどこにいたの？　会社から再三電話があって、お父さんはご機嫌が悪いのよ。今からでも新幹線に間にあうでしょう」

母の口調で父の眼を剥いた顔がうかんだ。昨日か今日一旦帰ればよかったと後悔したが、この窯場を離れる気はしなかったのだった。明日の朝青磁を一個でも見てから帰るという彼女と、すぐ戻りなさいという直子とは折合がつかなかった。須恵子は社へ電話をすることにして、一方的に受話器をおいた。明日の青磁を見るためなら、社をしくじってもかまわない気がした。この気持を最も理解してくれるはずの父が許してくれないわけはないと思った。健は彼女の気配を察して黙ってついてきた。帰って高能の顔を見ると、彼女はどうしてもここに居たいと思う。この家では彼女はなくてはならない人間になり始めていた。窯焼きのあと六キロ痩せた高能は、同じように疲労した彼女が明日の昼前に帰ると知ると、明朝早く窯をあけようと言った。サヤから取出した瞬間を味わうには、初心の須恵子はよい相手と思えて帰したくなかったが、三日も引止めたことに責任を感じていた。

「社で叱られたらどうする」

「ここで使っていただくわ」

彼女はちらと相手を仰いだ。

次の朝、小母さんの寝ているうちに床を出て、身支度をしてゆくと、高能は窯前にいた。朝まだきの猿投は梢がわずかに白い。高能は極度に緊張した表情で窯を開いた。自然にさめた窯の内部に髪がちぢれるほどの熱気が残っている。彼はふるえのくる手でサヤに入った青磁を抱えて出てきた。サヤから取出した二個の壺と三個の茶碗は粉青色で、工房の台へ並べた。

外気に触れた青磁はそのとき一斉に金属音を発して、須恵子をおどろかした。陶器のきしむ音、肌を裂く罅、それらがピーン、ピンピン、チンチン、チンチン、けたたましく鳴った。つるりとした青磁の壺と茶碗へ縦に亀裂が走っていった。青磁の貫入は窯出しの瞬間から一日中鳴りつづけて入るものと須恵子は初めて知った。小さく賑やかにピンピンとひびが割れてゆく音は小人が踊り出てくるようであった。まちがって真二つに割れてしまいはしないかと目を奪われた。薄青い陶器へ走る亀裂ははじめは色というものはなかった。

高能は取り出した青磁を一つ一つ手にとって、丹念に調べていた。見事に焼けたとみえた壺の底をかえすと、高台のまわりに釉薬が垂れて醜く引攣っていた。掴んだ彼の手が神経質に痙攣している。焼けすぎた色合、疵のへこみのあるものなど選りわけてゆくと、及第するのは幾つもない。

「いい恰好だな、湯こぼしだ」

彼が苦い顔で手にとったのは、形が歪んでひしゃげた茶碗であった。

「花生に良いですわ」

と言った時、彼はもう床に叩きつけて砕いていた。床に散った破片は、割れながらジジ、ピーンと鳴っていた。

その日彼が三回目のサヤを運び出したのは正午に近かった。須恵子はついていって早く新しいやきものの顔を見ようと夢中になっていた。窯から出たばかりの壺や茶碗は素晴しい形に見えたり、不安定に見えたりして、まだよく解らなかった。門の向うから髪に白いもののまじった、長身の見馴れた背広の男が歩いてきた。須恵子は降って湧いた姿に釘付になった。隆吉は門をあけて入ってきた。サヤを抱えたまま高能も立止って会釈してから工房へ去った。父の顔を一瞥して、青磁の窯出しを見にきたのでないことを須恵子は直感した。いやな予感が胸を走って、父を目の前に迎えるとしぜんに首を垂れた。

「お前痩せたな。いつからここに居るのだ」

低い沈んだ声で隆吉は訊した。彼がこんな声音のときは極端に機嫌が悪かった。須恵子は答えそびれて黙っていた。

「奥さんに挨拶しよう」

須恵子は言葉に詰って、声が掠れた。

「奥さまは入院してらっしゃるの。人手がなくて、手伝いの小母さんひとりだったから」

「お見舞に行ったのか」

隆吉は畳みかけて聞いた。なにもかも見通していて意地悪くたずねている気がした。夫人の病院は名古屋の近くでまだ行っていなかった。隆吉は娘の返事を待って立っていた。工房と窯の間の敷地の奥にいくらかの花が植わっているのを目に入れていた。陶器の毀れる音がして、二人は工房へ視線を移した。

「いま大事なサヤを出してらっしゃるのよ。拝見しましょうか」

須恵子は気もそぞろになっていた。物の毀れる音にさそわれて隆吉も入口まで行った。台の前に立った高能は灰をかぶったやきものを布で拭いていたが、隆吉をみると、その一つを突き出した。藍青色のあざやかな平鉢であった。

「これが今度の眼目の一つです。焼きは思った通りにいったと思うが、貫入がうまく出るか出ないかで、宝石のようになるわけです」

その平鉢も、他のやきものも、小さい金属音を立てていた。隆吉は影山泰良の窯出しをみたことはあるが、こんなに騒ぐやきものは初めてであったから異様な気がした。興奮を隠しきれない高能も、青ざめるほど緊張して亀裂をうかがっている須恵子も、やきもののほか何もない顔をしていた。

「その宝石のようなというのは、どんな宝石です?」

隆吉は宝石のイメージが浮ばなかった。

「平鉢の内がわ一面に縦と横の線がこまかく交叉するとダイヤモンドカットが出て、薔薇にも宝石にも見えるのです。ぼくにはもう見えていますよ。しかし実際には少しあとになるでしょう」

憑かれたように高能は喋っていた。その平鉢のきらめきがゆめでなければと隆吉は思った。平鉢のとなりに、平鉢を小型にしたような平茶碗があるのを須恵子は手にとった。ダイヤモンドカットが出るかどうか、知りたいと思った。この茶碗を持つことは陶芸家のゆめを確かめることであり、不安を分ちあうことでもあった。

「その宝石を私のものにしたいですわ。このお茶碗を私の手許に置かして下さい」

そう言った。高能は彼女を見たが返事の代りに隆吉へ言った。

「まだお目にかけるものがあります」

高能は平鉢と平茶碗を両手に持って座敷へ案内した。座敷の低い棚の上には少し前窯出ししたばかりの砧がのせてあって、薄い青磁でややくすんだ色をしていた。

「これは渋い色ですね。青磁の窯変ですか」

隆吉は乗り出して手にとった。

「窯変です。これに枇杷色がかった茶の貫入が入れば、ぼくの夢にみてきた米色青磁になるのです」

「いつ貫入がそろいますかね」

「亀裂は縦が一日、横が一週間でしょう。亀裂に色がつくのはもっとあとです」

「ほう、亀裂に色をおびるまで、上りは解りませんか」

「ぼくには解りますよ。間違いなく米色青磁です。日本に米色青磁はまずありませんが」

研究しつくしたやきものの成果に高能は迷いがなかった。隆吉は二つの試みが同時に叶うとは考えられなかった。しかしおもわず惹きこまれる玉《ぎょく》の魅力を青磁の肌はたたえていた。彼は二重、三重の貫入で華麗なダイヤモンドになる青磁より、籾の色といわれる青磁の稀少価値に賭けたい気がした。それが完成すれば高能次郎は中国の汝官窯に近づく稀有の陶芸家になるだろう。隆吉は二度と訪れると思えないこの男のかたみに、米色青磁の砧を得ようと思った。彼の申出を高能はじっと聞いた。

「この窯変は計算したものでしたが、ある時間突風がきて炎が狂ったり引いたりして、なにものかに試される気持でした。そんな偶然に左右されたのではなく、自分としては予想を越える出来だったと思います」

自信をこめて言ったあと、砧を布で包みはじめた。米色青磁の砧は二点ある。その一つをこの親子に譲るのは当然のなりゆきに思えた。今度の窯は彼が焚いたと同時に須恵子が焚いたのであって、彼女の助力は大きかった。その感謝を言葉にしてしまうと嘘になる気がした。彼は須恵子が去るのを留どめる権利もなかった。明日あたり美術商がくるので、今日のうちに持去ってもらおうと思った。須恵子の欲した茶碗も同じように布に包んでダンボールで掩った。代金の取決めはどちらの口からも出なかった。高能は隆吉が娘を早く連れ帰ろうとしているのを知っていた。

その日の午後、隆吉と須恵子は猿投を発った。高能は車で街道のタクシーの拾えるところまで送ってきた。須恵子は気にして今日中に窯出しをすませるのかと訊ねたが、あとは明日、と彼は答えた。

車は二人を降すとすぐ引返していった。彼の口からは礼らしい言葉も挨拶も、ついに出なかった。

「変った男だなあ」

隆吉は嘆息した。タクシーが名古屋へ向うと、彼は一言だけ高能夫人を見舞うかと声をかけたが、須恵子が黙っているとそのままタクシーを駅へ走らせた。それから新幹線に乗って家へ帰るまでほとんど物を言わなかった。眠っているのでもなく、暗い表情で押黙っていた。須恵子は家へ帰ってひどく叱られると覚悟しながら、それほどおそれていなかった。彼女の心はしきりに元きた道へ戻っていた。自分がいなければ、物を運ぶのも、片付けるのも、陶芸家ひとりの仕事になってしまうだろう。小母さんは気が利かなかった。こまかく心を砕いて役に立ちたいのに、と悔んだ。いつも旅を終えてわが家へ向うよろこびや、父の声を聞こうとして玄関へ飛びこんでゆく子供っぽい弾みはもうなかった。寂しい猿投がまたとない場所に思えた。

新幹線の窓は景色を見るには早すぎる。娘との旅の帰りに暗い空虚さを味わうのは隆吉は初めてであった。娘の過した四日間は彼を不安と憤りの渦の中へ叩きこんだ。陶芸家と須恵子の間にひそかに約束が交されて猿投へ行ったという事実は明白で、動かしようがないと思った。彼が案じた通り高能夫人は入院中であった。行く前の娘と、今隣りにいる娘とは違った女に見えた。こういうかたちで娘に裏切られるとは考えてもいなかったから、昨夜隆吉は眠らなかった。女というものの居直った厚かましさをその横顔に見ながら、先のことを思いあぐねた。青磁がなんだ、という怒りがこみあげてきた。高能の青磁にはおどろきがあったが、感動を味わう余裕はなかった。ダイヤモンドか米色青磁か知らない未知のやきものに迷わされた親と娘が滑稽でもあった。家へ帰ったら叩き割ってしまいかねない網棚の砧と茶碗を見ないために、隆吉は目をつぶった。

彼の気儘にくらす谷戸の二階の床の間で、青磁の砧は一週間というものよく騒いだ。夜中に虫が枕の上で鳴いているのに飛び起きると、ジジ、ピーンと張りつめた響きで陶器の肌に罅が走っていた。スタンドの灯をつけてのぞきこむと、こまかい貫入が横に走り歩いている。自動巻時計の動く音とも違って、不規則な、くすぐるような、愛らしい羽音のような亀裂のたびに、また一つ変化してゆく青磁を、こいつは生きものだと隆吉は思った。

一週間目の夜、須恵子が勤めから帰って、二階へ上ってきた。猿投から戻って以来親子でゆっくり顔を合すことはなかったから、隆吉はよほど娘は砧が気になるのだと思った。直子は階段の上り降りがきつくて、階下で休むことが多かったから、二階の一間きりの座敷は彼の独房であった。

「ごめんなさい、入っていいかしら」

須恵子がこんなに遠慮勝ちに入ってきたことはなかった。名古屋から帰った晩彼女は詫びを言って、それでかたちはついたが、鬼がついたとは言えなかった。彼女は父の顔を上目にみて、床の間へ視線を移した。砧は釉の厚みがあって重厚感があり、米色青磁の渋い落着きは、中国の幽玄な気品高い青磁の味わいであった。

「お前んとこの茶碗もキイキイ言ってるか」

と隆吉は声をかけた。

「忘れたころに硝子がピーンと割れるような音を立てるの。小さい茶碗なのに、やっぱり貫入青磁ね」

「初めの縦の貫入は轆轤まわしのカーブの通りに出るんだな。横はすごい。全くこまかい亀裂で恐れ入った」

「計算された素晴しさなのね。亀裂に色が出てきたらと思うとぞくぞくするわ。あと幾日かかるでしょう」

須恵子はいつまでも砧に目を当てていた。

「あとの窯出しの分はどうなっているでしょうね。見たいんです。日曜日に行ってきてはいけませんか」

隆吉は急に表情を引緊めて黙った。

「どうしても行きたくて、仕事が手につかないの。どれだけ焼けたか、窯変がもっとあるか気になるわ」

「お前、一日で帰ってこられると思うのか」

須恵子は覚悟していたことを口にした。

「当分猿投を手伝ってはいけませんか。奥様は今年中療養しなければならないし、先生は秋にまた窯を焼くと言っていました。先生ひとりでは無理です。いま青磁で躓くと、先生はだめになるわ」

「お前はなんの役に立つのかね」

「先生のお役に立たないかもしれないわ。でも私にとってあの四日間は無我夢中の充実した時間でした。一生に初めてと言っていいほどの生甲斐でした」

「それで青磁に賭けるわけか。お前が猿投を手伝うなら、一緒に行ってやるよ。あの窯場は地所だけはやけに広いから、端しにバラックでも建てるか」

須恵子はぎくっとして父を見た。

「お前がゆけばついてってやる。そうするとお母さんもやはり心配して、一緒に行くだろうな」

隆吉は旅行の話でもするように喋った。

「そのうち奥さんが全快したら、引上げるか。高能さんは仕事しかない人間だが、心の支えといえば、リヤカーで土をとりにいった奥さんと、土の上で眠ってしまった子供とだろう。青磁を生むまで十年もそうやって頑張ってきた。花が咲きはじめたからって横から摘むわけにゆくまい」

須恵子は返す言葉がなかった。青磁に魅せられているのか、やきものの美を生む作家に幻惑されているのか解らなかった。あの男は真の芸術家だ、並みの人間にこれだけの青磁は生めまい、と隆吉は砧を見て言った。まだ誰も知らない青磁作家の黎明期にめぐりあえたのは、陶器マニヤの冥利に尽きる。ああいう純粋な男はいらざる人間関係の深みにおちてはいけない。作品の微妙さに狂いがくる。ただもう青磁にのめりこんでほしいのだと隆吉は言い続けた。そのうち日本中の陶芸好きが彼の青磁に目をつけるだろう。それで自分たちの役目は果したことになる。なにも窯焚きの手伝いだけが能ではないだろう。隆吉は娘を相手に自分の願望も合せて喋っていた。近いうち榊に会って砧と茶碗を見てもらうつもりだ、とも言い添えた。須恵子は黙ったまま、頬につー、つーと涙を流していた。年ごろの娘にしては情緒のない泣き方だと隆吉は見ていた。

「お前が泣くと、厭な気がするな。よそで泣かされてきた子供の頃を思い出すよ」

「私はもう子供ではないわ」

青磁に狂いがくる、と言った父の言葉が胸に突き刺った。これほど手ひどい言葉をうけると思わなかった。私はなんにもしてはいけないのか。人の役に立ったり、人間らしくひとを愛しては悪いのかとひらき直ろうとしたが、父の物憂いかなしげな顔をみると気勢を殺がれて、言葉にはならなかった。

しばらくして階下から直子が上ってきた。入れ違いに須恵子は降りていった。隆吉は苦いやりきれない気分に陥った。直子は無言で坐ったが、彼女も娘が会社を罷めたがっているのを知っていて、猿投へ行かれはしまいかとおそれていた。お前どう思う、こんなことなら早く嫁にやるのだった、と隆吉は弱音を吐いた。

「みんなあなたのせいですよ。陶器に凝るのも程度ってものがあります。娘もその通りになったじゃありませんか」

隆吉は一言もなかった。妻の一生の怨みを聞いた気がした。その時彼の心にある区切りがついたのだった。それはいつかやってくる娘との決定的な日のことであった。その前にしておかなければならないことが一つあった。

次の日東京へ出た隆吉は、榊がK美術館へきているのを電話で確かめて、尋ねていった。週に一度K美術館へ出る榊をちょっとの時間邪魔しようと思った。榊には先客があったが、待っているとすぐに済んだ。

「丁度よかった、こっちにも話があるんですよ」

榊はそう言って、近くの喫茶店へ案内した。高能次郎の新しい青磁が隆吉の手に入ったと知ると、榊は乗り出した。

「今度はどんな上りです。米色青磁は焼けたのかな」

「講釈はあとで、ともかく見ていただきましょう。窯出しの余熱でぽっぽと温いのを貰ってきたのですから」

「やきいもみたいだ」

榊は愉快そうに笑った。

「これが騒がしい代物で、チンチン、ピンピン罅が入って、一日々々顔が変る。まだまだ完全とは言えませんよ」

隆吉の意気込みをみて、榊は生唾を飲みこむ気持だった。

「それほどのものなら、一人で見るのは惜しい。吉川北雄君を誘って見ようじゃないですか。彼は青磁には仲々うるさい」

願ってもないことだと隆吉は思った。榊達介と吉川北雄と日本の著名な美術研究家に認めてもらえば、高能の道は展ける。しかしけちをつけられたらお終いで、隆吉自身のコレクターとしての面目も丸つぶれになる。ともかくやってみることだった。なぜ陶芸家のために一肌脱ごうとしているのか。新しいやきものの発掘のためか、娘への罪滅ぼしのためか、彼にもわからなかった。

榊は吉川の都合を聞きに電話を掛けにいって、今週末の日の午後を約束してきた。吉川は博物館の仕事に関係していて、こちらにも久しぶりに陳列するものがあるから見てほしいと言ったという。中国の名陶と比べる結果になるかと隆吉は身が引緊った。

「中国陶磁はなんと言っても独創的で、迫力がある。青磁は清らかで精緻で、とりわけいい。高能君の青磁を見るのがたのしみだ」

榊はその日を期待していた。

「先生方のお目に叶えば娘もよろこぶでしょう。窯焼きを手伝いに行ったくらいですから」

「陶芸をやりたいと言い出すかな、そのうち。女流陶芸家も多くなったし」

「若い者はなにを考え出すかしれないが、陶芸をやるなどとぬかすほど身のほど知らずでもないでしょう」

榊はそのとき小堀の名を口にして、どう思うかとたずねた。隆吉にはその意味は解っていた。須恵子との交際を小堀は望んでいて、榊へ相談にきたという。隆吉に異存がなければ結婚を前提に交際させてほしいと榊は言った。隆吉は返事にならない言葉を心の中で呟いた。娘に見合う男はひとりもいないということであった。娘は嫁にやるために育てるようなものだ、と慨嘆した父親がいたが、彼はそうは考えなかった。娘は彼の手でいつくしみ育てた彼自身のゆめであって、甘い声や、よく伸びた四肢や、しなやかな髪や、すべての光ったものが彼のためにあるのだった。娘はなにかやわらかい芳香を放って一つ輪の中で彼を充たす存在であった。娘は自分のためにあって、自分も娘のためにあって、それ以外のなにものでもない。結婚はその親が消滅したあとに求めてもよいのではないのか。

「小堀君を気に入りませんか」

「いや、良い青年です」

良い青年と、自分の娘とどんな関係があるのか。直子が聞けば猿投へ行かれるよりどれほどよいかしれないと言うだろうが、隆吉はどこへ手放そうと、娘は別の輪の中へ入ってしまうのだと思った。小堀のことがなんとなく了解済みになると、隆吉は急に立上った。外へ出ると、榊は言おうか言うまいかと迷いながら、泰良のことに触れた。

「泰良さんがまた入院したと今朝聞いたのだが、知ってますか」

「知りませんよ、どんな具合です」

「詳しいことは解らないが、また例のわがまま病でしょう。あのひとは酒に酔って崖から落ちて、血だらけになっても知らずに歩いて帰ったという逸話の持主だからね。少々ではへこたれませんよ」

榊は慰めを言った。彼と別れてひとりになると、隆吉は酒でも飲まずにいられない気分になった。泰良とはあれが別れになるのではないかと、病院を抜け出した一夜のことがいやな予感で思い出された。薄墨色のぐい飲みが彼のゆきつくやきものを暗示するなら、ぜひ完全なものを見たかった。泰良の許から知らせがくるまで隆吉は見舞にゆくまいと決めた。気持の弱まった病人を見るのは辛かった。それくらいなら彼のやきものを眺めるほうが身近な気持で心も慰むと思った。

かなりの酒を飲んで夜になって戻ると、直子が浮かない顔で待っていた。須恵子がまだ帰らないのだった。隆吉はさっさと二階へ上った。娘が猿投へ行けば行ったのことで、老夫婦で気にやむ滅々とした空気は真平であった。部屋に落着くと、戸棚に蔵ってある箱ものを取り出した。彼のやきものは四季折々に床の間におく順序が決っていた。正月はめでたい竹描きの灰釉の花瓶。夏は黄瀬戸の水差か平鉢。秋は黒釉の茶盌である。箱書きを見ながら一つ一つ開いてゆくと、角皿が出てきた。皿の真中に斜めに川が流れていて、そこは白い志野焼き、両側の岸は草色の織部で、鮮やかな染分けにすきが描いてある。これを展覧会で見たときの感銘を忘れない。二つのやき方を一つの皿に具現した発見におどろかされた。細心の焼きと大胆な絵柄は当時新聞の紙面を賑わしたものだった。なんとしても手に入れたいと思い、あるものを売り、月給の前借をした。日本の景気が上昇した昭和三十一年の泰良壮年の作品であった。階下で須恵子の帰った声がする。猿投行をあきらめてくれたらしい。隆吉は娘が二階へ上ってこないと知りながら、手を止めていた。彼のまわりは泰良のやきもので充たされた。吟味して買ったものも、一瞬で決めて手に入れたものもある。茶碗を六個、七個と並べると、それぞれに思い出がある。しかし娘を育てるために使い古して割った紅志野の茶碗ほど惜しいものはない。その志野から与えた重湯を、口を尖らしてちゅっちゅっと吸った児の顔を忘れない。

「あいつはよかった、ありゃあ逸品だ」

声に出して言ってみた。今度泰良に貰ってきた薄墨色のぐい飲みも気に入っていて、新しい酒のたのしみに喉が鳴った。泰良のやきものの色と形の破調のおもしろさ、切れ味のよさは無類であった。いつ見ても惹きこまれるのだ。最も好きな黄瀬戸の水差のまるみに添って手で撫でると、生きものの艶やかな肌の感触にも似た甘美な手ざわりである。夜更け、茶碗に頬をつけて法悦にひたりながら、死後の棺に愛蔵品を埋めた古い中国の習いを思いうかべた。すると死後のたのしみ華やぎが思われて恍惚とした。

上野の杜へ出かけるのは久しぶりのことで隆吉は勤めの帰りの須恵子と待合せると、駅から公園の中を抜けていった。有り合せの箱に入れてきたのでやや嵩張った陶器を、須恵子が受取った。いつも隆吉と軽口を交しながら歩く彼女が、黙ってついてくる。この頃顔色も冴えなかった。高能の青磁を榊や吉川に見てもらうことで、張りつめた表情をしている。隆吉はまだ青磁の価を聞いていなかった。早く払うために手持のなにかを手放さなければならないが、無理の仕納めになるだろうと思った。娘はどうするつもりか。前借の申込みをしたころの彼女は明るくのびのびした娘であったが、今は何を考えているかわからなかった。なんであれ高能に関したことで彼女に立入りたくはなかった。

上野の博物館の中の事務室へ入ってゆくと、吉川は席にいなくて、二人は待っていた。しばらくすると榊と吉川が揃って入ってきて、挨拶を交した。

「こっちの部屋が明るいから、お入り下さい。青磁を拝見するのに夕暮近いのはまずいねえ」

吉川はやさしい声で言った。痩せておだやかな学識者らしい人物であった。青磁は晴れた日の午前十時に見るのがよいと、隆吉もなにかで読んだことがある。光の中の澄んだ青磁には優雅さが匂ってくるのかもしれない。吉川は隆吉が影山泰良のすぐれたコレクターということを知っていて、鄭重な応対だった。隆吉は箱に入れておいた青磁の類を引寄せた。

「まだ亀裂が入りますか」

と榊は訊ねた。

「やっと納まりましたよ。先に砧を見ていただきましょうか」

隆吉の取り出す手許を榊と吉川は凝視した。米色青磁の砧は端正な立形で現れた。榊は目を近づけた。土という足で踏みしめる身近なものが、炎の洗礼で神秘的に昇華するすがたを眺めた。砧は陶肌に二重の複雑なひびきが浅く綺麗に入っていた。鏄にはあるかなし薄茶の色がついているように見え、青磁の肌を渋く色彩《いろど》っていた。罅即ち貫入は美そのものだった。

「貫入が無限に広がっている。見事な線描だなあ。これだけの亀裂が窯出しのあとに入るのだから、ピンピンいうのも無理はない」

榊は吉川へ砧を押し出した。吉川は手を触れてとっくり眺めた。

「米色青磁は初めてです。窯変だろうが、もちろん計算されたものでしょう」

「この砧にはリズム感があるね。静の中の動というか、落着いていて、存在を示す力がある」

「生命感があるねえ。博物館はどのみち古いもののいのちが脈々としているところですからね。薄暗い展示室を歩いていると、気味悪いです」

隆吉は次に茶碗を取り出した。平茶碗は砧と違って藍青色で、茶碗の内側は底まで細かい模様に似た亀裂が入って、ダイヤモンドをちりばめたような、きらかな輝きがあった。吉川はあるかなし吐息をもらした。この貫入に茶の色がもっと出てきたら、更に深まるだろうと彼は言った。

「自然貫入なら、色の落着くのは一年かかるだろう」

「そのくらいかかるね」

二人の識者の見ている前で、隆吉はこの茶碗より大作の平鉢があったことを話した。平鉢も砧同様高能次郎の代表作だと隆吉は信じていた。彼は次に月白と深い茶碗を須恵子に出させた。

「砧以外の三個は、娘の持物です」

吉川は月白を手にのせて長いこと眺めてから、須恵子に訊ねた。

「今度の窯でどの位焼けたの？」

「窯出しを全部拝見してこなかったので、解りません。完全なものが二十個もあればいいと思います。一年分ですから」

焼き損いが多いのを彼女は見てきた。吉川と榊はあとの分も見るべきだという意見に一致した。陶芸家には無所属の孤立した者もいるが、高能の青磁には隠れた古陶を発掘した時のような興奮があった。吉川は隆吉親子に敬意を表した。

「柳瀬さんもお嬢さんもさすがに名コレクターだ。この青磁を発見して新たな情熱を掻き立てられたでしょう」

「この砧は汝官窯に似るというより、私にはそれ以上に新しい美をそなえたものに見えます。日本のやきもの独得の持ち味があります。それがあるからすごい作家です。それに比べて泰良さんのものには珍しさも驚ろきもなくなったが、自分の肌合に合ったなつかしさを覚えますな。私はもう高能次郎の歩みについて行くにはエネルギーがない」

「あなたらしくないな。青磁に賭けてゆくのは晩年のたのしみでしょうが」

そばから榊が言葉を添えた。

「いや、私には泰良さんのやきものが最上ですわ。青磁は娘の志に力を貸してやりたいと思ったまでです。一つよろしくお願いします」

彼らは間もなく部屋を出て、閉館になろうとする展覧室を廻った。吉川の見せたいという南宋官窯の青磁の鉢は陳列室の中央に飾ってあった。青磁には見事な貫入が入っていた。宋の時代ほど中国の知性の研ぎすまされた、すばらしいやきものを生んだ時代はないと思い、隆吉は娘と並んで見入った。

青磁の鉢は洗練されて、釉色が冴えていた。

「この間、青磁の鉢を久方ぶりに陳列するために取り出したのです。慎重に箱から出した時急に外気に触れたためか、鉢がピーンと言いましてね、胆を冷しました」

吉川はおだやかな声で喋った。

「亀裂が入ったのですか」

「そうです。なにしろ千年も前の陶器が鳴るのですから、よくも生き続けて呼吸しているものだと、やきもののいのちに搏たれましたね」

隆吉はジジ、ピーンと鳴りはじめた猿投の最初の青磁の産声を思い出した。須恵子も青いほど緊張した顔であった。無機物の陶器の生きるのが彼女にも怖かった。今日は終始無言でなりゆきを見守っていたが、どうやら猿投の青磁は彼らのめがねに叶ったとみえた。しかし猿投の陶芸家がどう応えるか、それは解らなかった。頑ななほど自身の意志を貫く陶芸家の姿勢を知っていた。けれどそれはもう彼女の力の外のことであった。

博物館を出ると、四人は近くのレストランへ入って、山下の不忍池の見える卓で夕景を眺めながらビールで乾杯した。新しい青磁の誕生を祝す気持であった。どこの国も政治経済のいきいきした時代に良い芸術品が生れるという話が出て、現代も新しい青磁を生む土壌になっているようだと男たちは話合っていた。須恵子は近頃こんなに安らいだ父を見たことはなかった。彼女は父の結婚十年目の子供であったから、人より早く父を失うかもしれないといつも心底で考えていた。あと十年か十五年した時、父は居ないだろうと思った。

ビールで喉を潤しながら、折があったら有志で台北へ旅をしようという話が出た。故宮博物院の陶器の青磁の部屋を心ゆくばかり見ようと榊が言い出して、それはたのしい話題になった。その折には真先に猿投の陶芸家を案内しなければなるまい、と吉川も言った。間もなくレストランを出ると、隆吉親子は彼らと別れた。一つの目的を果して隆吉は肩の荷を下した。須恵子も緊張がとけてほっとした顔をしていた。高能の青磁は放っておいても必ず脚光を浴びるだろうが、早く正当な評価を得られるならこれに越したことはなかった。いくらかでも力を貸すことが出来れば隆吉は気がすむのだった。娘も往く時より足どりが軽くなっていた。この機会に須恵子と以前のように愉しい時を取り戻そうと思った。

「泰良先生がまた入院なさったって、ほんとう?」

須恵子は山下へ向いながら、訊ねた。

「そうらしいね。容態がわかったら教えておくれ」

「美濃へ電話をしてみたら?」

隆吉は黙った。泰良の再発作をおそれているのが須恵子にも解って、なにも言えなくなった。泰良が倒れることは隆吉が参ることで、泰良の死は隆吉の老いに繋ることを感じた。そこまで泰良の作品に傾倒した父を、幸せな人とも思った。

上野の山を降りると街の灯は明るかった。隆吉は今夜の夕食をあれこれ考えながら、気持をふくらましていた。

「今夜は京橋の寿司屋で一杯やろうか」

すると須恵子はためらって、父の顔を見なかった。

「前から誘われていたものだから、小堀さんと会う約束をしてしまったの」

隆吉はあわてて頷いた。

「お父さんも一緒に行かないこと？　小堀さんならいいでしょう？」

「いや、遠慮するよ。まあ行ってきなさい」

若い者たちの間へ入って邪魔になるのがこわかった。小堀は近頃の青年として嫌いではないが、娘と並べた時なにをしでかすか、自分でもわからなかった。山下の広小路へ出ると、彼は待合わせの場所と時間を訊ねて、早く行けと言ったが、須恵子はかまわず父と並んで賑やかな通りを歩いた。青磁のことで礼も言いたかったし、なにかしら話したいことがあった。しかし隆吉は落着きをなくして、早く娘を地下鉄の降り口まで送ってやろうと足を早めた。

「今夜は遅くなるかな」

「そんなに遅くならないわ。お父さんはこれからどうする？」

「おれのことはいいよ」

娘に心配されるのは真平だったから、突っぱねるように答えた。電車通りの交叉点の手前に地下鉄の降り口をみつけると、彼はじゃあ、と立止まって、木箱の包みを受け取った。須恵子はいつもの調子で言った。

「これ、大事な陶器よ。酔って落しちゃ厭よ」

「おれが大事な陶器を落したことがあるかよ。さっさと行きな」

須恵子は首を傾げて父をみつめてから、すぐ階段を降りていった。隆吉はふいに、なんであいつは猿投へ行かないのか。行きたければ行けばいいのだと思った。そう思うことを矛盾しているとも考えなかった。彼はひとりで歩き出した。いつも一つ家へ帰ると思うのは間違いだと覚った。こうして少しずつ娘を置き去ってゆく心積りをすることだった。木箱を提げたまま人の流れについて交叉点を渡っていった。それからどこへ行くというあてもなく、賑やかな人込みへまぎれていった。

青磁のやきもの

私は陶器を見に行ったり、やきもののがらくたを日用品としてたのしむのは大好きだけれど、むずかしいことはわからない。陶器は本物を見分けるのも、良いものを理解するのもなまなかな眼では出来ないから、年期が要るのだろうと思う。しかし自分がたのしむ分には難かしく考えなくてもよいのかもしれない。ある時、陶芸家の個展で気に入った壺をみつけて買い求めた。陶器として良いか悪いか、また値打ちがあるかなどは考えなかった。好きだから手にして、たいへん幸な気分だった。このささやかな買い物のおかげで、やきものに近づくにはまず自分のものにしなければならないことに気付いた。見ているだけでは陶器と触れあうことはできないのである。

その後、やきものに造詣深いK先生を尋ねたときのこと。先生は二、三の愛蔵品を見せて下さったが、その中に粉青色の青磁の茶碗があって、私は惹きつけられた。青磁というのは淡い水色がかった肌に、いわゆる貫入《かんにゅう》（ヒビ）が入っている。この亀裂の筋は薄いびわ色で模様のようである。静かな一個の茶碗のたたずまいは清麗としか言いようがなかった。中国の古陶器と比べても引けをとらないと思いながら、この作者はどんなひとだろうと考えていた。

　こういう巡りあいを陶器は人に与えるのかもしれない。青磁の茶碗が頭から離れなくなってそれからは陶磁史を読んだり、写真集を見たりするのがたのしくてならなくなった。他のやきものに比べて青磁は澄んだ青さに独得の華やぎがあって、神秘である。私は到頭、愛知県に住む青磁の作者のところへ尋ねていった。ここで見た数点の作品のうち、新宮殿へ納めた青磁の砧《きぬた》の写しは素晴らしかった。また翠青の大鉢にダイヤモンド・カットを浮かべたような鮮やかな貫入の美しさにも魅せられた。一塊の土を火のテクニックによって珠玉にしてしまったのは、加藤嶺男先生である。


　陶器というのは使うたのしさも持っている。陶器の蒐集家のT氏のお宅へ上がったときのこと。素晴らしい作品を拝見して時のたつのを忘れていると、いつか時分どきとみえて食事が運ばれてきた。焼きもののお皿は志野、小鉢は角の織部、ぐいのみは青磁というように一つ一つがなにげなくて、たいそう品が良い。これらは今見せていただいた有名な陶芸家の方々の初期の作品なのだった。なかには戦後のインフレの時代に生活に苦しみながら、まだ若かった陶芸家がせっせと焼いたものもあって、あらい感じのなかに力の漲った湯のみもあった。また紅志野のやさしい中皿に絵付けのしてあるものなど、このまま飾っておきたいと思ったほどだった。どれもこのお宅で長年使いこまれたのに汚れもなく、艶が出ていて味わい深いものになっていた。

　本当に陶器の好きな人は良い素質の陶芸家を見分ける本能があって、早くから買い集めながら陶芸家の支えにもなり、また自身もやきものを見る目を養ってゆくのかと私はおどろかされた。当時まだ若かったT氏は日用品の一つ一つを運んで、ぐいのみなども掌にのせながらいつくしんでいるうち、良いものと馴染めないものとが解かってきたそうである。それから好きな陶芸家との交遊が始まったということである。

私たちはふだん誰が焼いたとも知れない食器を使っているが、それでも気に入ったものと、好きでないものとが出てくる。同じ料理なら器によっておいしく変えてゆきたいと思って工夫する。すると器も生きる。私たちの好みによってもやきものは生まれ代わるのかもしれない。初期の嶺男先生の作った志野や織部にしても、やがては青磁へと発展してゆく土壌になっていて、その造型にも片鱗が見えているのはおもしろい。私は青磁からやきもの好きになったが、この頃は陶器のなにを見ても心をそそられる。先頃の北大路魯山人展なども興味深くみることができた。ある完成した陶器を鑑賞するよりも、一人の作家の長い歩みをその作品にそって確かめていって、ついに終わりを完うする姿にぶつかるのが私にはたのしい。北大路魯山人のような奔放華麗な作品と人生も、青磁を完成しつつある真摯な作家の歩みも、それぞれに心を惹かれる。すぐれた陶器はおのずと存在感があってすばらしい。

解説

山下多恵子

一九九一（平成三）年秋の主な文芸誌は、「追悼・芝木好子」の特集を組んだ。『青磁砧』をはじめ、いくつもの小説集（文庫版）の解説を書いた文芸評論家の高橋英夫は、『文學界』（一九九一年十月号）と『新潮』（一九九一年十一月特大号）に追悼文を寄せている。その中で、芝木好子の作品では特に「芸術家小説」を評価し、「（これらの作品は）「昭和の華」として残るだろう」（「完成と無限のあいだ」『文學界』）「昭和四十年代からその死までの二十有数年が芝木好子の華の年月だった」（「学び、そして華やぐ……」『新潮』）と述べている。

芥川賞を受賞し作家の仲間入りを果たしてから五十年に及ぶ歳月を、芝木好子は作家であり続けた。残された六十五冊の著作は、彼女がたゆまず書き続けてきたことを示している。特に本書で取り上げた小説群は、高橋の言う「華の年月」に書かれたもので、命が続いておれば、おそらく彼女はその先もずっとこのテーマについて書いていたに違いない。

ひとくちに「芸術家小説」（高橋は「芸道小説」という言い方も用いている）といっても、そのジャンルは、絵画・彫刻・陶芸・染色・組紐・舞踊・華道・茶道から櫛の蒐集・蝶の採集まで、実に多岐にわたる。一括りにするなら、芝木好子は美を求める人だった、といえるだろうか。

高橋英夫が指摘するように、彼女の執筆は「取材の密度と感情移入の深さ」(「学び、そして華やぐ……」)に支えられていたといっていいだろう。ひとたびこれについて書こうと決めたら、尋常ならざるほどの熱意で取り組んだ。とことん対象に惚れ込み、徹底的にそれを知ろうとした。書物で歴史を調べ、美術館や博物館に通い、各種展覧会に足を運んだ。またその道の人を訪ね、納得のいくまで話を聞いた。知識としてだけではなく、身体全体でその世界に入り込み、その世界の人になろうとしているかのようであった。そのような時間を、彼女は「幸な時間」(「いけばな創造」『芸術生活』一九七二年十一月)と言っている。

「長い年月存在し続けたものは、絵も書も陶器も衣もその他すべてすばらしい。人間の生きた歴史の形見となって存在しているからだと思う」(同)という感懐からは、伝統や文化というものへの深い理解と愛情が感じられる。彼女は、歴史の彼方から聞こえてくる音に耳を澄ませる。「人間の生きた歴史の形見」としての芸術・芸能(＝美)への、あくなき好奇心と憧憬と畏敬が、作品の核となっているのである。

たゆまぬ努力・探究心が、芝木好子の神髄だった。彼女より一回り若い宮尾登美子は、芝木に「私のこと『女学生』とか『お嬢さん』とかけなす人がいるのよ。宮尾さん、あなたもそういわれるんじゃない?」と言われ「思わず笑い出して」しまったと書き、「たしかに芝木さんにも私にも、作家にあらまほしい懶惰性が乏しく、いつも一生懸命のところがあります」と分析している(「追悼・芝木好

子　芝木さんからの電話」『文學界』〈一九九一年十月号〉）。

「女学生」「お嬢さん」という呼び方を宮尾は、勤勉で一生懸命、と受け取っている。彼女たちは私小説作家に見かけられるような私生活の破天荒さ・無頼の心とは遠く離れて、「女学生」のような純粋さで言葉を紡いだ。

「私小説を書かない作家は、題材をそとに借りながら内的な世界をふくらまして、主人公とともに作家自身も生きようとする」（『芝木好子作品集』第四巻　あとがき〈読売新聞社〉一九七六年）という言葉は、小説家としての彼女の立場や執筆姿勢を言い得ている。

芝木好子は、私小説作家のように、現実を生きる「私」を小説の主人公として描くのではなく、また空想やイメージのみで組み立てた世界に主人公を遊ばせるのでもない。小説の中で「主人公とともに……生きようとする」作家であったのだ。

では、その主人公と芝木はどのようにして出会ったのか。短いエッセイの中の、次のような言葉が、語ってくれるだろう。


染織家と知りあうほどに、その人の染めるものに愛着を持つようになった。いや、染めたものが好きだから、その人に近づいたのかもしれない。（「染織の美」『風景』一九六八年二月）

私は美しいやきものを見ると同時に、その作者の内側をのぞきたい気がした。（「珠のきらめきに似て」『芸術生活』一九七二年十月）

いけばなの形式をつくりあげた人たちの情熱と創造をみるにつけ、この昔人を忘れてはならないと思うようになった。(「いけばな創造」同　十一月)

どのジャンルにおいても、必ずそれを作り出す「人」との出会いがあった。その作品が魅力的であればあるほど、「作者の内側をのぞきたい」思いに駆られるのである。

しかし小説の主人公は、そのようにして知った人物その人とは重ならない。小説にするには、その人の「実像」を「一度捨ててしまわねばならない」(「小説になるまで」『文學界』一九七一年三月)と芝木は言う。そうしているうちに「虚像が浮かび上がって」くる、「気がつくとその人物に似た人間がいつの間にかそばにきている感じがする」(同)のだという。

そのようにして芝木好子のもとにやってきた幻のその人は、芝木のペン先によって、まるで命を吹き込まれたかのように、自在に動き考え、心の内を語るのである。主人公に女性が多いのは、同性として感情移入しやすかったからであろう。また女性の生き方を示したい、という思いもあったであろうか。

書いているときの彼女は、執筆に没頭するあまり、主人公と自分との境目がわからなくなるほどであった。彼女自身の言葉を借りるならば、小説の中へ「憑かれたように」「のめりこんで」(『芝木好子作品集』第二巻　あとがき〈読売新聞社〉一九七五年十一月)いくのである。主人公はまさしく彼女の分身であった。

主人公の芸に向かう態度がリアルであるのは、芝木がひとりひとりに歴史を背負わせているからである。彼女たちは時代を超えて脈々と受け継がれてきた美と対峙し、それを次の時代につなごうとしている。昭和の日本に生き、時代の空気や風俗をまといながら、歴史の大きな流れの上に佇っていることを自覚しているのである。

主人公が読者を引きつけるのは、一芸を貫く強さを持っているからだけではない。小説には、芸術・芸能に真摯に打ち込む姿に加えて、その周りの人間模様が興味深くつづられる。主人公は芸に対してと同じく、恋に対してもいちずである。燃え立つような熱く甘い日々があり、ふとした感情のもつれから暗くせめぎ合う日々もある。時に共鳴し合い、時に不協和音を奏でながらすすんでいく、一筋縄ではいかない男女の関係が、芸と絡めて描かれる。

芸と恋の間で、彼女は時に弱くはかなげであり、また時には荒ぶる感情を抑えこみ、あるいは抑えきれずに激しさをあらわにする。弱くも強くも見えるその様子は、「男」に振り回され、流されているようにも見える。しかしいつまでも男に寄りかかり、任せきってはいない。最後は自ら選んでいる。自覚と覚悟を持って、「女」を「芸」を生きているのである。――それが芝木の描く女性像である。そしてそれは文学に生きた作家芝木好子その人自身とも重なる。

芝木好子が瑞丘千砂子と名乗って『若草』や『令女界』に投稿していた頃、彼女を見いだしたのは林芙美子だった。若い女友達と尾道に旅行したときのエッセイに、芝木は次のようにつづっている。

林芙美子は（略）一時代あとの私たちのことを、あんた方優等生は、自分たちが血みどろになって切りひらいてきた女流作家の道を、すたすた歩いてゆく、といった。この言葉はいつも私の胸に刺さってくる。温床にいるような精神でものが書けるか、という思いを強いるのである。
（「小説に出てくる町」一九八六年六月二二日「日本経済新聞」）

作家であること、ものを書きそれをさしだす、ということへの強い責任感と、林芙美子らに続く「女流作家」であることの自覚が、ここからは読み取ることができる。林のような茨の道を、実生活で彼女は経験しなかった。著名な経済学者である夫に見守られ思う存分書き続けることのできた彼女の環境は、波乱とは無縁で「温床」のようであったかもしれない。しかし精神まで、なまぬるいものになってはいけない。そのように自らを戒め、書いていたのではなかったか。

先の高橋英夫は、追悼文（『文学界』）に、亡くなる一年前の彼女の随筆の一部を紹介している。

こうして見廻すと、作家に残るのは仕事だけである。亡くなった人は日々に遠い記憶になってゆき、残るのは仕事だけである。（「秋立つ山」一九九〇年十月七日「日本経済新聞」）

その五年前に、野上彌生子を偲んでしたためた文章に、同じような文言が見える。アメリカや中国に旅行し、執筆も順調であった時期に書いたものである。

作家はどう生きようと、残るのは作品しかない。けれど、生きる、という裏打ちなしに小説は生まれない。(「見事な一生」一九八五年六月『すばる』)

百歳を前に亡くなった野上彌生子は、死の前日まで長篇を執筆していたのだという。八十年間の作家生活。最後までペンを置かなかった野上の「見事な一生」を、芝木は理想的な作家の生涯と捉えたであろう。作家として生き、そして死ぬ。作品だけがこの世に残るのである。

五年後、自らの死を予感しながら、自分の人生もまた「日々に遠い記憶になってゆき」、あとには仕事(作品)が残るのみと、あらためて実感したのであったろう。

二つの文章を並べてみるとき、芝木好子の作家としての覚悟に、胸を打たれずにはおられない。

本書に取り上げた小説群は、やがて『葛飾の女』(一九六六年　河出書房新社)『隅田川暮色』(一九八四年　文藝春秋)『雪舞い』(一九八七年　新潮社)などの珠玉の長篇につながっていく。

名声のかげには、怠らず、ただひたすらに書き続けた作家の姿があった。まさに作家を生ききったひとであった。清冽ですこやかなひとであった。

＊

この本に収めた七つの小説について

ゴッホの墓

『牡丹の庭』（一九七七〈昭和五二〉年十一月、講談社）所収。初出『群像』（一九七七〈昭和五二〉年十月号）。妻と息子を捨てて、絵を描くためにパリへ行った男が、病気になって帰国し、日本の地で死ぬ。芸術か生活か――芸術に生きようとする者の永遠の課題ともいうべきこの問題に、七年前、夫はついに答えを出してパリに向かったのであった。夫の「再び還らなかったパリ」を妻は行く、夫の心を拾って歩くかのように。「絵に語らせる以外に生きる道を知らなかった」という点では、夫は彼が尊敬するゴッホと同じ道を辿ったといえる。しかしゴッホは死後世界的な画家となったが、夫の七年間はおそらく報われないであろう。それを哀れとは言うまい、と妻は思う。ゴッホの眠る墓地での、妻の行為は、その地に思いを残して逝った「夫への鎮魂のしるし」であった。そのとき彼女は、七年間抱いていた、夫への「怨みつらみ」「かなしみ憎しみ」と「微かなゆめ」をも、そこにそっと葬ったのであろう。

エッセイ　ゴッホ「オーヴェールの教会」

『美の季節』（一九八八〈昭和六三〉年十二月、朝日新聞社）所収。初出「読売新聞」（一九八四〈昭和五九〉年十二月五日）。

本郷菊坂

『海の匂い』（一九六五〈昭和四〇〉年二月、冬樹社）所収。初出『風景』（一九六三〈昭和三八〉年十月号）。明治の面影を残す本郷菊坂の路地を歩きながら、恭子はいつしか樋口一葉の物語を紡いでいる。一葉が菊坂に住んでいたのは『にごりえ』『たけくらべ』などの代表作を発表する前の習作期であった。芝木好子もまた、作家として認められる以前の習作期を、本郷界隈で過ごしていた。母と娘たちが肩を寄せ合って暮らした日々――その寄る辺なさも、長女としての責任も、文学に賭ける思いも、そしておそらく「女の生きる苦しみ」も――一葉の境遇は、若き日の芝木自身に重なるものであった。芝木は、分身である恭子に想像させるかたちで、一葉のつつましくも凛とした姿、文学への強い意志、遂げられぬ恋心を、美しく愛情深く描いている。この小説を書いたとき、芝木は四十九歳。『青果の市』『洲崎パラダイス』等を刊行し「湯葉」により女流文学者賞を受賞するなど、すでに名が知られるようになっていた。一葉の青春を思いながら、先が見えないながらも「ひたぶるな思い」に包まれていた自身の若い日々をも愛おしんでいたのかもしれない。

エッセイ　樋口一葉「うらむらさき」

『美の季節』（一九八八〈昭和六三〉年十二月、朝日新聞社）所収。初出『群像』（一九八八〈昭和六三〉年五月）。

竹富島

『落葉の季節』（一九八五〈昭和六〇〉年十二月、読売新聞社）所収。初出『小説新潮』（一九七六〈昭和五一〉年二月）。万事ひかえめな由美と、誰に対しても何につけても、意のままに大胆に振る舞う品子。人も物もアイデアも、由美のものを品子は奪っていく。優柔不断でいつも負ける方を選んでしまう自分を、由美はもどかしく思う。芸術家仲間と行った沖縄旅行で、由美が好意を抱く青年安原に、品子はまたしても、近づこうとする。ふたりが夜の那覇の街に出かけたのを知り、品子を「許せない」と思いながらも、すぐにあきらめ、「帰ったらしっかり仕事をしよう」と自分を納得させる、由美はそんな女である。しかし安原との関係についていえば、いつも負けていた由美が、最後は勝利したといえそうである。自然に満ちて人の姿も見えない「浮世離れした」竹富島に着いたとき、作者は品子に「恋の逃避にも素晴らしいわ」と、由美には「島で一夜を明かしたら、生れ変れるかもしれないわ」と言わせている。安原と由美がこの島で一夜を明かしたという事実は、品子に何を思わせるだろうか。その一夜は由美を「生れ変」らせることができたであろうか。

エッセイ　「沖縄の紅型」（抄）

『日本の伝統美を訪ねて』（一九七四〈昭和四九〉年五月、日本交通公社出版事業局）所収。初出『旅』（一九七三〈昭和四八〉年五月）。

舞扇

『奇妙な仲』(一九六六〈昭和四一〉年一月、東方社)所収。初出『別冊小説新潮』(一九六五〈昭和四〇〉年一月)。舞踊家の佳穂には三十歳年上のパトロン仁科がいる。佳穂に惹かれ、やがて密かに付き合うようになった新聞社の芸能担当記者星野は、自分とのことを仁科に打ち明けるように迫る。若い星野の「激しさ荒々しさ」に、彼女の心も揺さぶられるが、迷いがある。やがて大きな舞台に出演するまたとない機会がやってくる。「札びらの飛ぶ舞台」は、仁科の後ろ盾があって成立するものであった。猛稽古の後の舞台で大成功を収めた佳穂の気持ちは、「青春のすべてをかけた舞いを、小さな幸福のためにどうしてくすぶらせてよいだろうか」という言葉に出ているだろう。若い男は、年配の富裕な男に負けたのではない。彼女の舞踊への情熱に負けたのである。最終行「楽屋口をじっと見て」いる佳穂のまなざしには、すごみをさえ感じる。そこから仁科が、続いて星野も入ってくるだろう。しかし彼女は間違いなく仁科のもとに駆け寄っていくだろう、星野には見向きもせずに。彼女は「選択」したのである。

エッセイ　美とのふれあい

『美の季節』(一九八八〈昭和六三〉年十二月、朝日新聞社)所収。初出「朝日新聞」(一九八七〈昭和六二〉年四月二六日)。

ふたたび

『奈良の里』（一九八八〈昭和六三〉年五月、文藝春秋）所収。初出『文藝』（一九八六〈昭和六一〉年夏季号）。個展を開くために、十一年ぶりに帰国した女。異国で、異国の男とともに、彫刻家として生きてきた。個展会場に、若い日に「激しく求めあい、悩みあい、別れの道をえらんでしまった」男が現れる。同じく彫刻の道をめざしていた彼は、今は会社勤めで創作とは離れていたが、彼女の作品への批評は、誰よりも斬新で的確だった。男との再会を「得難い邂逅」と思えたのは、「そこに彫刻があったから」だ、と女は思う。久しぶりの日本で彼女は気候や自然の良さ、食べ物の美味しさ、人情の細やかさに接し、「私は日本が好きだわ。こんなに自分の心に叶う土地があるでしょうか」と、友人につくづくと語る。しかし「懐旧の思い」がどんなに強くても、むしろそれだからこそ、彼女は、この国にとどまっていてはいけないのだった。「ふたたび帰る場所」は「心の渇きをいやすため」の仕事をするところだと彼女は考える。心が渇いていること、そして「飢えた状態を続ける」こと、それが「祖国喪失者」である彼女が芸術創作に向かう原点となっているのだろう。渇きと飢えを求めて「ふたたび」彼女は異国に向かう。

エッセイ　サンモリッツの眺め

『美の季節』（一九八八〈昭和六三〉年十二月、朝日新聞社）所収。初出「朝日新聞」（一九八七〈昭和六二〉三月十五日）。

美しい記憶

『奇妙な仲』（一九六六〈昭和四一〉年一月、東方社）所収。初出『別冊小説新潮』（一九六一〈昭和三六〉年十一月）。若い日に油絵を描いていた女。支配的な夫のもと、絵を描くことを封印し、平穏な家庭を築いている。毎夏身体の弱い息子と訪れる別荘で、隣りの大学生と知りあい、互いに「年々の夏が得難いものになって」いく。ある日、女は青年と幼い息子を連れて、黄色いパラソルをさして、友人の女流画家を訪ねる。三人の姿に友人は「美しい調和」を見る。いくつもの夏が逝き、息子が成長し彼らから離れていって、ふたりが向き合ったとき、その「調和」は自ずと崩れる。青年と結ばれたとき、女は「別れの準備がいよいよ始まった」と思う。友人が言うように「美しい現実より、美しい記憶のほうを選んだ」のであろう。たしかに、現実は美しいままに過ぎていくとは限らないが、記憶は美しいままそこにとどまる。だがその「記憶」（それは彼女の場合、「秘密」と言い換えてもいい）を抱いて生きていくのは、ほんとうは辛いことなのではないだろうか。青年と別れた朝、女は二人で何度も過ごした高原の風景を描く。絵の中に黄色いパラソルを描かせたラストには、ふたりの日々が、いつまでも美しい記憶となるように、別れを堪えた女に晴れやかな日が来るように、という作者の願いが込められているように思われる。

エッセイ「仲秋の名月」

『美の季節』（一九八八〈昭和六三〉年十二月、朝日新聞社）所収。初出『婦人画報』（一九八〇〈昭和五五〉年九月）。

青磁砧

『青磁砧』（一九七二〈昭和四七〉年一月、講談社）所収。初出『群像』（一九七一〈昭和四六〉年九月）。単行本『青磁砧』で第十一回女流文学賞受賞。「朝方、地震があって隆吉は眼を覚した。」という文頭は巧みである。地の震いを感じた途端、何よりも小さなぐい呑みを案じる。我が身よりもぐい呑みを守ろうとする姿に、読者は瞬時に、彼の器への並々ならない思いとこだわりを理解する。いくつもの印象深い場面が繰り出される。陶器に亀裂が入るときに奏でる貫入音について話し合う場面は、ことにも感動的である。千年経ってなお陶器は息をし続けているのである。窯変──炎が作り出す色の変化──も興味深い。貫入も窯変も、人間と自然が共同して創った美ともいえる。それは手許に置いておくだけのものではない。見る・触る・そして聴く……自分の身体で確かめるものなのだ。そのようなやきものの蒐集家として、そして娘の父親として、隆吉は登場する。娘は父の感化を受けて、やきものの世界に強く傾倒している。それぞれに入れ込む陶芸家がいて、父の場合長年の付き合いでそれは友情に近く、同志のような関係となっている。だが娘が惹かれている陶芸家は、妻子のある人であった。若い女性であれば、彼に寄せる尊敬の念に恋愛感情が混じっていったとしても、無理からぬことであろう。大風から窯の火を守るシーンは見事である。産みの苦しみを経たのちに、貫入や窯変と出会う──娘は美の創造に立ち会った気分であったに違いない。仕事を休んで窯焚きを手伝う娘に危険なものを感じた父は、全力で娘の思いを砕こうとする。「青磁に狂いがくる」彼のやきものをこよなく愛する娘にとっては、これ以上残酷で、決定的な言葉はなかったであろう。だが陶芸家への気持ちを封じ込めて、従順に振る舞う娘を見ている父は、彼女にあきらめを強いたことを、悔いているかのようである。やきものは、父と娘をつなぐものであり、同時にまたふたりの距離を少し遠ざけるきっかけともなった。この小説は、美の創造と享受というテーマに加えて、陶芸の世界を背景に、巣立とうとする娘と別れを惜しむ父との、相克の物語と読むことができる。

エッセイ「青磁のやきもの」

『心づくし』（一九七三〈昭和四八〉年八月、読売新聞社）所収。初出「サンケイ新聞」（一九七二〈昭和四七〉年四月二八日）。

底本

ゴッホの墓	『牡丹の庭』	講談社	一九七七年十一月
ゴッホ「オーヴェールの教会」	『美の季節』	朝日新聞社	一九八八年十二月
本郷菊坂	『海の匂い』	集英社文庫	一九九〇年八月
樋口一葉「うらむらさき」	『美の季節』	朝日新聞社	一九八八年十二月
竹富島	『落葉の季節』	読売新聞社	一九八五年十二月
沖縄の紅型（抄）	『日本の伝統美を訪ねて』	河出文庫	一九八五年四月
舞扇	『奇妙な仲』	東方社	一九六六年一月
美とのふれあい	『美の季節』	朝日新聞社	一九八八年十二月
ふたたび	『奈良の里』	文藝春秋	一九八八年五月
サンモリッツの眺め	『美の季節』	朝日新聞社	一九八八年十二月
美しい記憶	『奇妙な仲』	東方社	一九六六年一月
仲秋の名月	『美の季節』	朝日新聞社	一九八八年十二月
青磁砧	『青磁砧』	講談社	一九七二年一月
青磁のやきもの	『心づくし』	読売新聞社	一九七三年八月

しばき よしこ

1914年、東京生まれ。1942年、「青果の市」で第14回芥川賞を受賞。昭和という激動の時代を背景に、愛すること・生きることにひたむきな女性を、愛情と共感を込めて描いた。特飲街に生きる女性たちに心を寄せた『洲崎パラダイス』、自らの血脈をたどる「湯葉」（女流文学者賞）「隅田川」「丸の内八号館」、愛と美を求めて苦悩しつつも前を向く女性たちを、つややかな筆致で描いた『青磁砧』（女流文学賞）『隅田川暮色』（日本文学大賞）『雪舞い』（毎日芸術賞）など。1986年勲三等瑞宝章（没後勲二等瑞宝章）を受章。日本芸術院会員。文化功労者。1991年没。

やました たえこ

1953年、岩手県雫石町生まれ。
国際啄木学会理事。日本ペンクラブ会員。日本近代文学会会員。著書に『海の蠍』『忘れな草』『裸足の女』『啄木と郁雨』『朝の随想　あふれる』『かなしき時は君を思へり』。編書に『土に書いた言葉　吉野せいアンソロジー』、『おん身は花の姿にて　網野菊アンソロジー』『恋する昭和　芝木好子アンソロジー』（未知谷）がある。

美しい記憶
芝木好子アンソロジー

二〇二二年六月一五日印刷
二〇二二年六月三〇日発行

著者　芝木好子
編者　山下多恵子
発行者　飯島徹
発行所　未知谷
東京都千代田区神田猿楽町二－五－九
〒一〇一－〇〇六四
Tel.03-5281-3751／Fax.03-5281-3752
［振替］00130-4-653627
組版　柏木薫
印刷　モリモト印刷
製本　牧製本
©2022, YAMADA Osamu, YAMASHITA Taeko
Printed in Japan
Publisher Michitani Co. Ltd., Tokyo
ISBN978-4-89642-665-6　C0093

山下多恵子の仕事
――アンソロジストとして――

恋する昭和　芝木好子アンソロジー

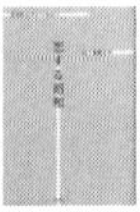

女の哀切、時に腹立たしさや苛立ちを秘め、今日を明日に繋いで生きる女性たち。愛情豊かで各々生活の流儀を持ち、粋をも生きている。陰で支える男たちと細やかな時代背景描写も魅力。5つのテーマで10篇を収録。

978-4-89642-647-2　304頁本体3000円

土に書いた言葉　吉野せいアンソロジー

吉野せいの作品と人生に寄り添い、女性ならではのひたむきな視点から読解した評論『裸足の女』（小社刊）。読者から多数寄せられた“もう一度、吉野せいと出会いたい！”との声に応え、その著者が厳選した14篇＋短歌3首。

978-4-89642-253-5　256頁本体2400円

おん身は花の姿にて　網野菊アンソロジー

時はゆっくりと濃密に流れている。深い教養に支えられた筆尖からは、女流の凛とした嗜みが香りたつ。読者は厳選されたこの作品集に紡がれた細やかな悲喜哀歓に惹かれ深い共感を覚えるだろう。16篇（抄録含）収録。

978-4-89642-327-3　288頁本体2400円

未知谷